NELL ZINK, 1964 in Kalifornien geboren, wuchs im ländlichen Virginia auf. Sie studierte am College of William and Mary Philosophie und wurde in Medienwissenschaft an der Universität Tübingen promoviert. Mit ihrem 2019 erschienenen Roman *Virginia* war sie für den National Book Award nominiert. Sie lebt in Bad Belzig, südlich von Berlin.

THOMAS ÜBERHOFF studierte Anglistik, Amerikanistik und Germanistik und arbeitete lange als Lektor und Programmleiter Belletristik beim Rowohlt Verlag. Er übersetzte unter anderem Sheila Heti, Nell Zink, Jack Kerouac und Denis Johnson.

Nell Zink

AVALON

ROMAN

Aus dem Englischen von
Thomas Überhoff

ROWOHLT
TASCHENBUCH
VERLAG

Die englische Originalausgabe erschien
2022 unter dem Titel «Avalon»
bei Alfred A. Knopf, New York.

Veröffentlicht im Rowohlt Taschenbuch Verlag,
Hamburg, Dezember 2024
Copyright © 2023 by Rowohlt Verlag GmbH, Hamburg
«Avalon» Copyright © 2022 by Nell Zink
Die Nutzung unserer Werke für Text- und Data-Mining
im Sinne von § 44b UrhG behalten wir uns explizit vor.
Covergestaltung Cordula Schmidt Design,
nach einem Entwurf von Coco Meurer
Coverabbildung Jules Esick
Satz aus der Bennet Two Regular
bei CPI books GmbH, Leck
Druck und Bindung GGP Media GmbH, Pößneck
ISBN 978-3-499-00974-7

KAPITEL EINS

Ich lag auf meinem Rucksack und wollte nicht wahrhaben, dass mein Arm gebrochen war. Der Mond
hatte mich glauben lassen, es sei hell genug, einen Berg
hinunterzuhüpfen. Die Wasserfallwiese, die Seiden-
papierblätter, die Eisbergwolken und Diamantfelsen,
der Mond ein Teich voll toter Frösche: Beim Blick von
der Eingangstreppe hatte ich die Welt in Weißtönen gesehen. Aber sie war schwarz, ein weicher Mix aus haar-
feinem Gras und krümeliger Erde, der mich zwischen
dem Schmelzkern der Welt und dem All balancierte,
während ich die Finger tastend über meinen Arm glei-
ten ließ.

Ich setzte mich auf. Ein schmieriger Streifen Mond-
licht führte zur Insel Avalon. Aber da war keine Insel,
und mein Arm war in Ordnung. Je länger ich ihn betas-
tete, umso heiler fühlte er sich an.

Es war eine warme Nacht. Ich nahm den Rucksack ab
und schaute, auf die Hände gestützt, hinauf und hinaus
zum aufgerissenen, mit Flugzeugen übersäten Firma-
ment. Der Wind nahm zu, und langes Gras kitzelte mich
im Gesicht. Ich fragte mich, ob mein Wagen anspringen
würde. Ich hörte einen großen Hund schnuppern und
Peters Stimme sagen: «Halt, mach langsam, Rabelais!»

Er kam näher. Er hatte mir noch etwas zu sagen.

Ungefähr drei Meter hinter mir blieb er stehen. Das Gescharre sagte mir, dass er den Hund am Halsband festhielt. Er wartete, aber ich konnte ihn nicht ansehen.

Leise sagte er: «Weißt du was? Sie hat zuerst angerufen und mich zum Teufel geschickt.» Pause. «Was für ein Scheiß-Desaster. Ich weiß nicht, wer es ihr gesteckt hat, aber jetzt trennt uns nichts mehr ...» Pause. «Nichts mehr außer diesem verdammten Köter.»

Die Sterne zerflossen in unbeschreiblichem Glück. Warum nur? War das irgendwie moralisch zu rechtfertigen?

«Avalon» heißt «Ort mit Äpfeln», diesem gesunden Zeug, das auf Bäumen wächst. Wenn du Äpfel richtig behandelst, bleiben sie das ganze Jahr frisch. Deshalb heißt das Wort Paradies «Garten», und deshalb wurde Artus nach Avalon gebracht, um seine Wunden zu heilen.

Am Ostersonntag 2005, als ich in der vierten Klasse war, brachten meine Mutter und mein nichtehelicher Stiefvater mich und meinen nichtehelichen Stiefbruder dorthin. Die Personenfähre fuhr in Long Beach, Kalifornien, ab, südlich von L. A. Wer auch immer das Touristenfallen-Kaff auf Santa Catalina Island «Avalon» getauft hatte, hoffte wohl, von König Artus' Marktwirksamkeit zu profitieren und weitere mythische westliche Inselparadiese wie Tír na nÓg, Emain Ablach und Atlantis gleich mit heraufzubeschwören. «In Avalon lebt Artus», rief meine Mutter, als sie darauf deutete, und fügte hinzu: «Es gibt ihn nicht in echt.» In ihrer eigenen Welt gab es einen echten König, den Dalai Lama. Das Schiff pflügte durch die flache Dünung, so stetig wie ein Zug. Gequälte Möwen quälten meine Ohren mit Schreien der Qual und verlangten nach Fritten, die ich nicht hatte und ihnen auch nicht hätte geben wollen. Teilnahmslos glotzende fliegende Fische sprachen ihren stummen Gruß – offenkundig magische Wesen, die steif und papieren am Schiff vorbeisegelten, Artus' schuppige Herolde.

In Avalon fuhren wir mit einem Glasbodenboot und sahen frei lebende Goldfische. Dann aßen wir an einem Imbissstand Burger. Ich durchlief gerade eine Phase, wo ich nur den Bratling ohne was drauf wollte, deshalb verputzte Axel mein Brötchen. Auf Catalina gibt es auch Bisons und Antilopen, aber wir gelangten nicht über den Hafen hinaus.

Nicht lange nach diesem Ausflug zog meine Mutter in ein tibetisch-buddhistisches Kloster und ließ mich mit ihrem Freund und dessen Familie allein. Ich habe noch die Bücher, die sie dagelassen hat: *Der König auf Camelot, Flammender Kristall, Taran und das Zauberschwert.* Einen Stapel Tolkiens ließ sie auch da, aber die hat Doug verkauft.

Ich habe Probleme, meine Kindheit in eine chronologische Reihenfolge zu bringen. Sie taucht nur in Fragmenten auf, wie ein entkernter und segmentierter Apfel. Setz ihn wieder zusammen, und das Innere verschwindet. Meine erste eigene Erinnerung ist, wie weich sich der Staub auf der Unterseite einer langen rechteckigen, zentimeterdicken Stahlplatte anfühlte – eine, wie sie verwendet werden, um beim Straßenbau Löcher abzudecken, etwa eins zwanzig lang und mit zwei

Bohrungen drin, damit ein Kran sie anheben kann –, die auf der Bourdon Farm gegen die Schlackenbetonwand eines Düngemittelschuppens lehnte. Die seltsame Stille dahinter, das schräg einfallende Licht, der scharfe Geruch. Unter meiner gelblich pinken rechten Hand das von Spritzwasser oder Regen unberührte Zement- und Rostgesprengsel. Ich weiß, ich war fast noch ein Baby, weil die Stahlplatte noch heute dort steht und der Raum darunter winzig ist. Spielte ich da, versteckte ich mich, oder beides? Keine Ahnung. Das meiste, was ich weiß, stammt aus zweiter Hand.

Die Hendersons aus Torrance, Kalifornien, gehen einem über Generationen geführten Gewerbe nach. Ihr Haus, wie auch ihr Hof, sind mit Clan-Memorabilien gefüllt. Ein historischer Gefrierschrank samt erhaltener Tür birgt einen Baseballschläger, verziert mit aztekischen Tempelszenen, die in einer Kombination von Holzbrenntechnik und Emaillierung aufgebracht sind. Ein flacher, ausgetrockneter Brunnen birgt einen zerbrochenen Schaukelstuhl mit handbestickter Sitzfläche. Doug hat ihn mal nach einem Regenguss als Schlitten für eine Schlammfahrt benutzt. Für einen Versuch hat es gereicht, so erzählte er mir, danach warf er ihn in den Brunnen. In meiner Kindheit blätterte ich in den spröden schwarzen Seiten grüner Fotoalben und erkannte unsere vordere Veranda hinter einem weißhaarigen Mann am Lenkrad eines glänzenden 1920er Ford T. Der längst ausrangierte Wagen stank nach Hühnerscheiße. Zu meinen Lebzeiten hatte es dort keine Hühner gegeben.

Das Grundstück erstreckt sich über gut zweieinhalb Hektar unter der Starkstromleitung, die von La Fresa nach Redondo Beach hinunterführt. Es reicht von Straße über Schlucht zu Straße, die Umzäumung wird von der Elektrizitätsgesellschaft gepflegt, und drum herum führt eine Crossstrecke, auf der Grandpa Larry früher mit seinen besten Biker-Saufkumpanen Rennen fuhr. Das Gewerbe ist eine auf Exotenimporte und Formschnitt spezialisierte Baumschule. 1978 limitierte die California Proposition 13 die Grundsteuer auf ein Prozent der Wertfestsetzung von 1976. Umzüge sowie An- und Neubauten zogen finanziell einschneidende Neubewertungen nach sich. Um ihre Bemühungen um Werterhaltung zur Schau zu stellen, während sie fünfzig Jahre lang in denselben bescheidenen Häusern lebten, verlegten sich die Reichen aufs Gärtnern, und da kam die Bourdon Farm ins Spiel.

Ob in diesen Schiffscontainern mit Zielhafen Long Beach jemals etwas anderes als tropische Pflanzen eintrifft und ob die motorradfahrenden Freunde der Hendersons mit dessen Verteilung irgendwas zu tun haben, weiß ich nicht. Ich bin nie als Familienmitglied betrachtet worden, es sei denn, sie wollten was von mir.

Wie bei vielen Familienbetrieben ist der Schlüssel zur Rentabilität dieses Geschäfts unbezahlte Arbeit von Frauen, Kindern und unlängst Geflüchteten, die einen Schlafplatz brauchen. Bestenfalls grauer Markt, wahrscheinlicher Schwarzmarkt. Aber Steuerfahnder legen sich nicht mit den Hendersons an. Dazu bräuchte es schon das FBI, und es würde Jahre dauern. Eine schlichte Durchsuchung brächte nichts zutage. Da führt keiner

Buch oder bringt Geld auf die Bank. Sie würden sich bei den Bundespolizisten für ihre Unwissenheit entschuldigen (Bundesautorität lehnen sie prinzipiell ab) und sie an ihren imaginären, leider abwesenden Arbeitgeber Mr Bourdon verweisen.

Das Grundstück steht in Kaliforniens Liegenschaftsinventar. So viel weiß ich. Mithilfe des Internets an meiner Highschool habe ich herausgefunden, dass es dem Staat gehört. Ich habe Doug danach gefragt. Er erzählte mir, dass Ur-Ur-Grandpa Allans Ranch sich kilometerweit bis hin zur Madrona-Marsch erstreckte, wo er sein Vieh tränkte. Der Staat enteignete ihn, um die Stadt Torrance zu bauen, und entschädigte die Erben mit einer unbegrenzten Ausnahmeregel für jederlei zukünftig geltendes Recht. «Deshalb hissen wir hier die Fahne der Republik Kalifornien», erklärte er mit Hinweis auf die Staatsflagge samt Grizzlybär und rotem Stern. «Dies ist der einzige Ort, wo ein Mann noch ein aufrechtes Leben führen kann.»

Das Haus ist die Appalachen-Billigversion eines Cape-Cod-Hauses mit Kunststofffassade und Blechdach, und es hockt auf Ziegelpfeilern über einem flachen Kriechboden. Mit Ausnahme des Fernsehers, der stets State of the Art ist, besteht die Einrichtung aus einer immer gleichen Kollektion von heruntergekommenen Uraltmöbeln, die das Problem vergrößern, Erinnerungen Zeitfenstern zuzuordnen, ohne meine Körpergröße als Referenzmaß nehmen zu können.

Grandpa Larry bewohnte das Elternschlafzimmer. Im Alter von drei Jahren wechselte ich von einem mit Mom und Doug geteilten Zimmer in ein mit Axel geteiltes.

Mit sechs übernahm ich den unbeheizten, nach Mäusen stinkenden Anbau vor dem, was einst die Hintertür gewesen war. Den hatte man dort hingesetzt, bevor die Kunststofffassade draufgekommen war, deshalb bestanden meine Wände aus Fichtenholz, und ich konnte aus Zeitschriften ausgeschnittene Bilder mit Heftzwecken anbringen. Er hatte zwei Türen und ein winziges Fenster, das nicht zu öffnen war.

Die Biker unterhielten auf dem Grundstück ein Clubhaus, über dem Tag und Nacht der kalifornische Bär und eine schwarze POW/MIA-Flagge zum Gedenken an Kriegsgefangene und Vermisste wehten. Wenn sie richtig besoffen waren, sangen sie «He Ain't Heavy, He Is My Brother». Den Konsum von Ess- und Rauchwaren trieben sie bewusst auf die Spitze, denn sie setzten Körpergewicht und zerklüftete Gesichter mit Männlichkeit gleich. Ich bin sicher, dass in ihren Gedanken kein richtiger Mann jemals nackt war. Identität war eine Frage von Werkzeugen, Maschinen, Leder und Waffen. Es waren transhumane Cyborgs.

Die Arbeiter waren netter. Die fremden Lieder, die sie mir beibrachten, habe ich vergessen, aber ich erinnere mich an all ihre Namen – Eric, Roger und Simon –, denn Grandpa Larry war ein höllisches Ein-Mann-Ellis-Island. Hundert Jahre zuvor hatte die New Yorker Einwanderungsbehörde Immigranten angelsächsische Namen verpasst, und das fand er gut. Jeder Eric wurde sofort durch einen Eric ersetzt und jeder Roger durch einen Roger, sodass in der Baumschule beide Namen immer je einmal vergeben waren, während Simon die Option für den Hochbetrieb an Ostern und Weihnachten blieb. Die Hendersons fütterten sie durch, gaben ihnen ein Dach über dem Kopf, luden sie zum Fernsehen bei sich ein – obwohl die Benutzung unserer Toilette unerwünscht war –, ließen sie arbeiten, bezahlten sie nicht dafür und stellten ihnen frei, jederzeit weiterzuziehen.

In der Regel blieben sie weniger als einen Monat. Sie hatten ihren eigenen Schuppen mit Propangas-erhitztem Wasser nach Bedarf und teilten sich mit uns die illegale Klärgrube. Ihre Duscheinrichtung war für Pferdeställe konzipiert und nicht für den menschlichen Wohngebrauch, aber sie schienen gern weitab vom Schuss zu sein. Einmal (da war ich ungefähr vierzehn) half ich Doug, eine Norfolktanne nach Rancho Palos Verdes zu bringen, und wir trafen auf einen Typen aus Burkina Faso, der im Jahr davor ungefähr zwei Wochen bei uns verbracht hatte. Er hatte jetzt einen Teamleiterjob bei einem teuren Rasenpflegedienst und nannte sich Roger Bourdon.

Ich begann im Alter von drei Jahren zu arbeiten, indem ich Schnecken in Eimern sammelte und sie zur West 190th Street schleppte, damit sie dort überfahren wurden. Das tat ich, weil meine Mutter wollte, dass auf der Bourdon Farm kein Schneckengift mehr benutzt wurde. Sie mochte Katzen. Die Streuner, die sie fütterte, starben ständig an Metaldehydvergiftung. Sie wurden durch neue Streuner ersetzt, die ebenfalls qualvoll starben. Trotzdem betrachtete das Management meine Arbeit als komplementär zu Schneckengift, nicht als substitutiv.

Den Baggerlader oder den Stapler durfte Mom nie steuern, aber zu der Zeit, als sie ging, konnte sie umtopfen, Wurzelballen trimmen und verpacken und Pflanzen beschneiden. Sonntags, an unserem freien Tag, schnallte sie mich auf den Beifahrersitz von Dougs Truck, und wir fuhren auf dem Pacific Coast Highway nach Norden bis hinter Will Rogers Beach, um dann über den Sunset Boulevard zurückzukehren, wobei wir immer einen Umweg durch eine Straße in Brentwood machten, die mit Banyanbäumen gesäumt war. Meine Mutter fuhr langsam durch die Arkaden ihrer säulenartigen Stützwurzeln und blickte bewundernd auf den Reichtum, für den die Bäume standen, die entlang der Straße wucherten wie ein am Zügel zerrender Dschungel. Dann hielten wir eine Weile unter der gigantischen Großblättrigen Feige (ich hege den Verdacht, dass sie als Yggdrasil angefangen hat und irgendwann zum Bodhi-Baum wurde) vor einer presbyterianischen Kirche nahe der Kreuzung von Palms und Sepulveda und warteten auf das Ende des Gottesdienstes, sodass wir am Buffet Essen und Getränke abstauben konnten, bevor wir über den Freeway nach Hause fuhren.

Wenn ich mir alle Mühe gebe, mich daran zu erinnern, wie sie war, stelle ich mir sie auf dieser langen Rückfahrt nach Torrance vor, wortlos und willentlich glücklich, während ihr der Wind durchs offene Fenster das Haar zerzaust. Was komisch und irgendwie traurig ist, weil ich die ganze Zeit dabei war – ihr eigenes Kind, das parallel zu ihr durch die Frontscheibe starrte, in ständiger Furcht, ihre Konzentration zu stören.

In Pacific Palisades gab es ein buddhistisches Zentrum, das schönste Gebäude auf dem ganzen Sunset. Vielleicht lag es daran. Oder am Verkehr. Wir standen irgendwo im Stau, kamen kaum voran, und sie trug mir auf, mir vorzustellen, dass dieser Moment das Einzige wäre, was je in meinem Leben geschehen war und geschehen würde, und dass er ewig sei, und ich solle mich fragen, ob das Leben dann immer noch lebenswert wäre. Sie fing an, Magazine mit Bildern all der verschiedenen Lamas und Bodhisattvas darin zu kaufen, und stahl sich zum Meditieren davon. Nach neun Jahren mit Doug floh sie in ein buddhistisches Zentrum in den Sierras – Riesenbäume überall – und wurde Nonne.

Ihre Eltern, Grandma Tessa und Grandpa Lamont, mochten mich zwar, aber es fehlte ihnen an Ressourcen. Grandpa Lamont war in der Kindheit als geistig zurückgeblieben diagnostiziert und so lange in staatlichen Einrichtungen beherbergt worden, bis man ihn einzog und die Army herausfand, dass er unter einer behandelbaren Petit-mal-Epilepsie litt. Grandma Tessa hatte bei Bell Helicopter in Fort Worth als Näherin gearbeitet. Sie lernten sich bei einer Freimaurerversammlung in Chicago kennen und zogen zusammen nach Pasadena, wo sie ein schuldengetriebenes Geschäft aufmachten, das Kopierer an Läden verleaste. In meinen Kindertagen waren sie pleite. Soviel ich weiß, war ihr einziger Luxus die alljährliche Fahrt mit mir zu Knott's Beerenfarm, im Alter von sechs bis dreizehn. Ihre Armut versperrte mir den Zugang zum amerikanischen Jerusalem, Disneyland (während Disney World in Florida das Mekka war). Sie lebten in einem Standard-Mobile-Home in einem

Trailerpark für Rentner. Als Mom sich verdünnisierte, nahmen sie mich für acht Tage auf, vom Samstag bis zum darauffolgenden Sonntag. Niemand unter fünfundfünfzig durfte länger als eine Woche bleiben. Für den Extratag mussten sie fünfzig Dollar Strafe zahlen.

Die Hendersons behielten mich gern. Ein zehnjähriges Stiefkind bedeutete ungefähr acht Jahre unbezahlte Arbeit und 20 000 Dollar Kindergeld, falls das Finanzamt mitspielte. Aus ihrer Sicht bot ihnen meine Mutter als finanziellen Ausgleich für ihre Freiheit mich an.

Freiheit von was? Davon, mich großzuziehen? Bei mir zu sein? Das nahm ich an, weil sie nie zu Besuch kam oder mich zurückhaben wollte. Ein Kloster in Tibet hätte eine Zehnjährige jederzeit aufgenommen, und selbst in Kalifornien hätte das als Heimunterricht durchgehen können, aber ihres war nur für Erwachsene. Es war ein oldschool-tantrisches – Nyingma – mit roten Roben, einem goldenen Stupa, großen Statuen, Steingärten, Räucherstäbchen, Gebetsmühlen, Mantrasingen, Sandmandalas und allem Brimborium. Es residierte in einem ehemaligen Motel an der Straße von Fresno zum Yosemite, hinter Tannen an einem Hang verborgen. Dem erstmaligen Besucher kam es irgendwie lustig vor, denn die Lobby war in Wigwamform gebaut.

Mom arbeitete dort, wie schon auf der Bourdon Farm, für Kost und Logis. Aber sie hatte mehr davon. Die Buddhisten schurigelten sie nicht mit harter oder schneller Arbeit, und sie gaben ihr frei zum Meditieren.

Ihre wichtigste Übung bestand darin, das Bewusstsein so auszubilden, dass es noch die kleinste Bewegung oder Nervenregung wahrnahm, und dieses Training konnte mit jedweder Art von ungelernter Arbeit verbunden werden, etwa den Pool saugen. Wer dabei genügend Tempo rausnimmt, halluziniert irgendwann eine geisterhafte Präsenz, die den Wahrnehmungsleerlauf ausgleicht. In ihrem Fall war es eine blaue Kugel hinter ihrer linken Schulter.

Doug fuhr mich zweimal hin, einmal mit zwölf und einmal mit fünfzehn. Beide Male hörte sie nicht auf zu lächeln. Beim ersten Mal war sie sehr dünn. Beim zweiten Mal sah sie so hungrig aus, dass ich ihr die hart gekochten Eier aus meinem Lunchpaket gab. Tiere durfte sie essen, wenn nicht sie selbst sie getötet hatte, und streng genommen hatten die Eier niemals gelebt. Sie erzählte, sie sei glücklich, und wie sehr sie mich, ihre Novizinnen, ihre Mitmönche und -nonnen sowie ihren Rinpoche liebe.

Wenn ich nach diesen Besuchen im Bett lag und zwanghaft über sie nachdachte, nervte mich immer die Kugel. Ging es darum, das Bewusstsein auf kleinste Reize hin zu trainieren, wie half sie dabei?

Später kam heraus, dass sie Eierstockkrebs gehabt hatte. Aber wenn sie nicht mit maximaler Achtsamkeit Klos schrubbte oder Tannennadeln auffegte, meditierte sie stumm, um sich von der Realität abzulenken, sodass niemand etwas davon mitbekam, bis der Krebs in ihren Rücken metastasierte und sie nicht mehr arbeiten konnte.

Sie starb dort im Kloster mithilfe all der nichtexistenten Palliativmedizin, die Medicaid für Nonnen vorsieht. Ich weinte mit unbeirrbarer Konzentration und spürte ihre Präsenz als vages Epiphänomen in meinem Rücken, wie die Kugel, nur gelb. Vielleicht, weil sie blonde Haare gehabt hatte, als ich klein gewesen war.

Danach holte Doug sie zurück. Er preschte mit einem Bestattungsunternehmer aus Gardena in einem Leichenwagen nach Oakhurst hinauf, um ihre Wertsachen sicherzustellen und ihre sterblichen Überreste vor den Heiden zu retten, von denen er behauptete, sie würden sie auf einem Beinacker den Kondoren zum Fraß vorwerfen. Er ließ sie «wie einen normalen Menschen» verbrennen und nahm mich zum Verstreuen der Asche zu dem Ententeich im Park von Manhattan Beach mit, wo sie sich, wie er sagte, an einem bewölkten Sommernachmittag nach Club-Sandwiches und Kaffee im Kettle zum ersten Mal geküsst hatten, drei Jahre bevor die Auswanderung meines Vaters ihn ermuntert hatte, Axels Mutter wegen meiner zu verlassen.

Das war das Erste, was ich von der Auswanderung meines Vaters hörte. Ich war sechzehn. Ich sagte: «Echt jetzt?»

Doug zufolge war mein Vater nach Australien ausgewandert, als ich elf Monate alt gewesen war. Meine Mutter war da noch im Mutterschaftsurlaub von ihrem Job in der Joghurtfabrik gewesen, wo mein Vater als Kontrolleur gearbeitet hatte, weil ich so viel schrie, so langsam aß und es mir schwerfiel, etwas bei mir zu behalten.

Mein Vater plante die ganze Aktion als Überraschung. Er verkaufte das vormalige Haus seiner Eltern in Hollywood unter unserem Hintern hinweg und mietete eine Zweizimmerwohnung auf der West 190th in Torrance.

Er zahlte ein Jahr im Voraus und gab Mom genügend in bar, dass es für das Jahr gelangt hätte.

Für meine Mom lag Torrance am Arsch der Welt, fern von allem, es sei denn, man zählte den mit Teerklumpen übersäten städtischen Strand mit, an dem sie zum ersten Mal Doug begegnet war. Auf Ringe gezogene Müllbeutel wehten leer im Wind, während Rentner im Schatten von Chemietoiletten mit Handgelenks- und Knöchelgewichten gegen die Herzkrankheit ankämpften. Im Kontrast dazu hatte Doug ziemlich gut ausgesehen, aber nicht gut genug, was ihn ärgerte. Solange ihre Ehe bestand, ließ er ihr keine Ruhe.

Dad blieb zwei Nächte in der Wohnung in Torrance. Dann stieg er in einen Flieger zu dem Ort, an dem er seinen Lebenstraum verwirklichen konnte. Sein Lebenstraum bestand darin, wieder single zu sein, eine ihm diesmal treue Frau zu heiraten, neue Kinder zu zeugen, uns nichts zu zahlen und seine Familie samt seinen Eltern und seiner Schwester für immer zu ignorieren. Nach Dads Abgang überredete Doug Mom, ihm die ganze Barschaft zu geben, die Wohnung unterzuvermieten und auf die Bourdon Farm zu ziehen.

Die Hendersons missbrauchten mich weder, noch belästigten sie mich. Zu der Zeit, als ich in den Kindergarten kam, begann Grandpa Larry Reden zu schwingen, dass er jedem Mann, der mich berührte, die Eier abschneiden würde. Diese Reden beunruhigten meine Mutter, aber nicht so sehr, dass sie ihm widersprochen hätte. Manchmal jagten mich Doug und Axel, als würden wir Fangen spielen, und forderten Grandpa Larry so heraus, sie doch zu kastrieren. Aber sowohl sie als auch die Arbeiter hielten sich von mir fern, und das tat auch Grandpa Larry. In gewissem Sinne, irgendwie fast unmerklich, wuchs ich behütet auf. Auch in der Schule blieb ich unbehelligt. Axel war drei Jahre älter und weithin bekannt dafür, dass er einen verletzten Kojoten mit einem Fahrradschloss erschlagen hatte.

Die Hendersons hatten keine Pläne für mich, außer mich auf Trab zu halten.

Das kommt eben vom Basteln an Motorrädern: Sie konnten das Spaßhaben nicht davon unterscheiden, die Bedingungen dafür zu schaffen. Spaß zu haben, war die ihnen übertragene Aufgabe, Verpflichtung und Rolle im Leben, und das zu ermöglichen, machte Arbeit nötig, bisweilen sogar von ihrer Seite. Meine Arbeit, da unterschied sie sich nicht von ihrer Motorradwerkelei, trug zu ihrem Vergnügen bei. Sie machten keinen emotionalen Unterschied zwischen dem Auftrag an mich, von einer Lieferung «organischer» Zwergpalmen Blatt für messerscharfes Blatt Fungizidrückstände abzuwaschen, und der Vernichtung eines Sixpacks in Vorbereitung auf ein Rennen. Beide waren zu ihrem Vergnügen notwendige Schritte.

Ich aß jeden Krümel, der mir vorgesetzt wurde. Es war niemals zu viel. Wir hatten zwei mit Bier beladene Kühlschränke, aber keinen funktionierenden Backofen im Haus. Bei dem, den meine Mutter benutzt hatte, hatte ein Fettbrand die Elektronik beschädigt, und wir nahmen ihn nun, um Brot nagersicher aufzubewahren. Die Erwachsenen lebten von Gourmet-Rindfleisch, das vom Laster fiel. Axel und ich teilten uns auf Propangas erhitztes Dosenfutter. Bei richtigem Timing konnten wir uns die Mesquite-Holzkohle der Erwachsenen zunutze machen, um direkt aus der Dose zu essen wie Cowboys – SpaghettiOs, Corned Beef, gebackene Bohnen, Bohnenmus, Spam. Ich lernte, Kartoffeln, TK-Burritos und -Pizzas et cetera in Folie zu wickeln und sie in die Glut zu legen.

Aber entweder waren die Dosen kleiner als in Dougs Kindheit (er kaufte ein), oder Axel hatte größeren Hunger, als Doug je gehabt hatte, denn aus mir wurde ein mageres, langbeiniges Kind mit Gliedern wie Stöcke, das die Reste von den Tellern aß, bevor es sich ans Spülen machte.

Ich erledigte so viele Hausaufgaben wie möglich in den Minuten zwischen meiner morgendlichen Ankunft in der Schule und dem Glockenton, und meine Noten waren okay. Ich verschlang die kostenlosen Schulmahlzeiten, während ich in meinen Lehrbüchern las. Lehrer versuchten, mich für außerschulische Aktivitäten zu interessieren, aber ich musste jeden Nachmittag zu Hause sein, um bis zum Einbruch der Dunkelheit in der Baumschule zu helfen.

Mit jedem Tag der heranrückenden Pubertät und des damit einhergehenden gesteigerten Ich-Bewusstseins wurde ich unglücklicher. Ich weinte im Bett aus Angst vor wiederkehrenden Albträumen, in denen ich, immer in banalen Situationen, meine Mutter sterben sah. Sie brach auf dem Boden einer öffentlichen Toilette zusammen oder erstickte an einer Walnuss. Um diesen Träumen etwas entgegenzusetzen, fantasierte ich mir einen

Garten Eden voller Blumen zusammen und freundliche Kidnapper, die mich in einen Bettvorleger wickelten und in einem Standard-Schiffscontainer dorthin brachten.

Das waren keine erotischen Fantasien. Ihr Wesenskern war die Flucht.

In den Stunden, die dem Weinen und den Fantasien vorausgingen, las ich noch einmal die Fantasyromane meiner Mutter, identifizierte mich manchmal mit tapferen Helden und Prinzessinnen, häufiger mit dienstbaren Tieren wie etwa Tarans Pferd Melynlas – obwohl ich noch zu jung war, um mir Zwang dadurch schönzureden, ich würde meine treuen Dienste freiwillig leisten –, aber meistens mit ganzen, von vorrückender Dunkelheit bedrohten Königreichen. Ich identifizierte mich mit der Welt. Die Hauptfigur in all diesen Büchern ist die in Not geratene Welt, und die war ich.

Als die Betreuungslehrerin mich in der fünften Klasse zögernd fragte, ob ich daran dächte, mir etwas anzutun (meine Arme und Beine waren ständig zerkratzt von der Arbeit), dachte ich: verrückte Frage, warum ausgerechnet ich, ist sie blind? Ich zog eine Grimasse und sagte: «Nein!» Heute weiß ich, dass die Hendersons einen Ruf hatten, der andere Erwachsene um sie herum wie auf Zehenspitzen gehen ließ. Die Leute schoben die Verantwortung für die Aktionen – stets verkauft als Reaktionen – der Hendersons praktisch jedem anderen, nur nicht ihnen selbst zu und taten meine vergeblichen Versuche, mich zu beschweren, als schuldbewusstes Gejammer ab.

KAPITEL ZWEI

Zwei Jahre nach der Flucht meiner Mutter tauchte ein Kind auf, das gewillt war, mit mir zu sprechen. Ich blieb stehen, um mir das Foto von Camarón de la Isla in seinem Schließfach anzusehen, er sagte, er möge mein Holzfällerhemd, und von da an hingen wir jeden Tag zusammen herum. Nicht, dass einen Freund zu haben gereicht hätte, um mich zu retten. Aber es half.

Er war mir ein Jahr voraus – siebte Klasse, als ich in der sechsten war –, sodass wir uns zunächst nur beim Lunch trafen. Doch als es Sommer wurde, teilten wir so viele Erlebnisse, wie wir konnten, waren eine verschworene Gemeinschaft geworden. Beide entschlossen, einen Zeugen für unser elendes Leben zu haben, obwohl wir, wie unter Kindern üblich, allenfalls beiläufig darüber sprachen.

Er hieß Jay und war ein Paria. Seine Eltern vermakelten Gewerbeimmobilien und arbeiteten rund um die Uhr, um in unregelmäßigen Abständen mit gigantischem Geldregen überschüttet zu werden. Sie hatten ihn als Baby aus Russland adoptiert und ihn in die Obhut eines Kindermädchens gegeben. Nach dem, was er erzählte, waren sie sich nicht mehr sicher, ob die Adoption eine gute Idee gewesen war. Aber sein Wechselbalgstatus bot ihm einen entscheidenden Vorteil: Er stand unter viel geringerem Druck, wie sein Vater zu werden, als der typische einzige männliche Erbe.

Als er zum ersten Mal zu mir nach Hause kam, ungefähr fünf Monate nach Beginn unserer Freundschaft, erkannten die Hendersons und die Arbeiter postwendend, dass er schwul war. In der Schule hatte er bei seinen Eltern lange erbettelte Flamencoschuhe getragen, und die Rabauken hatten sie in einen Gully geworfen. Er gehörte zu der Sorte von Hänflingen, die zur Selbstverteidigung lieber ein Skateboard dabeihaben sollten, statt auf schiefen Sechs-Zentimeter-Absätzen herumzuwackeln. Die vage zentralasiatischen Wangenknochen und ätherisch feines kastanienbraunes Haar verstärkten nur den verträumten Look, der Rabauken anzog wie Limonade die Fliegen.

Seine Eltern hatten mehr als genug Geld, um ihm neue alberne Schuhe zu kaufen. Sie waren so liberal und tolerant, dass sie ihn sogar in die öffentliche Schule schickten, damit er den Plebs kennenlernte. Die Schuhe hatten sie ihm zunächst nur in der Hoffnung verweigert, ihn vor sich selbst bewahren zu können.

Aber er wollte keine soziale Anerkennung. Er wollte anders sein, nicht weil er hoffte, damit in der Mittelstufe durchzukommen – so dumm war er nicht –, sondern weil ihn eine unausgereifte pubertäre Sehnsucht antrieb, durch öffentlich ausgestelltes Leiden eine Intervention von außen anzuregen. Die Schuhe kamen einer Selbstverletzung gleich.

Trotzdem glaubte er, seiner Nanny Mrs Imai und den Hausbediensteten nicht auf Strümpfen gegenübertreten zu können, deshalb begleitete er mich an diesem

Tag nach Hause, um sich irgendwelche Schuhe von mir auszuleihen.

Ich befand mich im Wachstum, und alle meine Schuhe waren selbst mir zu klein, deshalb lieh ich ihm ein Paar Plastik-Zoris. Dann musste ich arbeiten. Er half mir, die braunen Stellen von einer Bestellung wurzelloser Baumfarne abzuschneiden, die an eine Indoor-Mall ausgeliefert werden sollte. Irgendein Roger, der auf einem Stapler einen Tank voll Flüssigdünger transportierte, drosselte den Motor und sagte freundlich: «Wer ist die Drama-Queen da?»

Jay gab zurück: «Ich bin keine Drama-Queen!»

Der andere rief: «Jetzt komm schon, Bran! Sag's uns! Wer ist die Drama-Queen, Bran?» Er legte den Gang wieder ein und war bald außer Hörweite. Bran ist die Abkürzung für Brandy.

«Du bist keine Drama-Queen», sagte ich. «Du bist der einzige normale Mensch, den ich kenne.» Ich musste erst sechzehn werden, bevor mir aufging, dass er mich niemals heiraten würde.

Zweimal die Woche fuhr Mrs Imai Jay zu einem Studio in Venice Beach für private Tanzstunden bei einer alten Hippie-Lady namens Loretta, die ihr halbes Leben in Sevilla verbracht hatte. Sie durfte legal mit einer Teleskopbrille Auto fahren, die ein Auge um 25 Dioptrien korrigierte. Hinterher fuhr sie ihn erst in eine Eisdiele und dann nach Hause, aber nur so lange, bis er seinen Eltern erzählte, dass sie blind war. Danach wartete immer Mrs Imai auf ihn.

Ich lernte viel von Loretta, obwohl ich sie nur ein

paarmal getroffen habe. Die korrekte Haltung beim Flamenco ist die *sentada,* ein Quasi-Sitzen im Stehen; die
Ellbogen sind der höchste Punkt der Arme, die Füße so
schwer wie die Hände leicht. Sie tanzte mit einem merk-
würdigen Glamour und begrenztem Bewegungsreper-
toire, in roten Leotards, die ihre Rippen hervorstehen
ließen, und langen Rüschenkleidern, die ihre Beine ver-
bargen, das weiße Haar mit Klammern zu einer Krone
aufgetürmt und überragt von einem Kamm. Die Röcke
waren rot oder schwarz mit großen weißen oder roten
Punkten drauf. Sie trug Stilettos mit Fesselriemchen.
Grandma Tessa hat mir mal erzählt, dass Huren die aus
Sicherheitsgründen trugen, nicht mal ins Bett gingen sie
barfuß, während respektable Frauen in Pumps herum-
laufen, die sie jederzeit sorglos und befreit von den Füßen schlenkern können. Aber mir war auch schon ohne
diese Erklärung klar, dass es bei Tanz-Outfits gerade
darum ging, im Stehen verachtenswert auszusehen und
den Respekt allein durchs Tanzen einzufordern. Kos-
tüme waren ein altehrwürdiges Mittel, Menschen zum
Performen zu zwingen, damit es auch vor der Erfindung
des Fernsehens schon was zum Anschauen gab.

Jay war ein extrem unbegabter Tänzer. Es ist schwer,
als Freundin zu beschreiben, wie er beim Tanzen aussah. Stellen Sie sich einen Pädophilen vor, der nebenbei
Hundewelpen umbringt, aber gewillt ist, gegen Sex mit
Jay ein paar zu verschonen. Jay vernimmt das Angebot,
während er den Verkehr regelt. Die Drohung lässt ihn
zurücktaumeln wie von einem Windstoß, über sein Gesicht zucken Gefühle, die Absätze stampfen im Rhythmus eines Wutausbruchs, während er mit dem Schicksal

feilscht. Er umkreist es verführerisch, vermittelt Verletzlichkeit, Schwäche sowie die unmissverständliche Botschaft: «Lass mich erst mal Kacki machen.» Also, ohne Witz, so entsetzlich war das. Der Flamenco riss der kontrollierten Routine seiner Schuljungenexistenz die Maske ab, und was er dabei freilegte, war nicht gut. Oder doch gut, weil es ein authentischer Teil von Jay war, bloß zur Entblößung nicht geeigneter als seine Gallenblase oder sein Hypothalamus. Nur indem ich die Augen fest zukniff, konnte ich die kritische Stimme der vorrückenden Dunkelheit, in der wir nach Erlösung suchen und die auch meine Stimme war, zum Schweigen bringen.

Gegen Ende von Jays achtem Schuljahr lag es auf der Hand, dass er mich in Richtung Highschool verlassen würde. Ich bestand darauf, die achte Klasse zu überspringen, damit wir zusammenbleiben konnten.

Unbürokratisch, wie er von Natur, Tradition, Gewohnheit und Ansehen aus war, stattete Grandpa Larry dem Büro des Schulleiters einen Besuch ab und schrieb mich in die Abschlussklasse von 2012 ein. Wenn Schule Zeitverschwendung war, konnte ich sie auch fix zu Ende bringen – so der Hintergedanke. Was die Schule davon hielt, kümmerte keinen, nicht mal die Schule selbst.

An der West High fielen Jay und ich plötzlich nicht mehr auf. Der Konformitätsdruck nimmt in der Adoleszenz zu, während die individuellen Fähigkeiten verkümmern. Die Sozialphobie wird zur Norm. Um herauszustechen, reichte es schon, dass man weder Japaner noch Koreaner war. Wir fanden Freunde. Genauer gesagt, mein angebeteter Jay verliebte sich umgehend in einen hübschen, superstraighten Jungen namens Henry. In den chaotischen Anfangswochen der neunten Klasse stellte sich heraus, dass es gar keine dermaßen unüberwindliche Herausforderung war, mit ihm über die soziale Kluft hinweg in Kontakt zu kommen, die uns, wie wir glaubten, trennte. Als uns aufging, dass wir alle gleich unberührbar waren, werkelten wir längst für das von ihm geleitete Literaturmagazin der Schule.

Henry wurde schnell braun und hatte krauses Haar, das sich im Sommer rötlich verfärbte. Seine Vorfahren waren als Okies aus der Dust Bowl geflohen und hatten es zu einem eigenen Wohnmobilhandel gebracht; sein Ehrgeiz tendierte also zum Geschäftlichen. Es wurde offen darüber spekuliert, wohin sie eigentlich «gehörten». Sein großer Bruder hatte mal einen DNA-Test gemacht, bei dem herausgekommen war, dass sie teilweise aus Nordafrika stammten, aber es bestand keine Einigkeit darüber, ob ihn das schon zu einem Afroamerikaner werden ließ. Er selbst jedenfalls fand das. Er sah auf kantige, muskulöse Weise gut aus, war ein exzellenter Schüler, spielte Trompete und schwamm Schmetterling. Als Expfadfinder leistete er Freiwilligenarbeit beim Roten Kreuz. Trotzdem galt er als Außenseiter, qualifiziert für Freundschaften mit Kandidaten wie Jay und mir, weil er mit Fifi zusammen war. Die beiden waren schon derart lange liiert – eine händchenhaltende Kindheitsromanze, die so früh zu einer sexuellen Beziehung geworden war, dass es noch gegen das Gesetz verstieß –, dass sie auftraten wie ein altes Pärchen, samt Rollenspiel und Zankereien, um die Sache aufzupeppen. Sie führten lautstarke

Auseinandersetzungen, sogar in der Schule. Ihre Reife machte die Lehrkräfte nervös.

Fifis Mutter war eine japanischstämmige CAD-Zeichnerin, ihr Vater ein schwarzer Zahnarzt aus Atlanta. Sie hatte ein dunkles Asiatinnengesicht und gewelltes Haar, und sie liebte alles Flauschige, Cord, Velours, Chenille und grellfarbige Acrylstrumpfhosen unter Röcken – will sagen, sie kleidete sich wie ein Kleinkind und fiel auf, wo auch immer sie hinging. Alles an ihr war rund, von den überrascht dreinblickenden Augen (sie weit aufzureißen, war ihre Reaktion auf anderer Leute unmögliches Benehmen, und sie tat es oft) bis zu ihren winzigen Füßen. Ihr Elternhaus war japanisch eingerichtet, und die Sommerferien verbrachte man in Japan, aber nur als Touristen, weil die dortige Verwandtschaft vor der Geburt von Fifis großem Bruder den Kontakt zu ihrer Mutter abgebrochen hatte. Der Bruder betrachtete sich als Japaner. Er wollte den Mädchennamen der Mutter annehmen und die verstreute Familie aussöhnen. Womöglich war das eine geläufige, geschwisterrivalitätsbedingte Arbeitsteilung, aber seine Brückenbaumanie – dass er seine Mutter zwang, Japanisch mit ihm zu sprechen, und die japanischen Kids in der Schule, ihn zu akzeptieren, et cetera, als könnte eine Brücke einen Abgrund zuschütten – erzeugte Peinlichkeiten ohne Ende. Fifi distanzierte sich früh von solchen Szenen, was zu einer haarsträubenden generellen Konfliktintoleranz geführt hatte.

Sie fühlte sich ihrer Verwandtschaft in Atlanta zugehörig. In ihrer Selbsteinschätzung war sie eine Schwarze aus Georgia, entspannt, höflich und pragmatisch, und wehe denen, die es wagten, anders zu sein. Der Konsens an der Schule war: «So eine Bitch.»

Sie lernte wie der Teufel, um perfekte Noten und Testergebnisse zu erzielen, weil sie die Karriere ihres Vaters noch toppen wollte, indem sie eine schwarze Kieferorthopädin mit milliardenschweren Patienten wurde. Nach der Schule jobbte sie in seiner Praxis und fand keine Zeit für Philanthropie oder Sport. Henry hatte vor, an die UCLA zu gehen, und sie hatte vor mitzukommen. Um sich ihre Zulassung zu sichern, brauchte sie dringend eine außerschulische Aktivität.

Beim auf dem letzten Loch pfeifenden Literaturmagazin der Schule schlug das Außenseiter-Powerpaar zu. Drei Jahre lang, bevor sie ihm neues Leben einhauchten, waren dort nur noch Fotos der Kollegenschaft im Jahrbuch platziert worden, ohne dass ein einziges eigenes Heft erschien. Die ungenutzten Etats hatten sich zu einer stattlichen Summe angesammelt, weil niemand sich auch nur genügend dafür interessierte, um das Geld zu veruntreuen.

Posten wurden nach Bedürftigkeit vergeben. Henry wurde Herausgeber, damit er bei der Anzeigenakquise reiche Leute kennenlernen konnte – seine künftigen Klienten, vielleicht die Großeltern von Fifis künftigen Patienten. Fifi wurde Textchefin, weil sie für ihre Collegebewerbung Führungspositionen brauchte. Jay wurde Lyrikredakteur, weil er mit Henry und Fifi ans College wollte. Meine Funktion bestand darin, für Fifi Einsendungen zu lesen, denn für so was hatte sie keine Zeit. Unser anderer Freund Will kümmerte sich um Layout, Grafik und den Online-Auftritt.

Will brauchte das Magazin nicht. Er hatte so gute Testergebnisse, dass er angenommen worden wäre, wo immer er sich bewarb. Wie einige unserer Mitschüler war er zur ersten Redaktionskonferenz gekommen, weil er mehr außerschulische Aktivitäten auf seiner Liste brauchte, aber im Gegensatz zu den anderen blieb er länger als eine Minute. Er war mit mir und Jay in die Grund- und Mittelstufe gegangen, ohne dass wir jemals ein Wort gewechselt hätten. Als kleinerer Junge hatte er wegen seiner lässigen Meisterschaft in diversen Videospielen als ziemlich cool gegolten, bis ihn massive optische Defizite bei uns landen ließen. Will bekämpfte eine zystische Akne mit Medikamenten, die es nötig machten, dass er in geschlossenen Räumen glänzenden Sunblocker auftrug. Er hatte ein schmales Gesicht mit einem fliehenden Kinn und vorstehenden Frontzähnen, die ihn bestenfalls nachdenklich aussehen ließen.

Seine Eltern waren Juden, und er behauptete, er sehe nach «asiatischem Nerd» aus, weil – behauptete er – Juden Asiaten seien. Das war die schlimmste Sorte Streberironie, anstößig und opak zugleich, basierend auf dem alten Fascho-Gedanken, dass Juden «Orientalen» sind. Möglicherweise hatte er den Witz selbst erfunden und nicht in irgendeinem Onlineforum geklaut. Es fiel schwer herauszubekommen, zu was er gedanklich in der Lage war. Im Vergleich zu den anderen sprach er so wenig. Er sprach kaum mehr als ich.

Die Einsendungen bestanden größtenteils aus fanfiktionalen Träumereien über das Sexlife von Fernseh- und Filmdarstellern, eingereicht von einem älteren (sprich: ungefähr zwanzig – er war in der Grundstufe zwei- oder dreimal wegen Schulverweigerung sitzengeblieben) kubanischen Typen, der seidene Bomberjacken trug und in Henry verschossen war. Eine gewisse Anzahl enthielt Trash von Scherzbolden, die Fifi eins auswischen und sie öffentlich bloßstellen wollten, nur so zur Unterhaltung. Doch in jedem Quartal reichten auch Schüler mit akademischem oder literarischem Ehrgeiz ernsthafte Gedichte und Kurzgeschichten ein, die auf die Lehrstandards des Common Core zugeschnitten waren, und die veröffentlichten wir. Jedes Jahr unter Henrys Führung gewannen wir Exzellenzpreise für Literaturmagazine an staatlichen Highschools.

In der neunten Klasse hatten wir noch keine Clique gebildet. Wir trafen uns lediglich einmal die Woche während der Berufsvorbereitungsstunde in der Schulbücherei. Es waren kaum andere Benutzer da, und die Teilzeit-Bibliothekarin, eine Rentnerin in den Siebzigern, verließ nur selten ihr Büro. Mannigfaltige Schutzbarrieren erhoben sich dort zwischen mir und meinem Zuhause – meine Redaktionskolleginnen und -kollegen, hohe Bücherwände, die dicken Stahltüren der Schule, der ummauerte Hof, die drogenfreie Schulzone –, und ich hatte eine Rolle zu spielen, indem ich mich gelegentlich zu Wort meldete und sagte: «Der hier war okay» oder «Dieser da war scheiße». Bei diesen Zusammenkünften war ich so glücklich wie nie zuvor in meinem Leben.

Im darauffolgenden Juli unterzog sich Will (herausgefordert von Jay) der Mutprobe, sich auf die Bourdon Farm zu schleichen, um mal einen Blick auf Grandpa Larry zu erhaschen, der daraufhin sogleich seinen beschnittenen Penis zu sehen verlangte, anspielend auf den Gedanken, dass Juden für die Wissenschaft interessant seien. Während er den Blick nicht vom Fernsehbildschirm nahm, auf dem eine Blondine mit verschmierten roten Lippen die Abendnachrichten von einem Teleprompter ablas, fummelte Grandpa Larry an seinem eigenen Hosenschlitz herum und beschrieb detailliert ihre Technik beim Blasen. Eric und Roger (beides Christen) standen auf und gingen.

Das alles war natürlich nur ein durchtriebener Scherz, aber wir und die Arbeiter hatten ja «keinen Sinn für Humor». Grandpa Larry benutzte Ekelhaftes wie andere Leute ihr Charisma, um sich überall in den Vordergrund zu spielen.

Der Vorfall hatte zumindest eine ausgezeichnete und letztlich lebensverändernde Folge, nämlich dass Will mich einlud, jederzeit mit zu ihm nach Hause zu kommen, wenn ich wollte. Das Erlebnis mit Grandpa Larry hatte ihm eine Lehre erteilt und ihn zugänglicher gemacht. Seitdem habe ich ihn nie wieder einen Witz machen hören, dessen Pointe irgendwie anstößig war.

Die neue Freundlichkeit rührte nicht daher, dass er mich «mochte». Er bemühte sich nie darum, allein mit mir zu reden. Er behauptete, auf genau dieselben «heißen» Mädchen zu stehen wie die anderen Jungs. Wir wurden keine dicken Freunde. Trotzdem fing ich an, ihn sonntags zu Hause zu besuchen, und traf dort des Öfteren auf Jay und manchmal auch auf Henry und Fifi.

Im Verlauf der zehnten Klasse zog das Hauptquartier des Magazins in Wills Haus um, was Sinn ergab. Die Computerausrüstung war dort viel besser als in der Schule. Wir arbeiteten in seinem Schlafzimmer am Layout und hielten Redaktionskonferenzen im Wohnzimmer ab.

Das Haus war nicht so riesig wie Jays, dafür aber gemütlich. Wir saßen auf dem Fußboden herum, und seine Eltern konnten uns unmöglich ignorieren – wir waren laut –, aber sie versuchten es auch gar nicht erst. Sie schienen Freude an jungen Menschen zu haben, in einem Maße, dass ich mich wunderte, warum Will keine Geschwister hatte. Stattdessen gab es einen alten Bobtail namens Lionel, der gebadet und gebürstet wurde und auf alle Sitzmöbel durfte wie ein lebendiges Kissen.

Wills Mutter Susan brachte mir das Kochen bei. Ich war neugierig zu erfahren, wie leckeres Essen entstand, und sie war nett genug, es mir zu zeigen. Sie lächelte geduldig, während ich ihre leckersten Kreationen lobte, etwa gegrillte Käsesandwiches mit echtem Cheddar und nicht ranziger Butter.

Sie war Kinderärztin. Gewöhnlich trug sie Wickelkleider und lederbesohlte Schuhe, und ihr Haar hielt sie glatt wie Glas. Ich fand sie absolut fernsehtauglich. Wills Vater war ein Strafverteidiger, der an Verhandlungstagen Anzug trug und es am Wochenende locker angehen ließ, indem er den Schlips abnahm.

Von mir abgesehen, hatten alle aus der Clique arbeitende und zudem noch verheiratete Eltern. Ich fand, dass sie normal waren und ich nicht, wenn auch nur, weil glückliche Menschen die Minderheit bilden, die die Normen hinter dem Konzept der Normalität festlegt.

Meine Liebe zu Jay hielt so lange, bis ich mich am Samstag nach meinem sechzehnten Geburtstag bei ihm zu Hause betrank und mit einem Set sauberer Bissspuren auf meinem linken Oberarm aufwachte. Er meinte, wir hätten ferngesehen, und ich hätte meinen Arm immer wieder hinter seinem Kopf aufs Sofakissen gelegt, sooft er auch zurückgewichen sei, deshalb habe er sich umgedreht und fest hineingebissen, glatt durch den Flanell hindurch.

Ich gestand ihm, wie es mir ging. Er reagierte freundlich und setzte mir auseinander, dass Schwulsein das Straightsein ausschloss. Wir könnten schon Sex haben, weil er sowieso ständig geil sei, aber in mich verlieben werde er sich nicht. Er werde mich garantiert unglücklich machen. Dann nahm er mich in den Arm, weil er sich nun vernünftig abgesichert hatte.

Meine Gefühle für ihn hatten wenig mit Sex zu tun, auf den man sich, wenn es nach mir ging, nichts einbilden konnte. Der breite Weg zum Orgasmus ist kürzer als der schmale. Ich lebte inmitten eines wahren Bombardements von Pornos und umgeben von ewig wechselnden Arbeiterscharen, bei denen es mir nicht schwerfiel, mir eine kleine Gruppenvergewaltigung verstörend erotisch auszumalen. Meine einzigen realen Sexerlebnisse fanden jedoch statt, wenn ich duschte und irgendein Henderson hereingeplatzt kam, um nachzuschauen, ob ich ertrunken war, oder mich zu ermahnen, weil ich Wasser verbrauchte. Ihre Anzüglichkeiten (Doug, wobei er den

Duschvorhang nur um Haaresbreite zurückzog: «Alles okay bei dir? Es sind schon zehn Minuten um, und ich dachte, du wärst vielleicht hingefallen und hättest dir den Schädel aufgeschlagen») lehrten mich, wie eine Soldatin zu duschen, indem ich den ganzen Kladderadatsch mit Lichtgeschwindigkeit säuberte. Sex war mit ziemlicher Sicherheit das Gefährlichste und Ekligste, was ich vielleicht irgendwann begehren würde, und ich hatte keine Eile, es auszuprobieren. Was ich wollte, war, dass Jay mich küsste. Hätte er auf meinen Trick mit dem Arm um die Schulter mit einem Griff in mein Höschen reagiert, wäre ich einfach aus dem Haus gerannt.

Vielleicht sollte ich mal mein Aussehen beschreiben.

Es lebte einst eine berühmte Celebrity, die, als sie jung war, genau mein Gesicht und meinen Körper hatte: Audrey Hepburn.

Bevor Sie mich jetzt auslachen, stellen Sie sich eine einsilbige Audrey in einem viel zu großen Secondhand-Flanellshirt und aufgekrempelten Jeans mit zerrissenen Knien vor. So weit, so gut. Das könnte sogar noch als modisch durchgehen, wenn sie unter dem Hemd eine Chemise trüge, die den Bauchnabel freiließe. Aber diese Audrey hat keine Taille. Unter ihrem bis oben hin zugeknöpften Zelthemd wirkt ihr Körper sperrig. Alles Mögliche konnte dadrunter sein – eine Hühnerbrust, ein Schmerbauch, nässende Furunkel. Während die anderen Mädchen ihr Haar offen schwingen ließen, band ich meines mit dicken Gummibändern von der Post grob zurück und ließ dann die restlichen Haare nach vorne fallen, um mein Gesicht zu verbergen. Das Gummiband brauchte ich, um überhaupt noch sehen zu können, denn ich hob tunlichst nicht den Kopf. Meine Hände in den zu langen Ärmeln umklammerten die Träger meines Rucksacks und ließen kurze, schmutzige Fingernägel aufblitzen, wenn ich durch die Schule trampelte und hart auf den Hacken meiner durchsichtigen, im Winter mit Kniestrümpfen getragenen Plastiksandalen aufkam, wobei keine schwingenden Hüften zu sehen waren, weil ich meine Bewegungsabläufe offenbar den Büffeln abgeschaut hatte. Ins vorgeneigte, hinter dem Haarvorhang verborgene Gesicht geschrieben standen mir eine sonderbar diffuse Furcht und eine leise Neugier darauf, was für neue Schrecknisse wohl auf mich warteten, während ich gewohnheitsmäßig Tränen verdrückte.

Infolgedessen wurde die Ähnlichkeit mit Audrey häufig übersehen.

Bei zwei Gelegenheiten plünderte Jay den Kleiderschrank seiner Mutter und ließ mich dann vor seinem dreiteiligen Spiegel posieren. Das erste Mal war schon furchtbar genug. Er steckte mich in ein spitzenbesetztes schwarzes Cocktailkleid. Ich sah zwar aus wie Audrey, aber verletzlich und klein. Sie hatte in solchen Outfits nie schwach gewirkt, jedenfalls nicht auf mich – aber ich tat es. In meinem Kopf säte das Zweifel daran, ob sie wirklich so gut aussah. Schließlich spielte sie die Hauptrolle in *Ein süßer Fratz*. Es hätte schon Argumente dafür gegeben, dass sie ein spitzes Kinn und Fledermausohren hatte. Ich ließ Jay die Fotos löschen. Das zweite Mal machte mich nur noch trauriger. So etwas wie Attraktivität überstrahlte zwar die Furcht, aber hauptsächlich sah ich eine Fantasiefigur über dem Abgrund schweben, der mich von Leuten mit verfügbarem Einkommen trennte. Jay hatte mich mit Kleidung und Schuhen im Gegenwert von mindestens achthundert Dollar ausgestattet. Meine Großeltern in Pasadena trennten sich nie von mir, ohne mir einen Zwanzigdollarschein zuzustecken, der prompt in den Betrieb meines Prepaid-Billig-Flipphones ging.

Heute weiß ich, dass ich für eine bestimmte Sorte heterosexueller Männer – die Eifersüchtigen, die Schüchternen, gewisse Unterkategorien der Frommen usw. – ein Ideal darstellte: eine Schönheit, von der nur sie wussten, eine in keinem Katalog erfasste Bellini-Madonna, die sich pflichtschuldigst in einer Mülltüte aufbewahrte. Jay wollte das Gegenteil. Er hätte ein selbstgewisses Mädchen bevorzugt, das über einen vorstehenden Adamsapfel, Anmut, Stil, einen gut gepolsterten Po und einen Fünfuhr-Bartschatten verfügte.

Grandma Tessa blickte bei der Audrey-Sache total durch. Sie hatte mich überhaupt erst auf die Ähnlichkeit hingewiesen. Meine Männerkleidung und mein Getrampel gingen ihr auf den Zeiger. In der elften Klasse schenkte sie mir ein Buch des Verhaltensforschers und Hypnotherapeuten Milton Erickson, das an zahllosen Fallstudien Menschen zeigte, die ihrem Leben mit simplen Tricks eine neue Wendung gegeben hatten. Eine Frau mit Zahnlücke war zu schüchtern und ängstlich, um Männer anzusprechen, deshalb trug ihr Erickson auf zu lernen, wie man einen Wasserstrahl zielsicher durch die Lücke spuckt. Als sie diese Kunst gemeistert hatte, riet er ihr, den Wasserspender im Büro im Auge zu behalten und einen begehrenswerten Kollegen nass zu machen.

Ein Jahr später war sie verheiratet und erwartete ein Kind. Grandma Tessa glaubte, wenn ich mich «wie ein vernünftiger Mensch» anzöge, könnte ich genauso glücklich werden wie die Frau in dem Buch.

Ich warf protestierend ein, dass ich in einem Schlammloch lebte und arbeitete. Genauer: Ich lebte in einer Hütte, in der ein Stuhl den Kleiderschrank ersetzte, und arbeitete in einem Schlammloch.

Sie wollte mir die Haare abschneiden. Haarverkürzung ist in Audreys Filmen ein geläufiges Motiv. Aber ich hielt mit störrischer Loyalität an meinem langen Haar fest, weil es das einzige Zeichen meiner Weiblichkeit war und ich auf den Tag wartete, an dem ich genug geliebt wurde, um dieses sekundäre Geschlechtsmerkmal ungebändigt zu tragen. In dieser Phase wurde meine Weiblichkeit so nur sichtbar, wenn ich mich auszog, als wäre Torrance Kabul. Sie hätte mir beibringen können, mein Haar zu einem Knoten hochzustecken. Sie hätte erkennen können, dass hier und da mal zwanzig Dollar für einen Teenager im einundzwanzigsten Jahrhundert ein unzureichendes Taschengeld waren. Sie hätte mit mir shoppen gehen können. Nach dem Schulabschluss hätte sie mich einladen können, jede zweite Woche in ihrem Trailer zu wohnen, während ich mich nach einem bezahlten Job umsah, bei dem es nicht darum ging, Pferdedung von einem Pick-up zu schippen und ihn mit dem Schlauch zu bewässern. Allein das hätte mich über Nacht hübscher gemacht! Sie hätte merken können, dass die Schaffung einer Atmosphäre latenter sexueller Bedrohung bei den Hendersons zu den Geschäftsgrundlagen gehörte. Das war Teil dessen, was sie als Männlichkeit definierten: Fixierung auf alles Suggestive, etwa Brüste in einem Raum, egal ob in einem Porno, an einem Filmstar im Fernsehen oder auch leibhaftig an einer alternden Saufkumpanin oder an einem zwölfjährigen Mädchen. Meine Unterhosen in der Wäsche irritierten sie. Auch Tampons irritierten sie, selbst wenn sie unbenutzt und noch in der Schachtel waren. Ich versteckte sie im Rucksack und brachte benutzte, auch mitten in der Nacht, sofort hinaus in die Mülltonne, weil Grandpa Larry meinte, sie verstänken ihm das ganze Haus. Grandma Tessa hätte mich da verdammt noch mal rausholen können, als ich zehn war.

Als es Zeit wurde, sich fürs College zu bewerben, fragte mich die Betreuungslehrerin, was ich nach dem Abschluss machen wollte.

Ich sagte, ich hätte vor, nach Australien zu meinem Vater zu ziehen. Das kam mir überzeugender vor als mein eigentlicher Plan, der darin bestand, auf absehbare Zeit in der Baumschule weiterzuarbeiten. Die absehbare Zeit erstreckte sich für mich damals über vielleicht sechs Wochen. Meine Neugier auf die nahe Zukunft wand sich sehr zaghaft voran und zerfaserte immer wieder, wie ein Faden, den man vergeblich einzufädeln versucht.

Grandma Tessa und Grandpa Lamont waren nicht auf dem College gewesen. Sie hatten aber irgendwo gelesen, dass der Collegebesuch für meine Generation wegen der astronomischen Kosten eine schlechte Idee sei, deshalb fiel ihre Unterstützung eher halbherzig und zögerlich aus (sprich, war inexistent). Grandpa Lamont sagte: «Wenn du willst, Liebling, sollst du natürlich aufs

College gehen. Wir werden dich nach Kräften unterstützen.» Ich wusste, dass er von moralischer Unterstützung sprach. Er hatte sich schon bei der Bezahlung der Standardtests ziemlich angestellt.

Die Henderson legten keinen gesteigerten Wert auf Bildung. Das Einkommen auf der Bourdon Farm wurde eher in Mußestunden bemessen und folgte der Clanhierarchie. Nach seinem Highschool-Abschluss ließ Axel es jetzt ruhig angehen, bei reduzierter Arbeitszeit und in Erwartung seines schlussendlichen, durch natürlichen Schwund verursachten Aufstiegs zum Boss, nachdem sein Großvater und sein Vater gestorben wären. Doug teilte seine Zeit zwischen Kundenakquise und Auslieferungen auf – also zwischen Telefonieren und Autofahren. Dazu verfügte er über vier Arbeitskräfte (Eric, Roger, mich und bisweilen Simon). Grandpa Larry tat gar nichts, außer an seinen Motorrädern herumzuschrauben.

Vielleicht hatte mein Dad in Australien (falls er sich noch dort aufhielt und vorausgesetzt, er war überhaupt dorthin verschwunden) ja viel Geld und konnte meine Collegegebühren, eine Miete in einem Wohnheim sowie ein Abo für das Mensaessen bezahlen und mich damit von den Hendersons unabhängig machen. Doch wir hatten keinen Kontakt. Natürlich war dies die moderne Welt, wir hätten an Feier- und Geburtstagen per Video chatten können. Aber er orientierte sein Benehmen an den Emigranten aus Segelschiffzeiten. Ich bekam nicht mal einen Brief. Wissen seine Eltern von meiner Existenz? Wer sind die überhaupt? Er heißt Jim Thomas. Finden Sie mal einen Jim Thomas im Internet!

Meine Freunde gingen alle an die University of California in Los Angeles – jedenfalls war das der Plan –, und um sie zu sehen, brauchte ich kein College. Die Uni lag direkt nördlich am San Diego Freeway, unweit der Veteranenklinik, in der Grandpa Larry all seine OPs vornehmen ließ. Also würde ich, statt mir Unsummen zu leihen, mein Geld vom Highschool-Abschluss zum Kauf eines Autos nutzen.

Vielleicht braucht man Ungeschlachtheit auf Ranzige-Butter-Niveau, um zu glauben, Studierende der UCLA würden Kontakt zu einem pennylosen Kleinstadthäschen von ihrem Highschool-Literaturmagazin halten, aber ich glaubte daran. Ich glaubte felsenfest daran.

Mein Plan funktionierte nicht, weil nur Jay an der UCLA landete. Fifi entschied sich für die Cal Poly in San Luis Obispo. Will wählte die UCSD. Henry würde im Herbst nach Yale abzwitschern, wo er sich beworben hatte, ohne Fifi davon zu erzählen.

Ihre Trennung hallte auf den Fluren der West High wider und verwandelte den Schulabschluss in eine bloße Formsache. Witzige Pläne für Proms und Partys verkümmerten im Ansatz. Der einzige Weg, irgendeine Feierlichkeit zu retten, wäre gewesen, Fifi davon auszuschließen, sie, unsere anarchistische Seele und Stimme der Vernunft, oder zumindest ein Quell fesselnderer Gesprächsthemen als die von Jay und Henry. Will wurde fast so still wie ich. Ohne sie liefen unsere Meetings nicht rund. Statt ihrer Henry auszuschließen, hätte auch nichts gebracht. Sie zürnte uns allen, weil sie überzeugt war, dass wir von Anfang an Bescheid gewusst hätten. Die Schule musste erst vorbei und er ihr aus den Augen sein, bevor sie sich so weit abregte, dass sie uns glauben konnte. Inzwischen wechselten wir alle fast kein Wort mehr. Nicht aus Feindschaft. Wir sahen in diesem Frühjahr nur viel fern. Am Abschlussabend fand das bei Jay zu Hause statt, mit Mixgetränken, aber beim Fernsehen blieb es trotzdem. Henry betankte sich, bis ihm schlecht wurde und er zornig mit der Faust gegen eine Wand schlug, und Jay versorgte ihn mit Heftpflastern und Katerkuren aus dem Internet.

Jays erste Wahl war die Uni in Irvine gewesen, südlich von Torrance auf dem Weg nach San Diego. Er wollte zu Hause wohnen bleiben. Nicht, weil er sich keine eigene Wohnung hätte leisten können; das Haus seiner Eltern war einfach so groß, dass er dort mit achtzehn fast unbemerkt lebte. Er hatte seinen eigenen Fitnessraum mit gigantischen Spiegeln und Parkettfußboden. Er nahm noch immer Flamencounterricht bei Loretta, lernte noch immer Rhythmen und Techniken und war noch immer nicht öffentlich aufgetreten. Ihre Erblindung war so weit fortgeschritten, dass sie das Autofahren so gut wie aufgegeben hatte, aber sie wusste, dass etwas an seinem Tanzstil merkwürdig war.

Im Sommer vor dem Schulabschluss hatte er ein fatales Interesse an der Eurythmie entwickelt, einer Tanztechnik, mit der auch buchstabiert werden kann. Davon gehört hatte er durch eine Cousine von Will, die in die vierte Klasse einer Waldorfschule ging, und sie dann über das Internet zu imitieren gelernt.

Bei der Eurythmie chiffrieren die Bewegungen des Tänzers Buchstaben. So können Texte auf eine Weise getanzt werden, die nicht abstrakt oder bildlich ist, sondern in digitalen Zeichen darstellbar. Er begann, Flash-Mikrogedichte zu schreiben und sie in sein Flamencoprogramm einzubauen.

Bei seinen Vortanzterminen im College war ich weder dabei, noch erzählte er davon, aber die Uni in Irvine gab ihm kein Stipendium für ihr BFA-Tanzprogramm und die in Long Beach auch nicht. Beide Unis lehnten ihn rundheraus ab, wie einen Sittenstrolch. Deshalb fällt es mir leicht, mir die sich windende Jury vorzustellen, wenn Lorettas arthritischer Repetitor mit seinem dicken braunen Daumennagel eine *bulería* aus dem Handgelenk schüttelte und Jay mit erhobenen Ellbogen und gelegentlich aufstampfend zu wirbeln begann, um S-A-M-E-N-S-C-H-E-I-N zu buchstabieren.

Zugelassen wurde er dann in L. A. an der Uni für Geisteswissenschaften und Kunst auf Basis der üblichen Transkripte und Essays oder – womöglich – elterlicher Intervention. Tanzen war dort, in Verbindung mit Forschung auf dem Gebiet der kritischen Wissenschaft des Tanzes, erlaubt, wurde aber nicht gefördert.

Gleichwohl fand er, dass ihm seine Kunst die Pforten geöffnet hatte, weil sie so superschwul war. «Colleges sind scharf auf so diverse Studierende wie mich», sagte er – als wäre er nie irgendwo abgelehnt worden. Jay hatte Selbstvertrauen. Er lernte aus Erfahrung, was er daraus lernen wollte, den Rest vergaß er.

Wie versprochen gaben mir Grandma Tessa und Grandpa Lamont fünfhundert Dollar in bar im Tausch gegen mein Abschlusszeugnis, das sie rahmten und sich ins Wohnzimmer hängten.

Das Geld reichte für den Erwerb eines minimal rhomboiden Mazda (bei einem Unfall hatte sich das Chassis verzogen) und dafür, ihn mit runderneuerten Reifen und in Nevada gestohlenen Kennzeichen auszurüsten. Doug fuhr mich auf dem Sozius seines Motorrads nach Barstow, um ihn abzuholen.

Ich konnte nicht Auto fahren. Grandpa Larry hatte durch Doug und Axel auf die harte Tour gelernt, dass ein Kind, das fahren kann, sich irgendwann einen Truck ausborgt und damit Scheiße baut, während ein «illegaler Ausländer» ohne Führerschein nur auf Geheiß Auto fährt, und dann so umsichtig, als transportiere er Eierschalen in einem Fahrzeug aus Eierschalen. Deshalb ließ er die Arbeiter fahren, aber nicht mich.

Ich brachte es mir dann selber bei, indem ich vier Tage lang in der Wüste herumgurkte und auf der Rückbank nächtigte, bis ich mich in der Lage fühlte, den Wagen nach Hause zu fahren. Zurück nach Los Angeles kam ich allerdings nur langsam voran. Der Schalldämpfer war durchgerostet, und bei höherer Geschwindigkeit klang der Wagen wie ein Flugzeug. Als ich zu Hause eintraf, verklebte Axel das Loch als sein Geschenk zum Schulabschluss.

Ich fuhr mit gefälschten Inspektionsmarken und ohne Versicherung, Fahrzeug- oder Führerschein. Die kalifornische Polizei hielt mich nie an. Privileg der dünnen Weißen, nehme ich an.

Aber anfangs schien es mir nur fair, dass ich überhaupt ein Privileg genießen durfte, und später schien es mir nur fair, meine Freiheit und Bonität dafür aufs Spiel zu setzen. Das eigentliche Privileg wäre gewesen, ohne dieses Herumgeeiere leben zu können, in einem besseren Universum.

Im Umgang mit mir legten die Hendersons oft eine grausame Aufrichtigkeit an den Tag, die sie für Sarkasmus hielten, in dem sie wiederum eine humorvolle Variante unbeschwerter Ironie sahen, weshalb ich zunächst glaubte, sie machten Witze, als sie mir verklickerten, dass ich als Vollzeitangestellte auf der Bourdon Farm Miete würde zahlen müssen. Die Rechnung laufe seit dem Tag, an dem ich siebzehn geworden sei (sie koppelten den Zeitpunkt des Erwachsenwerdens an das Mindesteintrittsalter beim Militär), aber sie seien sich einig gewesen, die Schuldeintreibung bis nach meinem Abschluss zu verschieben.

Um fair zu sein, boten sie mir bessere Konditionen als Roger und Eric, die sich einen Raum teilten. «Du kannst ja irgendwo Abendschichten einlegen und uns bar bezahlen», bot Doug an. «Fünfhundert im Monat wären okay. Wir sind da nicht so! Aber deinen Beitrag musst du schon leisten.» Er versicherte mir, ich sei eine Schlüsselfigur im Unternehmen, das meine Hilfe bei einer Großbestellung von Formschnittpflanzen brauche. Ich bat ihn um ein Darlehen für einen Computer. Er gab mir fünfzig Dollar – ein Geschenk zum Schulabschluss, sagte er, im Gedenken an meine Mutter.

Ich leistete mir ein gebrauchtes, aus Mexiko eingeschmuggeltes Windows-Smartphone ohne eigene SIM-Karte. Aus Gründen der Diskretion (ich verdächtigte Axel, dass er im Routerverkehr herumschnüffelte) ging ich in einen Coffeeshop, der WLAN hatte, um mir einen neuen Ort zum Leben zu suchen.

Es gab tatsächlich finanzierbare Behausungen, die mich wollten! Eine Frau in den Achtzigern, in deren Haus sich auf Kartentischen Zeitschriften stapelten, die sie seit Jahrzehnten ordnete, bot mir eine Pritsche in ihrer Garage an. Ein Pärchen war bereit, sein Gästeschlafzimmer gegen fünfzig Arbeitsstunden Kinderbetreuung die Woche herzugeben, damit die Frau sich einen Job suchen konnte. Ein pensionierter Navy-Offizier zeigte mir einen heruntergekommenen Camper im Garten neben seinem Haus. Seine Augen waren blutunterlaufen. Er zitterte, während er seine Hunde streichelte.

Ich füllte Bewerbungsformulare für Jobs in Tankstellen, Restaurants, Cafés und Minimärkten aus. Aber meine gesamte Erfahrung beschränkte sich auf ungelernte Arbeit oder die Lektüre von Kurzgeschichten und Gedichten. Ich war nie mit Geld umgegangen. Hatte nie einen Geschirrspüler bedient. Ich fälschte nichts außer meiner Social-Security-Nummer, weil ich nicht wusste, dass von Jobbewerbern erwartet wird, ja dass sie ermutigt werden und – im Fall vorausgegangener Straffälligkeit – sogar verpflichtet sind zu lügen.

Die Formschnittbestellung belief sich auf achthundert Sträucher, alle konisch zulaufend mit einer Kugel obendrauf. Der Konsens auf der Bourdon Farm war, dass niemand mein Talent beim Ligusterschnitt toppen konnte und dass es ein Verbrechen gegen den Kunden gewesen wäre, jemand anderen diese Arbeit erledigen zu lassen.

Ich konnte die benzingetriebene Heckenschere ungefähr zwei Sträucher weit auf Schulterhöhe halten, aber es waren achthundert. Am Ende arbeitete ich von einer hohen Leiter aus und schnitt, den Rücken gebeugt wie ein Frettchen, in einem Meter fünfzig Höhe über dem Boden Kugeln. Nachmittags war mir schwindlig. Gelegentlich schauten meine Kollegen vorbei und riefen: «Alles klar bei dir?»

Ich rechtete mit Doug und Axel und erbot mich, Eric und Roger selbst zu instruieren, damit sie mir helfen konnten. Die Pflanzen wuchsen, und allein war ich so langsam, dass ich, wenn ich ungefähr hundert fertig hatte, wieder von vorn anfangen und sie nachbearbeiten musste. Die beiden sahen mich komisch an. «Natürlich beherrschen sie den Formschnitt», sagte Doug. «Darum geht's aber nicht. Die Frage ist, wie gut machen sie ihn. Wie gewissenhaft. Du bist einfach die Beste.» Axel nickte beifällig. «Die Pflanzen immer wieder nachzubearbeiten, ist doch gerade der Witz», fügte Doug hinzu. «So werden sie schön dicht. So entsteht die Qualität der Bourdon-Farm-Produkte, die den Premiumpreis rechtfertigt.»

Sie meinten, sie könnten sich auf einen Deal über meine Mietschulden einlassen und sie mit der Arbeit verrechnen, ja sogar meinen (nie ausbezahlten) Lohn erhöhen. Ich gab mir alle Mühe, nicht dankbar dreinzuschauen, als Doug, vor Großmut aufgeblasen wie eine Taube, mir dieses Angebot machte.

Jay entschied sich für das Wohnen auf dem Campus der UCLA und mietete die Hälfte eines Apartments mit zwei Schlafzimmern. Ich verstand, was ihn antrieb. Das College lag nur dreißig Kilometer entfernt, und er konnte in einer halben Stunde hinfahren, vorausgesetzt, er tat es an einem Dienstag um drei Uhr morgens. Zu fast jeder anderen Zeit dauerte die Fahrt doppelt so lang. Die Studierendenwohnheime bildeten eine ganze Stadt in der Stadt, ausschließlich bewohnt von intelligenten, gut durchgeprüften Jugendlichen. Tausende verfügbarer Single-Männer spazierten auf malerischen Rasenflächen zwischen den hochhausartigen Wohngebäuden herum und kamen in Food-Court-artigen Restaurants zusammen. Die einzelnen Wohnbereiche waren nach Familieneinkommen getrennt, aber die Mensen erlaubten Arm und Reich, sich zu vermischen.

Binnen einer Woche hatte er an einem Workshop in postmodernem Tanz teilgenommen und einen Dichter namens Rick kennengelernt, einen Doktoranden in den Dreißigern, der noch immer in den Food-Courts aß – er war zwar nicht mehr immatrikuliert, schrieb aber in der Bibliothek an seiner Dissertation. Mit seiner medizingeschichtlichen Arbeit über Pseudoparasiten im achtzehnten Jahrhundert, so erzählte er Jay, komme er wegen seiner Leidenschaft für erzählende Dichtung nicht recht voran. Er arbeite gerade an einem Versepos über François-Dominique Toussaint Louverture. Es sei schon auf zehntausend Zeilen und achthundert Verse angewachsen, und jede Zeile sei durch sorgfältige Recherche abgesichert.

«Wow», sagte ich, als Jay mir das berichtete. Er meinte, er habe ähnlich reagiert, aber Rick sei eine interessante Type, und Medizingeschichte sei irre.

Wochenlang stromerte Jay auf dem Campus von Gebäude zu Gebäude, schaute in Vorlesungen rein und unterhielt sich mit Passanten. Ein Tanzstudium allein würde nicht genügend Scheine für einen Abschluss erbringen, deshalb probierte er es mit Volkswirtschaft, Geschichte, Gender Studies, Slawistik, Ernährungswirtschaft und Anglistik. Dort, in einem Einführungskurs, fiel ihm ein Junge ins Auge.

Am dritten Freitag im Oktober packte ich meinen Schlafsack ein und fuhr Jay mit öffentlichen Verkehrsmitteln besuchen. Die Hendersons sparten nicht mit Tadel, dass ich mich nur drei Wochen, bevor bei den Formschnitten das Umtopfen anstand, vom Acker machte.

Dass Jay jemanden kennengelernt hatte, leitete ich nur aus seinem Verhalten ab, nicht aus etwas, was er sagte. Er lud mich zu allen Mahlzeiten ein, die ich samt und sonders köstlich fand. Während wir aßen, ließ er den Blick schweifen. Nie sah er den Menschen, den er mir zeigen wollte. Er erwähnte ihn nicht mit einem Wort. Doch ich wusste, dass er irgendwo da herumlief.

Am nächsten Morgen fuhr er mich in seinem SUV in die Hügel hinter West Hollywood hinauf und erzählte von seinen Studien. Die Slawistik hatte sich als reich an verheißungsvollem Material entpuppt, etwa verächtlichen Beschreibungen des Umgangs der Wikinger mit Frauen aus dem Blickwinkel des mittelalterlichen Islams. Sogar die englische Literatur hatte sich als billig und skurril erwiesen.

Die Pikanterien, die er mir bei unserem Spaziergang zu kosten gab, waren obszön, aber nicht pornografisch: Informationen um ihrer selbst willen, nicht zweckorientiert. Sie ließen mich in eine irgendwie merkwürdige Art von undefinierbarer Erregung geraten, eine unwiderstehliche Absenz, die nicht sexuell war, mich aber zu Büchern hinzog, als könnten arabische Snobs aus dem Mittelalter und halbseidene metaphysische Dichter meine neuen besten Freunde werden.

Am Abend spazierten wir erst durch das Geschäftsviertel und dann durch die Partymeile des Campus, schauten uns die Bars und die Feten an, ohne irgendwo reinzugehen. Nach einer Weile konzentrierten wir das Gespräch auf das, was wir da sahen, weil sein Repertoire an zusammenhanglosen Pikanterien erschöpft war.

Am Sonntag zeigte er mir den Campus selbst mit dem Kunstmuseum (in dem eine Kostüm-Ausstellung lief), der Bibliothek sowie diversen beeindruckenden Bäumen und architektonischen Ensembles. Dann fuhr ich nach Hause.

Für Jays Angehörige gehörte ein Studienabschluss sozusagen zur Grundhygiene, wie dass man sich hinter den Ohren wusch. Er unternahm nichts, um mich davon zu überzeugen, dass dies auch Erfüllung bot oder der Mühe wert war. Er sagte, es sei harte Arbeit, aber mit guter Verpflegung – und während er das sagte, hielt er unentwegt Ausschau nach diesem besonderen Jemand. Er war überempfindlich und gereizt. Ich sah ihm an, dass er an einem unkommunizierbaren neuen Gefühl litt, das meinem glich.

KAPITEL DREI

Wir sahen einander einige Wochen lang nicht, und dann war es fast schon Thanksgiving. Henrys Eltern hatten bis zu seinem Abgang nach Yale gewartet, um sich nichteinvernehmlich scheiden zu lassen. Sie stritten vor Gericht über den Wohnmobilhandel und sogar über den Hund, der vierzehn war und an einer Autoimmun-Hauterkrankung litt. Der Hund hätte eingeschläfert gehört, aber sie zogen es vor, über ihn zu streiten. Es war klar, dass Henry, statt nach Hause zu fahren, sich von irgendjemandem an der Ostküste einladen lassen würde.

Will kam nach Hause und freute sich darauf, uns alle zu sehen. Er sagte, San Diego sei ein Spießerkaff voll pensionierter Navy-Offiziere, aber die Strände seien mega.

Fifi mochte San Luis Obispo nicht. Die Schönheit, die sie dort als Besucherin zu schätzen gewusst hatte, kam ihr seit ihrem Umzug nur noch wie ein Haufen Bewuchs und Steine vor, und die Studierenden waren Langweiler. Sie wollte nach San Diego wechseln, weil sie Will von all ihren Freunden am liebsten hatte (eine durchsichtige Lüge), oder nach Berkeley, falls sie dort angenommen wurde.

Ich bekam all diese Informationen aus zweiter Hand

von Jay, durch Gespräche übers Flipphone. Mein neues Smartphone hatte sich plötzlich erhitzt, war am Fieber gestorben und hatte mich ohne Internet zurückgelassen. Die PCs in unserer Schulbücherei durfte ich nicht mehr benutzen, und einen Zugang zur öffentlichen Bibliothek bekam ich nicht, weil ich keinen festen Wohnsitz nachweisen konnte. Dass ich keinen Computer hatte, trug maßgeblich zu meiner Annahme bei, dass ich nie irgendwo anders als in der Baumschule arbeiten würde.

Der Nachrichtenüberblick war mir umfassend erschienen, daher meine Überraschung, als Jay an Thanksgiving mit einem neuen Freund auftauchte.

Sie holten mich mit Fifis Auto ab. Ich kam spät an die 190th raus – Fifi behauptete, sie habe keinen Bock auf die Schlaglöcher in unserer Einfahrt –, und der Wagen stand in einer Parkbucht auf der anderen Straßenseite.

«Das ist Peter!», rief Jay freudig aus dem offenen Fenster. «Peter, das ist Bran! Schau, wo sie wohnt!» Er deutete zum Tor der Bourdon Farm. Er rutschte hinüber, sodass er dicht neben dem neuen Jungen saß (es war ein sehr kleines Auto), und ich stieg ein.

Beim Anfahren hüpfte Fifi auf ihrem Sitz herum, nahm den Gang heraus und sagte: «Wetten, dass ich es ohne Zündung bis zum Pacific Coast Highway runter schaffe?»

Mir fiel auf, dass sie verändert aussah. Zu ihrem Chenille-Top trug sie Skinny Jeans – sie hatte abgenommen –, und ihr Haar war hochgesteckt.

«Tu das nicht», sagte Will. «Dein Wagen hat eine Servolenkung.»

«Peter war noch nie am Strand!», jubilierte Jay. «Er kommt aus Maine!»

«In Maine gibt es auch Strände», sagte Will. «Etwa Cape Cod.»

«Cape Cod liegt in der Volksrepublik Massachusetts», sagte Fifi. Unwillkürlich schien sie gegen den abwesenden Henry zu sticheln, auch ein in der Wolle gefärbter Demokrat.

«Du hast noch nie einen Strand gesehen?», fragte ich Peter.

Er überhörte meine Frage und sagte: «Ich mag deinen Namen. Ist das eine Abkürzung für Branwen?»

«Brandy», sagte ich.

Als Will sagte: «Fifi, Stoppzeichen!», stützte ich mich an seinem Sitzpolster ab. An der rot blinkenden Ampel halbwegs den Hügel runter hatte sie einen klassischen «kalifornischen Halt» eingelegt, indem sie mit dem Fuß auf der Bremse einfach durchgefahren war. Sie kicherte, und ich merkte, dass sie high war. «Mach die Zündung an!», protestierte Will. «Das Lenkradschloss kann einschnappen!»

«Brauch ich nicht», sagte sie. «Du bist bloß neidisch, weil du kein Auto mit Gangschaltung fahren kannst.» Sie fuhr ausgekuppelt weiter bergab.

«Das hat doch damit nichts zu tun», insistierte er ganz ernsthaft.

Als uns an der nächsten Steigung der Schwung ausging, stellte sie den Motor an, aber am letzten großen Hügel, wo die Straße zum PCH hin abfiel, machte sie ihn wieder aus und hob beide Hände, als befänden wir uns auf einer Achterbahn.

«Ich liebe diese Straße», sagte Peter zuvorkommend. «Sie verläuft wie eine Dünung.»

«Mann, Fifi!», sagte Will. Sie hatte die rote Ampel am PCH zwar gesehen und die Füße auf Kupplung und Bremse gestellt, aber sehr ihrem eigenen Tempo gemäß. Ein Diesel-Dreiklanghorn brüllte uns in die Ohren. Ein großer Pick-up schoss an unserer vorderen Stoßstange vorbei. Wir kamen mitten auf der rechten Spur des Highways zum Stehen.

Keiner sagte noch ein Wort. Die Ampel wechselte zu Grün für uns, und Fifi ließ den Wagen an und setzte zurück. Rechtsabbiegen wäre sinnvoller gewesen, aber sie wollte noch mal ganz von vorne anfangen.

Als die Huperei aufgehört hatte und wir wieder an der Ampel standen, sagte ich: «Kann ich fahren?»

Jay wies darauf hin, dass ich keinen Führerschein hätte und dass sie alle breit seien, weil Will an der UCSD Zugang zu superpotentem Gras gefunden habe.

«Dann fahre ich», erbot sich Peter und machte schnell die Tür auf. Fifi war langsamer, aber als die Ampel wieder auf Grün schaltete, hatten sie Plätze getauscht. «Wohin soll's gehen?»

«Venice», sagte Jay. «Da ist eine Lyriklesung in so einem Kunstzentrum. Bleib einfach auf dem PCH.»

«Wen kennst du hier?», fragte ich Peter.

«Ich gehe mit Jay ans College. Wir sind Freunde.»

Ich warf einen Blick auf Jay, der neben mir saß, die Augen nach vorn gerichtet; er lächelte und starrte Peters Gesicht von der Seite her an. Ich fragte mich, warum, und folgte seinem Blick.

Peters Wangen waren so weiß wie Milch, mit einem

bläulichen Schimmer an den Stellen, wo er sich rasierte. Seine Augen waren schwarz. Im Rückspiegel ließ sich unmöglich sagen, wo darin die Iris endete und die Pupille begann. Seine großen breiten Hände lagen sanft auf dem Lenkrad. Eine Masse schwarzes Lockenhaar zuckte bei jedem Ruck des überladenen Honda. Rötliche Highlights wie der Schimmer beim Leuchtrappen reflektierten jedes Mal, wenn wir eine ostwestliche Straße querten, die untergehende Sonne. Er war ein Chiaroscuro, beinahe zweifarbig, wie die begehrtesten Katzen und Kühe. Helle Kleidung (weißes Oxfordhemd, Chinos), schwarze Sneaker.

Die Leute draußen vor dem Kunstzentrum, einem alten Motel, dessen Zimmer in Künstlerstudios umgewandelt worden waren, wussten nichts von einer Lyriklesung. Die Lobby war verrammelt und dunkel. Wir legten zusammen, damit wir am Strand parken und Peter den Ozean zeigen konnten. Will zog die Schuhe aus und watete in die Brandung. Jay tollte herum, lief Kreise durch den Sand und nahm Fifi huckepack.

Peter fragte mich, was ich über Branwen wisse. «Das walisische Aschenputtel», erklärte er dann gleich selbst. «Sie heiratet einen irischen König, der sie zum Arbeiten in die Küche verbannt, und bringt einem Star das Sprechen bei, damit sie ihrem Bruder in Wales einen Notruf schicken kann. Es endet böse.»

«Mit dem walisischen Zeug kenne ich mich nicht aus», sagte ich. «Ich hab immer auf die Artuslegenden gestanden.»

«Nett», sagte er. «Ich will einen Teil meiner Abschlussarbeit der Matière de Bretagne widmen. Der

Ästhetik magischer Waffen. Nicht ihrer Wirkungen, sondern der Texte, die ihnen diese Macht geben. Du kennst doch Arnold Schönberg, den Komponisten, der die Zwölftonmusik eingeführt hat – der hat aus einer Sequenz von Tönen eine kabbalistische Weltuntergangswaffe konstruiert [...]»

(Im Folgenden werde ich die Zeichenfolge «[...]» zum Ausdruck meiner Unfähigkeit verwenden, von Peter ausgesprochene Dinge zu zitieren, zu umschreiben oder zu rekonstruieren.)

Mein Gehirn fuhr in einen Zustand der Benebelung herunter, während meine Augen vergeblich einen Fokus in der leeren Mitte meines Blickfelds suchten. Abwesend schaute ich zum westlichen Horizont. Verstreut perforierten güldene Sterne das Blau der aufkommenden Nacht. Die Venus blickte starr zu mir zurück, suchte Augenkontakt durch ihr Nadelloch im Himmel und versandte eine kristallklare Botschaft: Krall dich an diesem Typen fest. Lass ihn nicht weg!

Am Strand riefen Schlammtreter und rieten mir dasselbe. Aber wie das anstellen? Peter hörte auf zu sprechen, und ich sagte: «Die meisten Bücher, die ich habe, handeln von den Artuslegenden.»

Er lächelte teilnahmsvoll und mit tiefem Verständnis, setzte eine gelehrte Miene auf und sagte: «Es ist so eine Befreiung, mal jemand zu treffen, der das Wort ‹magisch› hören kann, ohne gleich über J.K. Rowling reden zu wollen.»

Ha, dazu fiel mir etwas ein. «Sie hat Merlin zu einem Schüler an ihrem *Internat* gemacht!», sagte ich im bitteren Ton eines gekränkten Kindes, das zu spät mitkriegt, dass es hereingelegt worden ist. «Alles, was *Merlin* weiß, hat er in *Hogwarts* gelernt. Was für … was für eine» – ich rang um ein Wort, das «kommerzgeile Emporkömmlingin, die glaubt, sie könnte den Schatz meines alten Lieblingsmythos für sich vereinnahmen, indem sie darauf scheißt» bedeutete. Ich fand keines, aber in Peters Gegenwart glaubte ich fest daran, dass es eines gab.

Er sagte: «Für Gespräche über Magie ist Rowling irrelevant. Diese Bücher handeln von sozialer Abgrenzung und Dominanz.»

«Hauselfen!», sagte ich. Selbst ich sah denen an, dass sie versklavt waren. Zur Dienstbarkeit geboren, und sie verdienten nie Geld.

«Untermenschen», sagte er. «Und die Muggel sind Slawen, aber da lässt sie Gnade walten. Das ist alles sehr britisch. Eine kontinentaleuropäische Faschistin hätte sie wahrscheinlich nicht nur metaphorisch ihr eigenes Grab schaufeln lassen.»

Am Kunstzentrum brannte jetzt Licht in der Lobby, und was in ihr herumspazierte, sah nach Dichter aus, also warteten wir draußen auf Bänken. Etwa um zehn tauchte ein Bärtiger mit einem Soundsystem auf und tat kund, dass die Lesung gegen dreiundzwanzig Uhr beginnen sollte. Inzwischen hingen wir alle in den Seilen und schoben Kohldampf, also gaben wir auf, und Peter fuhr uns zu einem Coffeeshop, wo er sich mit Fifi über japanische Popkultur unterhielt. Urplötzlich schien sie richtig Ahnung davon zu haben.

Am nächsten Tag bekam ich früh einen Anruf von Jay. Peter wollte Compton und die Watts Towers sehen, aus

Gründen, die mit Kunstgeschichte und Hip-Hop zu tun hatten. Jay, Fifi und Will besaßen alle nominell ein Auto, aber diese Autos waren auf ihre Eltern angemeldet, die ihren Kindern untersagten, sie sich in der «Hood» rauben zu lassen. Um Peter zu gefallen und den Touristen in ihm zu beglücken, brauchte Jay meinen Wagen.

Leute von weiter nördlich nennen Torrance die Hood. Jay verortete sie eher weiter nordöstlich, in Richtung Culver City, während Henry mal in meiner Gegenwart gemeint hatte, Hollywood sei die Hood. Compton hätte ebenso gut der weiße Fleck auf einer alten Seekarte sein können, samt Kraken und Mahlstrom.

Ich jedenfalls war weder in Compton noch in Watts je gewesen. Beide waren verbotenes Terrain, es gab dort keine Bourdon-Farm-Kunden, aber jede Menge Leute, die Grandpa Larry «Bohnenfresser» und «Bimbos» nannte. Ich hoffte auf brutalen Verkehr, damit die Anfahrt möglichst lange dauerte. Die würde ich an Peters Seite verbringen, der vorn sitzen musste, um besser zu sehen, vorausgesetzt, Jay drängte sich nicht zum Navigieren vor.

Zu meiner Freude beharrte Jay darauf, dass Peter längere Beine hatte. Er faltete sich auf dem Rücksitz zusammen und verfolgte unsere Fahrt auf einer App.

Das war Quatsch. Er war lang und schlaksig und Peter nur mittelgroß. Andererseits fiel es einem Tänzer wie Jay leichter, die Knie ans Kinn zu ziehen.

Ich fand heraus, wie sie sich angefreundet hatten. Peter half Jay, akademisch auf Zack zu kommen. Das Seminar, in dem sie sich kennengelernt hatten, war wohl irgendwie eine Einführung in die Kritische Theorie gewesen. Ich hatte keinen Schimmer, was Kritische Theorie war, und Jay, selbst nach zwei Monaten Einführung, auch nicht. Peter, der sich an Jays überschwänglichen Bemühungen, sich einzubringen, erfreute, hatte aus Spaß begonnen, ihm Nachhilfe zu geben, nur so zur Ablenkung, weil Peter schon alles wusste, was Leute im ersten Studienjahr, oder überhaupt an der Uni, lernen.

«Ich bin aber auch ohne dich ganz gut klargekommen – gib's zu», sagte Jay.

«‹Ganz gut› ist eine Falle», sagte Peter. «Die Dozenten belohnen dich dafür, denn für die ist es am einfachsten, wenn alle gleich reagieren und identische Papers schreiben. Wenn du sie gewähren lässt, garantieren sie, dass keiner, der irgendwann Verfügungsgewalt über deine Karriere bekommt, dich jemals ernst nehmen wird.»

«Das zählt wahrscheinlich mehr, wenn man wirklich Karriere machen will», sagte Jay.

«Du hast dich für vier Jahre eingeschrieben», sagte Peter. «Für das Geld solltest du mehr rauskriegen als einen Crashkurs im Plagiieren.»

«Mir geht's nur ums Tanzen. Englisch hab ich bloß gewählt, damit mir keiner sagt, wie ich zu tanzen habe.»

«Hast du ihn mal tanzen sehen?», fragte ich Peter. Jay schnaubte frustriert, aber ich sagte es trotzdem: «Seine Lehrerin ist blind.»

Peter sah zu mir herüber und stellte Blickkontakt her, als würde ihn diese Erkenntnis über die Maßen freuen. «Süß», sagte er. «Ich empfinde gerade Kafkas Reaktion auf die Nachricht nach, dass Gustav Janouch Arbeit als Pianist im ‹Kino der Blinden› gefunden hatte.» Da keiner nachhakte, fuhr er fort. «Das war ein Student, der ein Buch über seine Gespräche mit Kafka veröffentlicht hat. In Prag. Mitteleuropa. Kafka, der Schriftsteller. Gustav Janouch spielte als Teenager Klavier, um Geld zu verdienen. In einem Kino, dessen Erlöse Blinden zugutekamen, wie bei den Gebrauchtläden des Verbands kriegsbeschädigter US-Veteranen. Nicht in einem Kino *für* Blinde.»

Ich wusste, dass Kafka ein tiefsinniger, rätselhafter Schriftsteller war, dessen Werk irgendwie der besten Science-Fiction nahestand, aber ich konnte nichts dazu beisteuern. Ich fühlte mich mies, weil ich mich über Jay lustig gemacht hatte.

«Tänzer sollten immer blind sein», redete Peter weiter. «Komponisten taub und Schriftsteller Analphabeten. Übrigens, ich mag deinen Mazda. Es ist nur fair, dass mich was an den britischen Mithraskult erinnert und [...], während ich unterwegs nach Compton bin. Seid ihr da schon mal gewesen?»

«Du bist ein guter Tänzer», sagte ich zu Jay. «Tut mir leid.»

«Noch nie!», sagte Jay zu Peter und ignorierte mich. «Ich fahre nur wegen dir hin.»

Wir gurkten in Compton herum, bis wir einen zu keiner Kette gehörenden Diner fanden, der ganztägig Frühstück servierte. Er hatte keinen eigenen Parkplatz, deshalb musste ich mich ein bisschen umsehen, bis ich in einer Wohnstraße eine Lücke fand.

Als wir zum Diner gingen, lief ich auf dem schmalen Bürgersteig hinter den beiden her. Peter bewegte sich mit gemächlicher Umsicht fort, wie ein Mensch mittleren Alters. Aber er gestikulierte schnell, und sein Verstand überschlug sich mit immer entfernteren Assoziationen, während Jays flatterte wie ein Banner am Mast. Mental gesprochen war Jay ein Drache an der Schnur und Peter ein Stunt-Jet. Physisch war es genau andersherum. Peters Körper war angespannt, aber stabil. Und ich war eine leere Frachtmaschine in der Warteschleife, die auf Nachricht vom Tower wartete.

Drinnen fühlte sich der Diner nostalgisch an, als besuchten wir eine Vergangenheit, die wir selbst nicht erlebt hatten. Die Tische waren mit rotem Melanin beschichtet, das ein Abalone-Muster zeigte, und seitlich mit einem dunkel glänzenden Metall wie Nickel oder Magnesium gerahmt. Der Speck war kalt, und im Brotpudding war Schokolade. Peter unterhielt sich mindestens fünf Minuten lang mit der Bedienung. Sie war jüngst aus Texas zugezogen, mittelalt und blond. Die anderen Kunden sahen nach Chicanos aus. Plötzlich fiel mir wieder ein, dass er ja schwarze Kultur hatte sehen wollen, und die Dämlichkeit, die schiere Eselei, die in seinem Wunsch lag, einen zwielichtigen Stadtteil allein wegen einer Platte aus den Eighties (*Straight Outta Compton*, mit «Fuck tha Police» drauf) zu besichtigen, erstickte mich unter einem Leichentuch der Verwirrung. Es war mir peinlich, dass er Schwarze sehen wollte, und peinlich, dass ich ihm keine hatte liefern können. Ich wollte nicht, dass irgendeiner von uns dermaßen lächerlich rüberkam.

Ich fragte ihn, ob Compton seinen Erwartungen entsprach.

«Ich hab nach nichts Besonderem gesucht», sagte er.

«Bestimmt nicht nach Bandenkriegen mit Blut auf der Straße. Um so was zu sehen, bräuchtest du wahrscheinlich drei Monate und eine Tarnblende, wie so ein Filmemacher, der versucht, Jaguare bei der Paarung abzulichten. Dafür gibt es das Fernsehen. Mir bedeutet der Ort Compton etwas, nicht das reale Leben dort. Ich wollte die sinnliche Erfahrung machen, an einem heiligen Ort ein Ganztagsfrühstück zu mir zu nehmen.»

«Wie Mittagessen in Avalon», sagte ich. «Der Stadt auf Catalina Island. Da kommst du von Long Beach oder San Pedro aus hin. Als ich neun war, wollte ich König Artus kennenlernen, also ist meine Mutter mit mir mit dem Schiff hingefahren.»

«Hast du ihn getroffen?»

«Ich weiß, dass es ihn nicht gibt. Trotzdem wollte ich ihn kennenlernen. Ich weiß, dass er unter dem Glastonbury Tor lebt.»

«Ich würde zu gern mal in Avalon Mittag essen. Ich war noch nie in einem mythischen Paradies.»

«Das Schiff nach Avalon kostet an die achtzig Mäuse», sagte ich mit unbeabsichtigtem Pathos. «Das macht man nur ein Mal im Leben.»

«L. A. ist ein einziges mythisches Paradies», sagte Jay. «Kommt, wir lassen Watts aus und gehen in den Griffith Park. Den kennt ihr? Wo James Dean in *Denn sie wissen nicht, was sie tun* die Messerstecherei hat?»

«Da kommt mein Auto mit drei Leuten drin gar nicht den Hügel rauf.» Diesmal war das Pathos beabsichtigt, und Jay lachte.

«Du kannst ja mal irgendwann abends mit mir hinfahren», sagte Peter zu mir.

Ich ließ Blickkontakt zu, so überrascht war ich. «Wenn ich die Zeit hab. Ich arbeite viel.»

«Wir könnten meinen Wagen nehmen», sagte Jay. «Er hat 300 PS.»

Ich schluckte, nein, würgte meine Enttäuschung hinunter und sagte fröhlich: «Gute Idee!»

Über unseren Speck-, Salat- und Tomatensandwiches fragte ich, ob Peter früher schon mal in L. A. gewesen sei.

«Nein», sagte er. «Ich sollte eigentlich bis zur letzten Minute nach Harvard gehen und hab die Reißleine gezogen. Weil ich sonst in eine Kakerlakenfalle gelaufen und nie wieder rausgekommen wäre. Hierherzukommen war ein Akt der Rebellion. Wenn du von der Ostküste bist, wo alles alt ist, wirkt dieser ganze Staat wie frisch gestrichen, als wäre er gestern erst zusammengeschustert worden. Wie auf einem Filmset: dünne Asphaltschicht auf Sand und ein paar Plastikpalmen drum herum. So stelle ich mir die Postmoderne vor, improvisiert, dynamisch und vulgär. An Orten wie Cambridge geht es darum, deinen Besitzstand zu wahren. Es geht um alte Eigentumsrechte. Da gibt es Mensen aus dem achtzehnten Jahrhundert und von Kolonialoffizieren abstammenden Kleinadel. Es ist dekadent.»

«Aber L. A. ist noch viel älter», sagte Jay. «Wir haben spanische Missionen und indigene Stämme. Deshalb trägt es ja auch einen spanischen Namen.»

«Klar, aber wie viele Leute leben hier eigentlich schon seit mehr als zwanzig Jahren?»

«Der Großteil meiner Verwandtschaft ist in den Sixties hierhergekommen, und Brans Leute sind so was wie Hillbillies aus dem neunzehnten Jahrhundert.»

«Es ist nur meine nichteheliche Stieffamilie», sagte ich. «Aber ja, sie glauben, sie wären die eigentlichen Eingeborenen, und in den Reservaten leben lauter Fakes, die bloß von den Spiellizenzen profitieren wollen.» Peter lächelte, also redete ich weiter. «Mein nichtehelicher Stiefvater – kein echter Stiefvater, aber so was in der Richtung – hat mir mal erzählt, die eigentlichen Indigenen seien die Anasazi gewesen, von denen nur die Cliff Dwellings geblieben sind, und die Navajos, die heute dort leben, meinen: ‹Ist doch nicht unser Bier!›»

Jay sagte: «Genau wie bei dem, was Peter mir erzählt hat, dass die eigentlichen Europäer ausgestorben sind und dass alles, was heute da lebt, irgendwo aus Kirgistan eingewandert ist.»

«Nah dran», sagte Peter. «Ich habe festgehalten, wie wenig genetische Spuren in unserer heutigen DNA auf das keltische und römische Britannien zurückzuführen sind. Die Visigoten haben gründlich aufgeräumt. Und keiner weiß, wer die Menschen, die Altamira und Lascaux bemalt haben, überhaupt waren, ob moderne Sapiens, Neandertaler oder was auch immer. Nicht, dass ich irgendeinen Europäer artfremd nennen wollte.»

Ich verriet ihnen, dass ich manchmal dachte, mein Großvater und seine Kumpels hätten die ursprünglichen Besitzer der Bourdon Farm einfach verjagt, weil es in seiner Sammlung rissiger Fotoalben entsprechend vielsagende Lücken gab. «Er dann so: ‹Schau, hier ist mein Grandpa mit unserem alten Laster›, aber nie zeigt er dir ein Foto seiner Mutter, seiner Frau oder von sich selbst, als er noch klein war. Diese Fotoalben könnten damals schon im Haus gewesen sein.»

«Wäre das nicht leicht nachprüfbar?», sagte Peter. «Selbst wenn hier alles wie ein Filmset aussieht, wird Landbesitz doch öffentlich dokumentiert.»

«Ich hab nachgesehen. Das Land gehört dem Staat.»

Die Bedienung stellte den Fernseher lauter, um uns zu übertönen, und schenkte uns kostenlos Kaffee nach, und Peter sagte: «Gott, ich liebe diesen Ort.» Dann sah er in die Runde auf die vergilbten Topfpflanzen und schiefen Vorhänge und fügte hinzu: «Ich fühl mich so zu Hause in diesem ... diesem Kessel? – dem L. A. County? Ich bin so froh, dass ich mir Harvard erspart habe.» Er legte die Hand auf den Tisch und streifte dabei sanft meinen kleinen Finger. «Diese oberflächliche Welt gibt einem das Gefühl, tiefer zu denken. Die ganze Geschichte, die aus den Archiven an der Ostküste sickert, verklebt dir das Hirn wie Zement. Hier draußen gibt es keine Artefakte, die nur darauf warten, dich kleinzumachen.»

Ich wollte ihm von den La-Brea-Asphaltgruben erzählen, aber Jays Miene hatte von Glückseligkeit zu Besorgnis gewechselt. Er fragte Peter: «Findest du mich etwa oberflächlich?»

«Du und Bran, ihr seid das Tiefsinnigste, was es hier im Umkreis von Kilometern gibt», erwiderte Peter. «Glaubt mir, hier ist nichts Interessantes, was mich von euch ablenken könnte.» Er legte seine Hand fest auf meine und drückte zu.

Ich war an komische Nummern gewöhnt, aber nicht daran, dass sie zugleich auch angenehm sein konnten. Ich merkte, dass ich verarscht wurde, und es gefiel mir prächtig.

Watts war ein Vergnügen. Die Türme waren schön, filigran und beeindruckend. Dann wurde es Zeit, die beiden zum Thanksgiving Dinner nach Hause zu fahren.

Jays Vater lud auch mich ein, und zwar, sagte er, auf Geheiß von Jays Mutter, die hinten im Garten sei und sich freuen würde, mich dabeizuhaben. Aber ich hatte mich verpflichtet, den Hendersons ihr Fernseh-Dinner aufzuwärmen. Manchmal verbrachte ich Feiertage bei Grandma Tessa und Grandpa Lamont, aber die besuchten in Tampa ihren Sohn, Onkel Jerry. Er hatte sich meiner Mutter entfremdet, als sie mit Doug zusammengekommen war, und den Kontakt zu ihr ganz abgebrochen, als sie mich verließ. Ich erinnerte mich kaum an ihn.

Thanksgiving auf der Bourdon Farm ging immer aufs Gemüt. Der einzige lustige Feiertag war der Vierte Juli, wenn die Biker ein Barbecue und das Crossrennen veranstalteten, das nach Grandpa Larrys Worten ursprünglich mit Mustangs geritten worden war. Aber er behauptete auch, sein Urgroßvater habe jedes Weihnachten in einem Nonnenkloster verbracht und Novizinnen gevögelt und jedes Neujahr in einem Camp in der Wüste, wo ein exklusiver Club von hoch angesehenen Staatspolitikern und Richtern samt ihren Hunden Jagd auf zum Tod Verurteilte gemacht hätten. Die reale Welt spielte in Grandpa Larrys Innenleben keine große Rolle, es sei denn als Geldquelle.

Jedoch mache auch ich mich beim Erzählen dieser Geschichte der Realitätsverharmlosung schuldig, weil ich mich dabei auf diejenigen Elemente beschränke, die sich direkt auf deren Wunscherfüllungs-Potenzial beziehen, als hätte ich nicht gut vierzig Stunden die Woche mit einem staubigen Tuch um den verschwitzten Kopf und in meinen nach Käse stinkenden Arbeitssneakern das Geld der Hendersons gewaschen.

Meine Auslassungen folgen demselben Erzählprinzip wie Grandpa Larrys oder Tolkiens. Tolkien kämpfte in den Schützengräben der Somme, bevor er eine gänzlich neue Mythologie entwarf, die in *Die Rückkehr des Königs* gipfelte, und auf vergleichbare Weise schmückte Grandpa Larry die öde Routine eines Kleinkriminellen (ich glaube, seine illegalen Gewinne stammten daher, dass er Schmuggelware aufbewahrte, bis Leute sie abholten) mit der Glorie üppiger Versündigung. Meine Arbeit leistete ich in einer Mondlandschaft voll kaputter Gerätschaften und vertrauensunwürdiger Männer, sicherer als die Somme, aber ähnlich sinnlos. Die Pflanzen lebten und starben in langen Reihen, selig ahnungsloses Kanonenfutter im niemals endenden Krieg zwischen Angebot und Nachfrage.

Also warum darüber reden? Meine Arbeit war zufällig die einzige Überlebensstrategie, die ich – ein unwissendes Kind – kannte. Das macht sie wohl kaum interessant.

Wenn ich später auf unausgefüllte Angehörige der Mittelschicht traf (also nicht auf Lehrer, reiche Geschäftemacher, Kinderärztinnen oder Strafverteidiger, sondern auf Werktätige mit schwachsinnigen Däumchendreher-Bürojobs), wurde mir klar, dass diese Prolls der Angestelltenwelt glimpflich davonkommen. Sie können alle die Uhr im Blick behalten, aber sie wissen nichts darüber, wie es ist, wenn sich Langeweile mit jener Art von Schmerz vermischt, der für das Leben über dreißig nichts Gutes verheißt.

Vernünftige Menschen meiden harte Arbeit um jeden Preis. Meine Mutter hat sich aus dem Staub gemacht. Die Hendersons gehen früh in Rente. Die Arbeiter bleiben nie lange. Ich war als Einzige durch Klassenzugehörigkeit an die Bourdon Farm gebunden. Das unwissende Kind, das kein anderes Leben kannte, die perfekte Angestellte, der beigebracht wurde, dass sie Selbstschädigung als ökonomische Notwendigkeit zu akzeptieren hatte.

Jedenfalls trafen wir uns am nächsten Tag alle in Wills Haus. Er und Jay spielten ein Pseudo-Fantasy-Videospiel, während Fifi, Peter und ich, zumindest für eine Weile, so taten, als sähen wir zu. Ich hatte das Spiel schon vor Jahren ausprobiert und war beim Verlieren tausendmal gestorben. Peter lobte verschiedene psychedelische Spiele japanischer Provenienz, die wir noch nie zu Gesicht bekommen hatten und die voll surrealer Bilder und zerfließender Leuchtfarben sein sollten. Fifi behauptete, sie brauche kein Cannabis, um Gefallen an solchen Spielen zu finden, weil sie mit ihrem inneren Kind in engem Kontakt stehe.

Peter sagte: «Ich glaub, ich habe keins.»

«Hat aber jeder», sagte sie, verlagerte das Gewicht und zog ihren Minirock zurecht. «Du entwächst der Kindheit, und schon ist es da.»

«Ich meine, ich glaube, ich musste es nie internalisieren. In meiner emotionalen Existenz gibt es eine starke Kontinuität. Sie fühlt sich linear an. Ich habe diese Persönlichkeit, seitdem ich mich erinnern kann.»

«Dann hast du ein äußeres Kind», sagte sie.

Angesichts seiner Extrovertiertheit und glatten Haut fand ich das plausibel. Ich sagte: «Haargenau!»

Peter sah mich an und erwiderte: «An deiner Stelle würde ich nicht so herummäkeln, mit deiner unklaren Ausdrucksweise, deinen zu großen Klamotten, deinem ungepflegten Haar und deinen unterschiedlichen Socken.»

Er sagte das freundlich, nicht verletzend, und da mir keine Antwort darauf einfiel, sagte ich nichts. Ich dachte, dass solche Dinge charakteristisch für all die Erwachsenen waren, die ich regelmäßig sah, außer für Lehrer und Wills Eltern. Ich konnte die Beschreibung nicht auf mich beziehen, weil ich einfach nicht aus solchen Dingen bestand. Meine Identität bestand aus dem, was auch immer ich nackt und unverhüllt war, nicht aus einem cyborghaften Konstrukt von Kleidung, Socken und Fertigkeiten.

«Bran ist und war nie ein Kind», beteuerte Fifi.

«Was dann?», fragte Peter. «Eine Kindersoldatin?»

«Ich weiß nicht», sagte ich. «Ich bin schnell erwachsen geworden. Kinder sind hilflose Dummchen. Ich hab schon mit fünf den klaren Bruch gesucht.» Jetzt bemühte ich mich, unverhüllt zu sprechen, und meine Stimme klang ein bisschen dünn und jämmerlich.

Zunächst sagte niemand etwas. «Du weißt bestimmt, wie bemitleidenswert das klingt», wagte Peter sich vor.

«Ich meine nicht, dass mich jemand missbraucht hätte», sagte ich. «Ich weiß nicht, was ich meine.»

«‹Hilfloses Dummchen› bezeichnet doch eine vertrauensvolle, abhängige Person, oder? Vertrauensvoll und abhängig zu sein, ist aber vernünftig, wenn man fünf ist.»

Ich sah schniefend zur Seite und sagte: «Fünf ist dafür schon ziemlich alt.»

«Ich war ein glückliches Kind. Meine Eltern waren einfühlsam und nett. Das habe ich gemeint, als ich sagte, ich hätte nichts zu verdrängen. Aber selbst ein Erwachsener braucht mehr vom Leben als die schlichte Freiheit von Missbrauch und Gewalt.»

Fifi sagte: «Da kommt dein inneres Kind raus! Alle mal herschauen – Bran weint!»

Jay ließ die Spielkonsole fallen, drehte sich um und nahm mich in den Arm. Dabei erdrückte er mich ein bisschen, aber nur, weil ich meinen Kopf fast auf Höhe seines Nabels sinken ließ.

«Tut mir leid», sagte Peter und zupfte mich am Ärmel. Ich zog mich etwas von Jay zurück und lächelte zu ihm hinauf.

«Bran versteckt sich gern», verkündete Fifi. «Wie ein scheues Wild.»

«Wie ist denn dein Familienleben?», fragte mich Peter.

Fifi sagte entschieden: «Sie *hat* keine Familie. Sie ist ein Waisenkind in der Gefangenschaft von Sklavenhaltern. Sie ist nicht mal mit denen verwandt! Sie kann nur nirgendwo sonst hin.»

Peter legte mir den Arm um die Schulter, um mich zu drücken, und sagte: «Du bist eben doch Branwen. Nein, sogar noch schlimmer, du bist keine Königin, sondern ein Outlaw. *Homo sacer*, verdammt zum nackten Leben im disziplinarischen Ausnahmezustand [...]»

Wir alle dachten: Homosocke? Was soll das denn hei-ßen? Aber es bezog sich nur auf den lateinischen Titel eines Buches von Giorgio Agamben, einem italienischen Foucault-Schüler, und es bedeutete, dass ich Freiwild war. Jagdzeit für mich.

KAPITEL VIER

Jay schickte mir Peters Telefonnummer und Mailadresse mit einer Nachricht von Peter im Anhang, die besagte, wenn ich mal in der Nähe der UCLA sei, solle ich mich melden.

Ich wartete eine Woche, bevor ich Peter textete, ich müsse an einem Samstagmorgen Weihnachtssterne bei einer Kirche in Westwood anliefern – eine Unwahrheit –, und wenn ich fertig sei, könnten wir zusammen frühstücken. Er schlug einen Ketten-Donutladen in der Nähe der Veteranenklinik vor. Ich glaube, das tat er aus Rücksicht, weil es dort große Parkplätze gab und er dachte, ich käme in einem Truck. Ich war da mal mit Doug gewesen, als Grandpa Larry ein Hauttransplantat für das maligne Melanom auf seiner Stirn bekam. Ich erinnerte mich an große Poster mit Abbildungen glänzender Donuts drauf – sie sahen richtig feucht aus – und orangefarbene Laminattische. Eine begreiflicherweise griesgrämige Bedienung hatte uns so heißen Kaffee eingeschenkt, dass ich den doppelten Pappbecher kaum anfassen konnte. Ich malte mir aus, stundenlang mit Peter dort zu sitzen und darauf zu warten, dass unser Kaffee abkühlte.

Als ich ankam, las er Apfelsaft trinkend in einem Buch. Er steckte es in seine Botentasche und sagte: «Ich würde dir ja einen Stuhl anbieten, aber ...» Die Sitzmöbel waren an den Tischen befestigt; jeder Stuhl bestand aus zwei rechteckigen Gussplastikschalen, die an metallene Streben geschraubt waren.

Ich entschuldigte mich – sich zu entschuldigen war bescheuert, und das wusste ich auch, aber das Wissen darum ließ es mir irgendwie in Ordnung erscheinen – und holte mir einen Kaffee. Er fragte mich, wie mein Auftrag gelaufen war.

Ich sagte: «Ich hatte gar nichts in Westwood zu tun, ich bin nur hergefahren, um dich zu sehen.»

Er sagte: «Das ist aber schön zu hören. Ich wusste nicht recht, was ich dir sagen sollte. Ich frühstücke gewöhnlich nicht um diese Zeit, aber es war mein Fehler, dir zu schreiben, du sollst vorbeikommen, wenn du in der Nähe bist, anstatt dich einfach zum Abendessen einzuladen.»

«Schon gut, ich mag Donuts. Wohnst du hier in der Nähe?»

«Ziemlich», sagte er. «Ungefähr anderthalb Kilometer entfernt. Hübscher Spaziergang. Wollen wir da hingehen? Es ist gemütlicher. Ich habe richtige Sessel.»

«Gute Idee», sagte ich. «Den Kaffee hier kann ich sowieso nicht trinken. Er ist viel zu heiß.»

Heute noch beeindruckt mich die seltsame Effizienz, mit der wir uns Privatsphäre verschafften. Warum vertraute ich ihm – weil durch meine Adern das Oxytocin schoss? Ich stand auf und holte mir einen Schwappschutzdeckel.

Wir ließen den Mazda auf dem Parkplatz stehen und spazierten den Hügel zum Campus hinauf. Im Laufen fragte er nach meiner nichtehelichen Stieffamilie und warum um Himmels willen ich sie so nannte, da es doch in Kalifornien den Status der nichtehelichen Lebensgemeinschaft juristisch gar nicht gebe. Ich erklärte ihm, dass es Dougs Begriff sei, weil er der Welt habe kundtun wollen, dass er meiner Mutter ein guter Gatte gewesen sei, obwohl er sich nie von seiner ersten Frau habe scheiden lassen. Ich gab einige der klassischen Grandpa-Larry-Geschichten zum Besten. Peter wollte wissen, ob Axel nett sei. Ich stellte die Behauptung auf, dass niemand etwas über Axels Persönlichkeit wisse, weil er sich immer wieder neu an die anderen Hendersons anpasse, das täten sie übrigens alle, und ihre Auffassung davon, was es brauche, um ein Henderson zu sein, basiere auf einem veralteten Männlichkeitsideal, das sie nicht von Cowboy-Vorfahren, sondern aus den Terminator-Filmen übernommen hätten.

«Haben sie Freundinnen?», fragte er. «Weibliche Wesen hast du noch gar nicht erwähnt.»

«Sie haben alle möglichen Freundinnen.»

«Aber keine Beziehungen?»

«Nein.»

«Jetzt erinnerst du mich an die Saga von Deirdre», sagte er. «Nicht im Wortsinn. Sie ist eine schöne Frau aus einer irischen Saga, die mit drei Brüdern zusammenlebte. Ich weiß, du hast es nicht mit den Hendersons, aber vielleicht haben die es mit dir. Machst du dir überhaupt eine Vorstellung davon, wie hübsch du bist?»

«Nein.»

Ich hoffte, er würde es mir erzählen, stattdessen sagte er: «Du musst da weg. Lass alles stehen und liegen und geh. Hast du jemals Kafkas *Schloss* gelesen? Darin geht's um die Übernahme von Verantwortung für Dinge, für die du nicht verantwortlich bist. Dieser Typ hört, dass er aus irgendeinem Grund von irgendeinem Schlossherrn eingeladen worden ist, also reist er hin, versucht, einen Gesprächstermin zu bekommen, um zu erfahren, warum, und verbringt schließlich sein ganzes Leben wartend in diesem Nest im Nirgendwo. Ein bisschen so bist du auch, du wartest, statt abzuhauen, weil du denkst, du hättest irgendwas mit dem Leben dieser Leute zu tun. Aber ich meine, die sind nicht mal mit dir verwandt, und es klingt auch nicht so, als würden sie dich mögen. Mal ganz ehrlich, was hast du denn überhaupt mit denen zu schaffen?»

«Es ist mein Zuhause», sagte ich. «Sie geben mir Arbeit, Essen und Obdach. Ich habe kein Geld.»

«Du hast doch die Highschool abgeschlossen, nicht?»

«Ich war dazu gezwungen», sagte ich. «Meine Oma hat mir fünfhundert Dollar dafür versprochen.»

Er war still. Dann sagte er: «Du weißt bestimmt, wie bemitleidenswert das klingt, oder? Ist dir das klar?»

«Was?»

Er war wieder still und sagte dann: «Du bringst mich in Versuchung, mich da einzumischen.»

Mittlerweile waren wir bei seinem Wohnheim angekommen. Als wir die Treppen hinaufstiegen, war er damit beschäftigt, andere Studierende zu begrüßen. Ich sagte nichts, achtete auf die Stufen und versteckte mich hinter meinem Haar.

Er bewohnte das billigstmögliche Einzelzimmer, in

einem beengten Apartment mit vier Kommilitonen. Der Raum war klein und so schmal wie eine Nonnenzelle. Am schmalen Ende war ein Fenster, unter einem Hochbett ein Schreibtisch, und neben der Tür links und rechts standen kleine Aufbewahrungsschränkchen. Zu beiden Seiten des luftlosen, stickigen Zimmers stapelten sich Bücher. Nicht große bunte wie die Paperbackklassiker und Kaffeetischbücher über beliebte Reiseziele in unserer Schulbücherei, sondern winzige Ausgaben, die in Horden unterwegs zu sein schienen, und Autorenreihen mit identischen Bindungen. Dem zufolge, was ich dort sehen und mir ausmalen konnte, enthielten sie die aufschlussreichsten philosophischen Werke der Geschichte, die faszinierendsten Wälzer mit jemals wiederentdecktem obskurem Wissen und die großartigsten jemals erzählten Geschichten; von den alten Sumerern bis zu den jüngsten Algorithmen war alles dabei und zu einem geordneten Kanon versammelt wie in der Bibliothek von Alexandria, und er kannte sie alle auswendig.

Peter zog ein Buch nach dem anderen heraus. Plutarch hatte nach seinen Worten Kleopatra als Person beschrieben, die nicht außergewöhnlich gut aussah, aber so gebildet und klug war, dass ihr große Männer nachliefen wie Entenküken. Anne Frank war ein Teenager, berühmt dafür, dass sie Tagebuch geführt hatte, während sie sich vor dem Gesetz versteckte, sprich: den Nazis, die im von ihnen besetzten Europa das Gesetz waren, was einem einfach nur zeigt, dass Gesetzesbrüche gerechtfertigt sein können, wie schon Henry David Thoreau behauptet hat, allerdings nicht in *Walden*, worin beschrieben wird, wie Leute mit viel Geld in stiller Verzweiflung leben. Er erklärte mir, was er mit seinem Scherz meinte, ich sei von Spartanern gekidnappt worden. Er fasste die Handlungen von *Ein Zimmer für sich allein*, *Das verlorene Paradies*, *Der eindimensionale Mensch* und *Erwachen in Mississippi* zusammen. Um die magische Kraft von Texten zu illustrieren, rezitierte er satanische Black-Metal-Lyrics, las mir ein Gedicht von Paul Celan vor – sein bekanntestes, eine Serie von beschwörenden Wiederholungen, montiert aus Schnipseln von anderen Dichtern – und lieh mir ein zerfleddertes Buch, auf dessen Titelseite kursiv sein Name stand: *Die sanfte Kunst der verbalen Selbstverteidigung*.

Dann war es Mittagszeit. Ich hatte unsere Frühstücksverabredung weit überzogen, also ging ich wieder.

Zurück auf der Bourdon Farm, nahm ich mein neues Buch mit hinaus in einen entfernten Hain von Espen, deren Wurzeln in Plastiksäcken steckten, und setzte mich zum Lesen auf einen Stapel Transportpaletten. Zuerst war ich erschrocken. Ich merkte, dass ich tatsächlich ein äußeres Kind hatte. Statt Schritte zur Erhaltung meiner geistigen Integrität einzuleiten, hatte ich mich von den Hendersons in die Enge treiben lassen. Fiepsend wie ein blindes Katzenjunges, hatte ich dagelegen und auf Hilfe durch irgendeinen zufälligen Beobachter gewartet. Nun war dieser zufällige Beobachter in Gestalt von Peter vorbeigekommen, aber dass er mir das Buch geliehen hatte, machte seine Erwartung klar: Ich sollte mich selber retten. So weit war ich noch nicht. All meine Versuche, verbale Selbstverteidigung und die Hendersons auch nur in einem Satz unterzubringen, ließen mich in Panik verfallen.

Dann fiel mir ein, was er über Kafkas *Schloss* erzählt hatte. Das hatte ich mir schon die ganze Zeit selbst gesagt. Ich musste mich gar nicht verteidigen! Ich konnte die Bourdon Farm einfach verlassen, sobald ich eine andere Bleibe fand.

Ohne Jay davon zu erzählen, besuchte ich Peter im Dezember noch zweimal in seinem Zimmer, bevor er über Weihnachten nach Maine fuhr. Er sagte, mein Gehirn sei nach langen Jahren passiver Akzeptanz meiner Lebensbedingungen wie gelähmt, und es werde agiler werden, sobald ich mir eingestünde, dass die menschliche Existenz eine kollektive Tragödie sei. Um sein Argument zu untermauern, erzählte er mir vom Kolonialismus und vom Holocaust. Ganz allgemein gesprochen fand er, ich sollte alles darüber wissen. Der Kolonialismus sei ein echtes Desaster, die Missionare hätten systematisch Kulturen zerstört, Ökosysteme irreparabel beschädigt und ganze Populationen unterjocht und getötet. Auch der Holocaust, dessen Dimensionen ich für wild übertrieben gehalten hatte, war ungleich schlimmer, als die Hendersons wahrhaben wollten. Sie behaupteten, die Juden in Auschwitz hätten bei viel zu wenig Nahrung viel zu viel gearbeitet und seien schlicht am Hunger gestorben wie die Russen unter Stalin und die Chinesen unter Mao, wobei der Hintergedanke war, mich schmeichelhafte Vergleiche anstellen zu lassen zwischen den Todeslagern, dem Gulag und dem Großen Sprung nach vorn einerseits und dem Überfluss, den ich auf der Bourdon Farm genoss, andererseits. Peter sagte, die europäischen Juden seien zu Millionen grundlos ermordet worden, viele davon in der Blüte ihres Lebens.

Sein logisches Argument war, dass Vertrautheit mit dem Belgisch-Kongo und Treblinka mir den Gedanken austreiben würde, Tragik hätte irgendwas mit individuellem Schicksal zu tun, was mir wiederum den Gedanken austreiben würde, ich sei an meinen Problemen selber schuld. Primo Levi und Co. würden mich lehren, dass Leute, die Verbrechen gegen die Menschlichkeit verübt hatten, ihr Recht auf Tragik verloren. Ihre Menschlichkeit war fort, geopfert auf dem Altar einer mechanistischen Fantasie. Was war Menschlichkeit? Sie war eine würdige Haltung resignierter, intelligenter, stoischer Courage, die aus der Wertschätzung der menschlichen Existenz erwuchs. Was war die menschliche Existenz? Sie beinhaltete nicht das reine Überleben, sondern auch Freiheit und Selbstverwirklichung.

Ich fragte meine Großeltern, ob ich nicht trotz der Klausel in ihrem Mietvertrag zu ihnen ziehen könne. Grandpa Lamont sagte: «Aber dann müsstest du furchtbar weit pendeln.»

Nachdem er über die erste Befürchtung hinaus war, Grandma Tessa würde vielleicht Ja sagen, setzten mir beide auseinander, dass ich nunmehr erwachsen und für mich selbst verantwortlich sei. Sie behaupteten, anfangs durchaus daran gedacht zu haben, mich einzuladen – die Verwaltung des Trailerparks hätte vielleicht eine Ausnahme zugelassen –, aber ich sei so ein schüchternes Kind, dass sie befürchtet hätten, ich würde die Trennung von meinem Freund Jay nicht aushalten.

Ich beschloss, nicht mit ihnen über die Vergangenheit zu rechten. Aber einen Grund, den Kontakt zu Jay zu beenden, hätte es niemals gegeben. Durch ihn hätte ich immer noch die anderen getroffen. In Pasadena gab es niemanden, für den ich bei Flutlicht ohne Lohn die Nacht durchgearbeitet und Pflanzen beschnitten hätte. Ich hätte mich in außerschulische Aktivitäten stürzen, mehr Freunde haben oder mir einen bezahlten Nebenjob suchen können. Ich hätte gute Noten und ein College-Stipendium ergattern können. Und sie hätten womöglich ihre Wohnung verloren. Debatten über Vergangenes brachten gar nichts.

Über Weihnachten verbrachte ich meine Freizeit mit Jay, der ständig über Peter redete. Ich hatte ihn oft für Kellner und Fitnesstrainer schwärmen hören, mit denen er kaum ein Wort wechselte. Diesmal war es anders. Im Verlauf des Semesters hatte er durchschnittlich mindestens eine Stunde täglich bei Mahlzeiten und Kaffee mit Peter gesprochen. Er kannte ihn viel zu gut, um zu glauben, er sei schwul. Aber er wusste nichts über seinen Frauengeschmack. Gab es denn irgendeine, die er mochte?

Dieses Thema faszinierte auch mich, aber keiner von uns konnte mit validen Daten aufwarten. In unseren Gesprächen schwelgte Peter in Details, rubrizierte alles mit chirurgischer Schonungslosigkeit bis in die kleinste Facette. Doch so simple Kategorien wie «Hot oder nicht» kamen in seinem breit gefächerten Spektrum bisweilen knallharter Kriterien nicht vor.

Ich verlangte zu wissen, wie Peter mich fand.

«Burschikos», sagte Jay wie aus der Pistole geschossen. «Hmm. Zieht ständig den Kopf ein, damit man ihr Gesicht nicht sieht. Kleidet sich wie ein Holzfäller. Bezauberndes Gesicht, aber wenn sie mal aufsieht, erwartest du einen Schnurrbart. Äh, was noch. Stramme Glieder, wie eine Balletttänzerin. Läuft wie eine muskelbepackte Nymphe ... Ah, ich weiß! Er meinte, du seist schmutzig.»

«*Burschikos*», sagte ich.

«Bran», sagte er nachsichtig. Er langte hinüber und rüttelte am Ärmel meines Flanellhemds, als rechne er damit, dass es klappern würde.

«Was soll ich nur tun?» Ich ließ die ganze Heuchelei von wegen menschlicher Tragik sausen und verfiel in zutiefst persönlichen Kummer.

«Nicht weinen», sagte Jay. «Mach zwei Knöpfe auf. Versuch's einfach mal. Mach die zwei obersten Knöpfe auf und heb ab und zu den Kopf! Und wasch dir die Hände. Ich meine, anständig, mit einer Nagelbürste.»

Er erinnerte mich an Milton Erickson. Ich fragte mich, ob mein Widerstand gegen Veränderung ein Produkt meiner Geschichte war, eine traurige Mixtur aus Verlassensängsten und Henderson-Dressur, gewohnheitsmäßiger Schlendrian oder eine Sucht.

Ich wartete auf Jays Frage, wie Peter ihn denn finde, aber er fragte nicht. (Peter hatte ihn einen Künstler im Körper eines Linebackers genannt, und der wiederum sei gefangen im Körper eines Skaters mit den langen

Beinen eines Eunuchen, der am liebsten in Lady Gagas Körper gefangen gewesen wäre.)

Jay erzählte mir auch von seinen Plänen für ein neues Tanzprojekt. In seinem Tanzstudiengang gab es keine muskulösen Tänzerinnen und Tänzer, nur einen Haufen Teilzeit-Aficionados, die zumindest im Kreis gehen konnten, und er begann, sich zu Hause zu fühlen. Er wollte die Eurythmie an einen zweiten Tänzer outsourcen und sich wieder auf den Flamenco konzentrieren. Der Eurythmiker würde dann seine Mikrogedichte buchstabieren, während er selbst das korrespondierende Gefühl tanzte. Das würde wunderbar aussehen, weil er dann hübsches mattes Schwarz tragen und Stampfbewegungen machen konnte, während Eurythmiker in pastellfarbenen Seiden-Muumuus und -tüchern auf der Bühne herumtrippelten wie Geister. Nach dem Kollaborateur suchte er online. Er hatte vor, zu Semesterbeginn ein paar Kandidatinnen und Kandidaten zu treffen.

Nach dem Weihnachtsdinner versammelte sich das Ex-Redaktionsteam des Literaturmagazins in Wills Haus, diesmal vollständig.

Henry war schlecht gelaunt. Seine Eltern waren in dünnwandige Eigentumswohnungen umgezogen, die jede halb so viel kostete wie das Haus, in dem er aufgewachsen war. Irgendetwas, der Zorn oder das Erwachsenwerden, hatte seinen Bartwuchs explodieren lassen, und der Bart wucherte kraus, mit zahlreichen eingewachsenen Haaren. Fifis augenscheinliche Indifferenz ihm gegenüber wirkte beinahe überzeugend. Sie saß auf Marks grünem Veloursleder-Fernsehsessel und reagierte, zwanghaft die Armlehnen tätschelnd, auf Jays Neuigkeiten mit der Bemerkung, seine Kombination aus Flamenco und Eurythmie könne durchaus einzigartig sein, es sei denn, in Spanien gebe es Waldorfschulen, was bestimmt der Fall sei. Henry unterbrach sie, indem er Jay anfuhr. «Das muss aufhören. Wenn es online geht, wirst du das College verlassen und deinen Namen ändern müssen.»

Jay verteidigte sich, Text durch Bewegung zu vermitteln sei ein bedeutsames Tanzexperiment.

«Experiment?», sagte Henry. «Ist irgendwas neu an dem, was du da tust? Was ist mit Zeichensprache? Mit Scharaden?»

Will ging streng dazwischen: «Themenwechsel!»

Jay blieb standhaft, denn er glaubte an sich und seine Kunst. Er hatte die schützenden Grenzen der Highschool verlassen, ohne eine neue Peergroup zu finden, und sein Innenleben hatte sich so lange aufgeblasen, bis es den ganzen Raum in seinem Kopf einnahm. Sein Versepos-Dichterfreund war selbst viel zu schräge, um ihn einzubremsen, und Peter interessierte sich auf seine eigene abstrakte Weise zu intensiv für ihn. Soll heißen, Peters Aufmerksamkeit ermunterte ihn nur noch. Er erwiderte: «Beide basieren letztlich auf dem Englischen, aber der Tanz ist eine eigenständige Sprache.»

Will zog eine Grimasse, und Henry starrte Jay mit offenem Abscheu an. Fifi begann, über *Die Sopranos* zu reden. Sie konnte sich gut an Handlungsabläufe erinnern und unterhielt uns alle eine Weile mit ihrer Wiedergabe, wie eine Bardin. Danach ging das Gespräch zu Alltagsfragen über, zum Beispiel wie die Wohnheime der UCSD im Vergleich zu Yale waren.

Ich hatte dazu nichts beizutragen. In meinem Leben hatte sich, mit Ausnahme des Erscheinens von Peter, das ich geheim zu halten hoffte, nichts verändert. Wegen ihm schämte ich mich jetzt dafür. Trotzdem war es nett, alle zu sehen, solange wir das Thema unserer selbst vermieden.

Als ich Peter im Januar das nächste Mal besuchte, fuhr ich mit ihm zum Topanga State Park. Wir wanderten aufwärts, bis wir einen schönen Blick über den Ozean hatten. Fast die ganze Zeit lästerte er auf eine Weise über Jay, die den sich hätte in ein Loch verkriechen lassen.

Sein Gemecker bezog sich auf die allgemein bekannte Tatsache, dass Jay nicht tanzen konnte. Dass er tanzte wie einer, der den Flamenco als Witz parodierte. Dass er weit darüber hinaus, wegen seiner rassistischen Aneignung der «Zigeuner»-Ästhetik angefeindet zu werden, Gefahr lief, wegen seines abgründigen Scheiterns bei dieser Aneignung noch viel größere Verdammnis auf sich zu ziehen. Peter schien unsicher, was bei einem angelsächsischen Amerikaner russischer Herkunft schlimmer war – gekonnte oder ungekonnte Nativen-Folklore –, aber er fürchtete, beides sei gleich schlimm. Indem er seine Show öffentlich mache, setze sich Jay dem Risiko einer standrechtlichen Hinrichtung in den sozialen Medien aus.

«Wie seine Augen hin und her zucken», sagte er. «Als wären wir beim südindischen Tempeltanz, bloß weder im Rhythmus der Musik noch in dem seiner eigenen

Bewegungen. Er wirkt dissoziiert und panisch. Als würde er auf offener Bühne missbraucht.» Er atmete tief durch. «Also, sexuell missbraucht. Das kann ja keine Absicht sein. Ich mag nicht glauben, dass er weiß, dass er da rumzappelt wie ein Fünfjähriger bei seiner ersten Verabredung.»

«Seine Lehrerin ist nicht in der Lage, solche Details zu erkennen», erinnerte ich ihn.

«Hat ihm jemals einer erzählt, er könnte ein unlösbares Problem haben? Es ist, als sähe man einer defekten Maschine zu. Es gibt keine Kommunikation ohne gemeinsame Sprache, aber was für eine Sprache benutzt er da eigentlich? Es ist ein Kauderwelsch, und es ist verstörend. Auf seine Weise wirkmächtige Kunst, aber ich weiß, dass es nicht das ist, was er will.»

Mir fielen Henrys Worte wieder ein und auch Gedanken, die ich mir selbst zu dem Thema gemacht hatte, aber ich sagte nur: «Am brutalsten ist es, wenn er ein Gesicht macht, als müsste er dringend aufs Klo.»

«Du verstehst davon nichts», sagte er. «Wie solltest du auch? Euer Leben ist so privat. Wahrscheinlich habe ich da eine Macke, weil ich bei anderen gut ankommen will. Ich zensiere mich selbst. Dieser Ausblick ist irre.» Er blieb an einem Knick im Pfad stehen und blinzelte zur Nachmittagssonne über dem Pazifik empor. «Du und Jay, ihr kehrt euer Innenleben nach außen. Ihr repräsentiert reine Innerlichkeit. Ich habe immer gedacht, Kalifornier wären oberflächlich, aber oberflächlich seid ihr nicht. Ihr seid nur auf links gewendete Outlaws! Diese Uniformität – vielleicht könnt ihr die gar nicht wahrnehmen, weil ihr sie andauernd seht. An der Oberfläche gibt es hier keine Individualität. Das liegt daran, dass kein Fundament gemeinsamer Kulturtechniken vorhanden ist. Das macht Kommunikation unmöglich, denn diese Kultur ist so neu, dass man sie nicht einmal künstlich nennen kann. Sie steckt noch in den Kinderschuhen. Hier gibt es keine Gesellschaft. Ihr strampelt jeder für sich immer noch in euren Windeln herum und fühlt euch wie eingeklemmte Backenzähne.»

«Du redest wie Henry», sagte ich. «Der hat sich an Weihnachten auch über Jay ausgelassen.»

«Das ist der Preis, den ich dafür zahle, dass ich an die Westküste gekommen bin», sagte er. «Henry ist in Yale und hebt sein Niveau, während ich hier im Staub rumrobbe, um dem Zombie-Kapitalismus von ganz unten dabei zuzuschauen, wie er den In-N-Out-Burger kreiert.»

«Eurythmie ist aber eine etablierte Methode, Wörter zu buchstabieren», wandte ich ein. «Also ein Kulturgut. Vielleicht soll sie ja gar nicht expressiv sein. Sie besteht aus Zeichen, die man lesen können muss, wie Code. Das wäre so, als würde man Jays Inhalte nur wegen seiner Handschrift hassen, weil man nicht lesen kann, was er da sagt.»

«Aber wer kann das denn lesen? Und sag mir, Bran, ist die Kunst dazu da?» Er beschattete die Augen mit einer Hand. «Die Sonne da oben, die *buchstabiert* kein Licht. Wenn jemand innerlich brennt – verbrennt –, brauchst du dann einen Decoder, damit du die Wärme spürst? Das Leben ist ein brennendes Feuer, und die Kunst sollte auch eines sein. Spürst du das nicht? Wir brennen beide, aber was Jay tut, ist, alles abzukühlen, kaputtzumachen und Zusammenbruch, Kapitulation und Tod zu tanzen.»

Ich beschloss, dass hier nicht zu hundert Prozent von Jays Tanz die Rede war. Ich griff hinauf nach seiner Hand. Sofort packte er meine – fest zudrückend, wie eine Schraubzwinge. Er zog mich zu sich hin und verdrehte mir den Arm auf den Rücken, sodass unsere Gesichter ganz nahe beieinander waren. Ich spürte meine eigene Hitze, die meine Haut erblühen ließ. Er atmete schwer. Ich beugte mich aus der Hüfte heraus vor und gab ihm ein Küsschen auf die Wange, tief unten, fast am Hals – ein Küsschen, wie es einem richtigen Huhn anstand. Es war, in dem einzigen Code, den ich kannte, ein Versuch, ihm zu zeigen, dass ich brannte.

Er schlang beide Arme um mich und zog mich sehr nah heran, wobei er Luft abließ wie eine Dampflok, mit einem lauten, schnaufenden Ton. Er presste die Zähne zusammen und schloss fest die Augen, als versuche er, die gesamte Luft in seinem Körper auszustoßen und alle Ausgänge zu verschließen wie ein Freitaucher. Ich gab ihm einen besseren, wärmeren, bedachteren Kuss. Wir waren so nah beieinander wie möglich, aber ohne Hautkontakt, und starrten uns in die Augen. Unsere Lippen berührten sich gerade so eben. Dann öffnete er den Mund, bewegte seine Zunge auf meine zu und sagte mit einem sanften Lispeln: «Du solltest wissen, dass ich verlobt bin.»

Ich wurde steif und sagte: «Du bist *was*?»

«Ich werde heiraten.» Ich beugte mich wieder zu ihm vor, unfähig, dieses extrem seltsame Wesen aufzugeben, von dem ich einen Moment lang geglaubt hatte, es gehöre mir. «Wir können uns nicht weiter küssen», sagte er traurig. «Ich habe mich an Weihnachten verlobt.»

Ich wurde mir meiner Hände auf seinem Rücken und seines Penis an meinem Bauch bewusst, zog mich zurück und sagte: «Das ist so verflucht beschissen.»

«So fühle ich mich auch.»

«Was soll das heißen, ‹beschissen›? Du könntest zumindest glücklich sein.»

«Ich kannte sie erst seit ein paar Tagen. Sie ist eine Freundin meiner Ex, die mich im vergangenen Jahr abserviert hat, um zurück nach Brunei zu gehen, aber an Weihnachten waren sie beide in Boston und, ich weiß nicht, sie hat mich beruhigt. Sie ist der ruhige Typ.» Er schaute wieder in Richtung Sonne. Draußen im Meer kam ein Grauwal aus dem Wasser und wand sich wie eine gigantische Nacktschnecke. In Peters Augen stand Furcht. Ich merkte, dass er keine Ahnung hatte, was für ein Wesen das war. «Sie wollte nicht mit mir allein sein, solange wir nicht verlobt waren.»

«Wieso soll das dann überhaupt zählen? Warst du betrunken?»

«Nein», sagte er. «Ich trinke nicht. Ich musste ihren Vater um ihre Hand bitten.»

«Das ist so verflucht beschissen», wiederholte ich wie eine defekte Maschine.

Er zuckte die Achseln. «Vielleicht hat sie ja recht. Da kann man Heiratspläne für die Zukunft machen, wenn man den Abschluss gemacht und Zeit für so was hat, und bis dahin kann man sich auf seine Arbeit konzentrieren. Das ist der Gedanke dahinter. Du machst dir keinen Begriff davon, wie ehrgeizig meine beruflichen Ziele sind.»

«Geht sie auch aufs College?»

«Sie wohnt bei ihren Eltern. Sie möchte Hausfrau werden und einen Professor heiraten wie ihren Dad. Sie wird mir das Leben dermaßen erleichtern. Sie meinte, sie wolle keine Hilfe bei den Kindern. Sie wolle sie allein großziehen, damit ich arbeiten kann.»

«Das ist so verflucht beschissener ...» Ich wollte sagen, sexistischer Mist, dass er seine Kinder von jemand anderem großziehen lassen wolle, aber ich merkte noch rechtzeitig, dass es taktisch blöd gewesen wäre, ihn herunterzuputzen. Ich erinnerte mich nicht, jemals ein Verlangen empfunden zu haben, das so stark gewesen wäre wie mein momentaner Wunsch, er würde mich auslachen und sagen, die Geschichte von seiner Verlobung sei nur ein dummer Scherz gewesen.

«Was war das da eben im Wasser?», fragte er. «Cthulhu? Die Mothra?»

«Ein Grauwal», sagte ich.

«Der sah scheußlich aus.» Er beschirmte die Augen und starrte aufs Meer, eindeutig erpicht darauf, ihn noch einmal zu sehen.

«Das ist nur der äußerliche Eindruck», sagte ich. «Unter dem Speck ist er superhot.»

«Wie du», sagte er. «Ich kann dir gar nicht sagen, wie *gern* ich dich anfassen würde. Dich nackt sehen würde. Ich bin zwar in eine bruneimäßig arrangierte Ehe reingestolpert, aber sogar als ich dich eben im Arm hielt, konnte ich nicht aufhören zu denken, wie schlau diese Verlobung mit Yasira war. Du bist nicht unkompliziert. Das weißt du doch.»

«Und sie ist einfach oder was?»

«Sie ist einfach.» Er nickte. «Ich brauche was Einfaches in meinem Leben. Tut mir leid. Wirklich.» Er trat auf den Pfad zurück und streckte die Hand aus – eine Einladung weiterzugehen.

«Ich hasse dich», sagte ich. Ich tat einen schnellen halben Schritt auf ihn zu und einen schnellen halben Schritt zurück. Ich stand da wie ein vertrockneter Maisstängel und fragte mich, wie ich irgendwie noch einfacher werden konnte, denn ich fühlte mich binär, ich die Null und er die Eins – so einfach war das.

Schwankend machte er kehrt, bergab und zurück zu meinem Auto. Er streckte die Arme auf Hüfthöhe nach vorn, als wäre ihm an einem dunklen Ort schwindlig und er müsste sich mit den Händen vorantasten, um nicht hinzufallen. Er sah aus, als würde er gleich ohnmächtig.

Ich krächzte: «Warte», und er wartete.

Als ich zu ihm kam, sah ich, dass er geweint hatte. Eine Weile liefen wir schweigend nebeneinanderher. Wieder berührte er meine Hand. Ich hob den Kopf, um sicherzustellen, dass er auch mein feuchtes Gesicht sah. Ich knöpfte zwei Knöpfe auf, als würde ihm das helfen, mein verfluchtes Herz zu sehen. Wir standen auf dem Pfad, küssten uns mit geöffnetem Mund und verkrallten uns im Haar des anderen.

Wir küssten uns so, wie Roland bei Roncesvalles in sein Horn stieß, voller Verzweiflung, und doch erschien keine Heerschar von Engeln, um Peter zu sagen, dass es in Ordnung war, seinen Fehlkauf zu stornieren und dem Mädchen den Laufpass zu geben. Ein den Hang heraufkommendes Pärchen unterbrach uns, und wir gingen weiter nach unten.

Mitten in der Rushhour fuhr ich ihn zum College zurück, wobei ich später den Verdacht hatte, diverse kleine Blackouts erlebt zu haben. Ich konnte mich zwar ans Linksabbiegen auf den Freeway in Santa Monica entsinnen, aber nicht daran, durch den Canyon gefahren zu sein, und ich war mir auch nicht sicher, wie genau ich mir beim Zurücksetzen an eine Zapfsäule den rechten hinteren Kotflügel eingebeult hatte. Glücklicherweise war es laut an der Tanke – ein durchdringend dumpfes Dröhnen vom PCH –, und das, woran ich da entlanggeschrammt war, war eine mit dickem Stahlblech verkleidete Betonbegrenzung gewesen. Es gab also keinen Grund für irgendjemanden, sich nach Versicherung, Fahrzeug- oder Führerschein zu erkundigen.

KAPITEL FÜNF

Ich hatte gedacht, das wäre es jetzt zwischen Peter und mir, aber zu meinem Erstaunen, ja zur ungläubigen Verwunderung meiner kindlichen Naivität blieb er eisern am Ball. Nur eine Woche später stand er bereit zu einem weiteren prickelnden, erregenden Spaziergang, bei dem sich gelegentlich unsere Hände berührten und unsere Gespräche mit romantischen Zweideutigkeiten gespickt waren.

Wir tigerten durch ein Open-Air-Einkaufszentrum, in dem es weder Privatsphäre noch eine echte Notwendigkeit gab, auf unseren Weg zu achten, während er mir über das Wien des Fin de Siècle erzählte. Er sagte, um die vorletzte Jahrhundertwende zu verstehen, müsse ich dieses eine Stück von Arthur Schnitzler lesen, in dem eine Reihe von Menschen glaubte, sie vögle gesellschaftlich Höherstehende, um voranzukommen, nur sei die Reihe letztlich ein Kreis; dazu die Liebeslyrik von Oscar Wilde und etwas, das mit den alten Griechen und dem Matriarchat zu tun hatte. Die olympischen Götter wie zum Beispiel Zeus seien Lockvögel für das Patriarchat gewesen, eine idiotische Innovation. Ihrer Ankunft sei eine unendlich lange Ära vorausgegangen, in der noch niemand herausgefunden hatte, dass für Schwangerschaften Sperma nötig war. In diesen endlosen Tagen hätten Frauen die Welt regiert. Erst kürzlich habe die Wissenschaft sie entthront. Vor der Entdeckung, dass Männer die Schwangerschaft verursachten, wäre er in keiner Weise verpflichtet gewesen, Yasira zu heiraten. Sie hätte herumvögeln, ihre Kinder hüten und ihn sein Leben so lange fortführen lassen können, bis ihn die Mänaden zerrissen. Er sprach auch ein wenig über feministische Autorinnen, nach deren Ansicht dereinst emanzipierte Frauen wieder matriarchalische Familien führen würden, wie bei den Griechen der alten Schule. Da die Gesellschaft aber nicht matriarchalisch sei, meinte er, würden sie nie zu jammern aufhören. Er erzählte mir auch noch mehr über Yasira. Sie habe ein privates Junior College mit dem Hauptfach Schwimmen abgeschlossen.

Unser nächster Spaziergang musste wegen meiner vielen Überstunden verschoben werden. Aber an dem Tag, als Doug und Axel endlich die achthundert Sträucher an das Krankenhaus in Bel Air auslieferten, trafen wir uns in einem Café auf dem Campus. Sich an einem so öffentlichen Ort zu verabreden, war ein bisschen unbesonnen – Jay hätte eifersüchtig werden können –, aber wir wussten beide, dass er in sein Tanzprojekt vertieft war. Er hatte ohnehin kaum noch Zeit für uns.

Wir redeten über mich. Peter wollte wissen, was mich jetzt noch bei den Hendersons hielt. Ich erzählte ihm von den gespenstischen Alternativen, die ich zu Gesicht bekommen hatte. Mir irgendwas zu mieten, wie er es immer wieder vorschlug, hätte eine gewisse Bonität und tausend Dollar im Monat erfordert. «Wenn dich das stört», schloss ich, «kann ich ja bei dir einziehen. Ich besorg mir eine Luftmatratze.»

«Das verstößt gegen die Heimregeln», sagte er. «Es gibt Grenzen dafür, wie lange Besucher bleiben können. Und was würdest du im Sommer machen?»

«In irgendein Obdachlosenasyl ziehen.» Noch als ich das sagte, dämmerte mir, dass ich da einen guten Ort kannte. Jahre zuvor hatte ich einen Mann in der Fahrerkabine eines Pick-ups leben sehen, der am Entradero Park stand – einer malerischen Enklave mit Ballspielfeldern und einem Teich, oben auf dem Hügel in Torrance und umgeben von gepflegten Einfamilienhäusern. «Warte», sagte ich. «In Torrance gibt es einen Park, in den ich ziehen könnte.»

«O nein. Sag doch nicht so was. Das klingt, als wärst du nicht ganz dicht. Mach nicht ständig Sachen, die mich dazu bringen, dir irgendwelche Diagnosen stellen zu wollen.»

«Ohne Witz. Ich hab da mal jemand leben sehen. Einen älteren Typen. Könnte ein sicherer Ort sein. Ich muss die Ecke mal checken.»

«Bran», sagte er. «Zieh *nicht* in einen öffentlichen Park, weil ich dich gedrängt habe, die Hendersons zu verlassen. Tu's einfach nicht. Ich würde mich so mies fühlen.»

«Wieso sollte das dein Fehler sein?», sagte ich. «Es ist ihrer. Sollen die sich doch mies fühlen! Sollen die Hendersons, meine Großeltern und mein Dad sich zur Abwechslung mal mies fühlen!»

«Du musst dich ernster nehmen», sagte er. «Dein Leben ist ein kostbares Geschenk. Wenn schon nicht für dich, dann für mich, und es ist untrennbar mit deinem Körper verbunden, also muss dein Körper sicher aufgehoben sein.»

«Niemand ist je sicher», sagte ich. «Das Leben ist tragisch, schon vergessen?»

«So tragisch muss es aber nicht gleich werden.»

«Dann beschütz mich», sagte ich. «Du könntest mich schon morgen heiraten. Es gibt Wohnungen für verheiratete Studierende.»

«Gott», sagte er und wandte sich ab. «Wenn du nur wüsstest.»

«Wenn ich *was* wüsste?», sagte ich. «Alles, was ich weiß, ist, dass du lebst wie ein Mönch – wie ein Priester –, dass du das Leben lebst, als wäre es ein Trostpreis, weil du mit einem Mädchen verlobt bist, das du nicht kennst!»

Er zog sein Telefon aus der hinteren Hosentasche. «Ich will, dass du dir mal ein Bild von Yasira ansiehst», sagte er. Mit ausgestrecktem Arm hielt er mir das Telefon hin. Das Foto zeigte die Rückansicht einer Frau, die nackt auf einem ungemachten Bett lag. Mit Zeigefinger und Daumen zoomte er auf ihre perfekt tränenförmigen Pobacken. Dann wischte er zum nächsten Foto, und ich sah ihr schönes Gesicht. Auf dem dritten Bild trug sie ein eng anliegendes blaues Doppelschlitzkleid aus schwerer, schräg zugeschnittener Seide und dazu Stilettos. Sie sah aus wie ein Tausend-Dollar-Callgirl bei der Hochzeit der respektablen besten Freundin.

«Scheiße», sagte ich, ließ den Kopf hängen und knetete mit beiden Händen die Ärmel meines Flanellhemds.

«Ich habe nicht mit ihr geschlafen», sagte er. «Ich

habe nicht um dieses Bild gebeten.» Erneut zeigte er mir das Telefon und sagte: «Das ist ihr Vater.» Der Mann sah aus wie ein Rausschmeißer in einer Biker-Bar – ein hundertfünfzig Kilo schwerer Schlägertyp mit einem BMI von sechsunddreißig – in einem etwas plüschigen dreiteiligen Anzug samt (in meinen Augen) verräterischer Schulterholster-Beule.

«Das ist ein ehrenamtlicher Zollagent», sagte ich. «Die Seitenwaffe seiner Wahl ist ein Schlosserhammer.»

«Schön wär's», sagte Peter. «Er ist ein Knight Commander des Order of the British Empire und Kurator des Rhodes Trust. Der, der die Stipendiaten aussucht. Er ist einer der größten Chaucer-Experten der Welt.»

«Und du bist sicher, dass er dir da nichts vormacht?»

«Er findet, ich sei ein geeigneter Partner für seine Tochter.»

«Ich sollte ihn anrufen», sagte ich. «Ich kenne dich längst besser. Du wirkst nach außen hin so glatt und geschmeidig, weil all deine kleinen Schalträdchen so schnell laufen, aber das ist eine optische Täuschung, und wenn da irgendwann mal was hakt, fliegen die Trümmer überall rum!» Ich sah finster drein, denn diese Beschreibung traf genauso auf mich zu.

«Ich liebe dich», sagte er, legte mir den Arm um die Schulter und drückte mich. Erst freundschaftlich, dann verkrampft, dann lahm und schließlich in Form einer zärtlichen Liebkosung bis zum Po hinunter.

Ich hatte das Gefühl, dass ich verarscht wurde, und es gefiel mir prächtig. Dito, dass auch er verarscht wurde und es ihm prächtig gefiel. Wir waren dem Untergang geweiht.

Beim Spaziergang danach kam ich ein bisschen aus meinem Schneckenhaus und belehrte ihn über die gartenbaulichen Highlights auf dem UCLA-Campus. Es wimmelte dort von wertvollen Stauden, seltenen Jungbäumen und unbezahlbaren Kletterpflanzen, manche davon durchaus einen Diebstahl wert. Ich sagte, ich hoffte, das spräche sich niemals zu den Hendersons herum. Peter zeigte auf die Überwachungskameras und schlug vor, ich solle sie doch ermutigen, herzukommen und sich strafbar zu machen. Ich würde ein so viel besseres Leben führen, wenn sie im Knast säßen.

Ich klärte ihn darüber auf, dass er viel zu wenig über das Baumschulengeschäft wusste. Wenn Grandpa Larry fehlte, würde die Bourdon Farm meiner Meinung nach nicht an mich weitergegeben werden, nicht einmal an Axel und Doug. Es würde Pfandrechte, Schulden, nirgendwo schriftlich festgehaltene Verbindlichkeiten geben. Jemand anders würde dort hinziehen. Peter schlug die Großen Alten (z. B. Cthulhu aus den Storys von H.P. Lovecraft) als neue Pächter vor, und ich sagte: «Bestimmt irgend so jemand.»

Wir liefen eine Stunde herum, bis es Zeit für Jays Probe war. Er hatte zweimal die Woche – montag- und freitagabends – je zwei Stunden in einem verspiegelten Tanzstudio im Studierendenzentrum reserviert und arbeitete hart an seiner Choreografie. Er wollte Peters Meinung dazu hören. «Deine *ehrliche* Meinung», hatte er betont.

Diese spezielle Probe entpuppte sich als halb öffentliches Ereignis. Es waren zwei Jungen da, die ich noch nie gesehen hatte, beide schmutzig und abgerissen, dazu ein Mädchen namens Casey, das ich flüchtig kannte, weil es mal mit uns in der Mensa gesessen hatte, und Jays Flamencolehrerin Loretta. Ich war so froh, sie wiederzusehen! Es war wunderbar, sie Peter vorzustellen, nachdem ich ihm so viel von ihr erzählt hatte. Er behandelte sie mit ausgesuchter Höflichkeit. Bis dahin war ich mir nie sicher gewesen, ob er glaubte, dass sie wirklich blind war.

Die zwei Jungen waren Ausreißer, mit denen Jay sich angefreundet hatte. Es gefiel ihnen sichtlich, sich in einem Gebäude der UCLA aufzuhalten. Sie flüsterten miteinander, während die vielen Flaschen in ihren Rucksäcken klirrten. Sie benahmen sich nicht daneben, sondern hockten still auf dem Fußboden.

Casey war Halbbrasilianerin, studierte im Hauptstudium Werkstoffwissenschaften und besuchte in ihrer Freizeit eine Sambaschule. Sie wollte Jay zu ihrer Truppe lotsen, weil sie mehr Männer brauchten.

Mit etlichen luftig gekleideten Freundinnen ebenfalls anwesend war Ashley, die Eurythmie-Interpretin, die er rekrutiert hatte, damit sie seine Gedichte vertanzte. Diesmal war es ein Haiku, das er zum Wohl der Buchstabenökonomie komprimiert hatte. Es ging so:

Surfer.
Blitz[schlag]! Läuft [zum] Auto.
Nackt Regen.

Als Coda buchstabierte sie diesen supertrendigen Regengeruch, von dem Jay behauptete, alle stünden darauf: «Petrichor.» Die Choreografie funktionierte leidlich.

Das Schlagen des Donners, das Getröpfel des Regens, die Freude des nackten Surfers im Griff der rohen Naturgewalten et cetera. Hätte er tanzen können, wäre es erträglich gewesen.

Die Musik kam von einer CD, aber Loretta klatschte trotzdem mit. Sie war erkennbar zufrieden in Hinblick auf Kastagnetten und Stepptanz und warf gelegentlich ein «*¡Olé!*» ein, wenn er eine Sequenz herausstampfte. Verheißungsvoll war auch, dass der Kontrast zur Eurythmie seinen Erwartungen vollends gerecht wurde. Ashley schwebte vor und zurück, mit ätherischer, aber eindringlicher Gestik, gewichtslos wie eine echte Tänzerin. Aber Jay! Jay.

Irgendwann mittendrin standen die Ausreißer auf und verkrümelten sich. Casey fixierte den Blick ausschließlich auf Ashley, während ich Jay zuschaute. Peters Augen waren Schlitze, aber immerhin, wie ich sah, geöffnet. Als es vorbei war, klatschte er und sagte, noch klatschend: «Ich prüfe gerade meine Überzeugung, dass Zensur in der Kunst nichts zu suchen hat.»

Loretta sagte: «Runter von deinem hohen Ross, College Boy. Warst du mal in Andalusien? Da wimmelt es von lausigen Tänzern. Darum geht es beim Volkstanz nicht. Vermutlich haben deine verwöhnten Augen noch nie etwas anderes als kanonische Kunst und glanzvolle Popstars gesehen.»

«Ich behaupte ja nicht, dass es nicht hervorragend war», sagte Peter und wandte ihr sein volles Augenmerk zu. «Bloß, dass er im Internet abstürzen wird, weil er unfreiwillig komisch rüberkommt, und vielleicht noch Schlimmeres.»

«Darum geht es doch bei der Kunst», erwiderte sie. «Risiken einzugehen.»

Nun kamen Jay und Ashley dazu. Er war noch ganz außer Atem. «Du warst wunderbar, meine liebe Ashley», sagte Loretta.

Ashley warf einen schnellen Seitenblick auf Jay und flüsterte: «Ist sie nicht blind?»

«Ich kann Farben und Bewegung deutlich genug erkennen, dass es zum Autofahren reicht», gab sie zurück. «Ich konnte deine Figuren so gut mitverfolgen wie seit Jahren nichts.»

«Danke schön», sagte Ashley und verzog sich, um mit ihren Anthroposophenfreundinnen zu reden.

«Wie war ich?», fragte Jay Loretta.

«Ich höre, du musst noch an deiner Gesichtsmimik arbeiten», sagte sie und nahm Peter ins Visier. «Die verwirrt deinen Freund hier.»

Ich sagte: «Er ist zu streng dafür, dass es nur eine Probe war, aber irgendwas am Flamenco setzt du noch nicht richtig um.»

«Es fehlt am *duende*», sagte Peter.

Im munteren Tonfall einer Marketingtante schaltete Casey sich ein: «Du solltest in unsere Sambaschule kommen. Null *duende* erforderlich.»

«Das ist ja mal eine tolle Idee», sagte Loretta.

«Aber Samba ist nicht das, was ich brauche», sagte Jay. «Dabei geht's doch um *joie de vivre* oder so, und ich will Geschichten erzählen.»

«Dann solltest du im indischen Gemeinschaftszentrum einen Kathak-Kurs machen. Das ist wie Kurzschrift-Eurythmie, nur aus Rajasthan. Du kannst tanzen und gleichzeitig Geschichten erzählen, ohne andere Menschen mit hineinzuziehen, und die Kostümierung ist großartig. Auch die Musik.»

«Du verstehst das nicht», sagte Jay. «Ich will Geschichten mit *duende* erzählen, keine schmalzigen Sagas.»

«Was ist denn nun eigentlich *duende*?», fragte Casey. «Außer dem Gegenteil von Lebensfreude.»

«Etwas Undefinierbares, Unvergleichliches», sagte Loretta. «Entweder du hast ihn oder nicht. Er steckt dir im Blut, wie der Soul und der Rhythmus den Schwarzen. So weit die Theorie.»

Casey sagte: «Ich bin nicht hergekommen, um mich den Mikroaggressionen einer alten weißen Frau auszusetzen.»

Loretta nahm eine offen aggressive Positur ein – eine *sentada*, die Arme auf Hüfthöhe gekreuzt, vage an Kung-Fu gemahnend – und sagte: «Wen meinst du hier mit alt?» Fürs Protokoll: Sie war einundachtzig.

«Einer älteren weißen Frau», korrigierte Casey sich.

«Ich bin zu einem Viertel amerikanische Ureinwohnerin», gab Loretta zurück, hob die Hände auf Brusthöhe und schnippte mit den Fingern.

Peter sagte: «Oh, scheiße.»

Ich sagte: «Loretta, bist du sicher? Denn das behaupten Grandpa Larrys Freunde auch alle.»

«Ja, ziemlich sicher», sagte sie und ließ die Hände fallen. Sie fügte hinzu: «Meine Oma hat immer gesagt, sie habe einen prachtvollen Indianer beim Angeln getroffen und nie seinen Namen erfahren, und deshalb wurde meine Mom Shasta getauft, nach dem Berg.»

«Cooler Name», sagte ich.

«Aber Casey, Schätzchen» – sie wandte sich wieder Casey zu, die plötzlich dabei war, sie zu filmen –, «ich wollte dich nicht beleidigen. Wenn ich nicht glauben würde, dass man das Tanzen unterrichten kann, würde ich damit aufhören und in die Stripclubs zurückgehen. Die Männer haben so einen Hau, irgendwo würden sie mich bestimmt noch nehmen. Jetzt bin ich schon wieder anstößig. Aber ich vermute doch, dass du lesbisch bist? Bist du keine Lesbe? Ich kann dich zwar nicht sonderlich gut sehen, aber ich dachte –»

Im Davonstürmen nannte Casey uns alle verrückt. Wie die beiden Ausreißer und auch Ashley und ihre Freundinnen sah ich sie nie wieder.

Als wir über den Campus liefen, um uns Kaffee zu besorgen, verhandelten Jay und Peter ausführlich das Problem mit dem *duende*. Peter deutete an, dass Jay noch nie das allem Flamenco zugrunde liegende Gefühl erfahren hatte: Eifersucht. Jays Antwort lautete: «Klar, der Typ geht los und verlobt sich über Weihnachten mir nichts, dir nichts mit irgendeiner hergelaufenen Schnepfe, und dann glaubt er, ich wüsste nicht, was es heißt, eifersüchtig zu sein!»

Ich beneidete Jay. Eifersucht war ein ziemlich verbreitetes Gefühl, das schlichten Menschen wie mir zur Verfügung stand, aber ich empfand keine. Peters Erklärungen zufolge hatte er einen guten Grund und jede Berechtigung, Yasira zu heiraten. Ich war nur eine entfernte zweite Wahl, qua Geburt von der Poleposition ausgeschlossen. Dieses Gefühl fühlte sich vertraut, richtig und wahr an. Entsagung war würdig, stoisch und tragisch menschlich. Irgendwie war es ihm gelungen, mich davon zu überzeugen, dass bescheidene Zurückhaltung das Erregendste war, mit dem ich aufwarten konnte, und das war Wahnsinn. «Ich müsste mal eifersüchtiger werden», sagte ich.

«Niemand muss ein Gefühl empfinden, um es zu performen», sagte Loretta, offenbar im Glauben, ich kritisierte meinen eigenen Flamenco. «So eine Performance soll ja nicht subtil sein.»

«Die beste Performance ist gar keine», sagte Peter. «Wie schon Kleist gesagt hat: Der perfekte Tänzer ist eine Marionette.»

«Bitte erklär das mal», sagte Loretta.

«Dich der Schwerkraft hinzugeben, macht dich anmutig. Mehr als diese animalische Wahrhaftigkeit ist *duende* nicht. Hingabe eben. Aber nur an die Schwerkraft. Jay tanzt, als würde er sich allem unterwerfen. Seinem eigenen Körper. Oder seinem Geist. Das lässt es so teuflisch aussehen. Wie das Zucken der Seelen in der Hölle, dessen Antrieb von unten, von innen heraus kommt, wie Schmerz. Wie die Unterwerfung unter den Schmerz. Was er da vorführt, ist eine Passivität höherer Ordnung. Er tanzt bewusst die Unterwerfung unter die metaphysische Schwerkraft ... die Entropie ... darüber muss ich noch weiter nachdenken.»

«Aus deinem Munde klingt das, als wäre ich der interessanteste Tänzer überhaupt», sagte Jay.

Jay und Ashley führten ihre Nummer niemals öffentlich auf, weil die Kostümprobe viral ging. Wenn er vielleicht nicht ganz so viel auf- und abgesprungen wäre oder wenn seine Stiefel weniger spitz gewesen wären oder wenn er nicht ganz so o-beinig gewirkt hätte? Die von der Medienabteilung der Universität routinemäßig mitgeschnittene Probe vermittelte jedenfalls den Eindruck, er hätte aus reinem Daffke eine Eurythmie-Aufführung gesprengt.

Ashley gefiel es nicht, von tausend Fremden ausgelacht zu werden. Das war's also – keine weitere Kooperation.

Gut vierundzwanzig Stunden lang wurde Jay von Trollen gejagt, und ein fiktiver Verband der Romani-Studierenden setzte sich auf einem in England hastig eingerichteten Social-Media-Konto für seine Exmatrikulierung ein.

Er hätte Tag und Nacht mit dem Selbstmord geliebäugelt, wenn Peter nicht gewesen wäre. Jede Frechheit irgendeines Haters, die ihn auf die Palme brachte, erschien kurz darauf als Screenshot in seinem Posteingang, die Logikfehler und ästhetischen Mängel darin fein säuberlich gelistet und seziert. Die Welt mochte ihn ausschließen wollen, aber Peters Meinung war die, die für ihn zählte.

Er trat einen strategischen Rückzug von den sozialen Medien in die Wirklichkeit an. Im dreidimensionalen Raum des Fleisches war er nach wie vor unsichtbar. Seine Gewohnheiten und Auftritte im richtigen Leben wiesen keinerlei Ähnlichkeiten mit denen auf der Bühne auf. Wie gezwungen und geschraubt sein Tanz auch war, so leger und nonchalant kanterte er auf dem Campus herum. Seit den Ereignissen in der siebten Klasse hatte er seine Stiefel nie wieder jenseits der Probe getragen.

Der Sturm tobte, legte sich und war vergessen. Zu Schaden gekommen war niemand außer Gott (dass Jays Tanz ein Frevel war, hatte ihm Peter hinlänglich klargemacht) und denkfaule Gaffer in so weiter Entfernung wie Tasmanien.

Nachdem er jahrelang Individuen beschwatzt hatte, sich seine Gedichte anzuhören oder ihm beim Tanzen zuzuschauen, war Jay doch ein bisschen erschrocken angesichts der Bereitschaft der Massen, sich einen Videoclip gleich mehrmals anzusehen. Aber nur deshalb, weil er eine schlichte Wahrheit verdrängt hatte: dass er selbst in seinem Leben ein paar Bücher gelesen, ein paar Tanzveranstaltungen besucht und fast jeden Tag seit der Zeit, bevor er laufen konnte, zwei bis zehn Stunden lang audiovisuelle Medien konsumiert hatte. Er tat kund, bei frühester Gelegenheit an die Filmhochschule der UCLA wechseln zu wollen. Er hatte sich bereits für einen Sommer-Flamenco-Intensivkurs in Málaga angemeldet und eine Anzahlung geleistet, aber den kündigte er nicht, denn er meinte: «Wer weiß, vielleicht lerne ich da noch tanzen.»

Die Einsicht, dass seine wahre Leidenschaft vielleicht der Film sei, so sagte er, sei ihm nicht in all den wertlosen Collegekursen gekommen, sondern durch sokratische Dialoge mit Peter. Da habe er alles gelernt, was er zu wissen brauche – dass man dem Leben entschieden und mit kompromissloser Ehrlichkeit entgegentreten müsse –, und wenn er irgendwann mal nicht weiterkomme, könne er jederzeit Peter fragen.

Da ich Peter schneller folgen konnte als Jay, hielt ich mich für intelligenter. Bei einem Instantkaffee in seinem Wohnheimzimmer zog mir Peter diesen Zahn. «Du hast keinen analytischen Verstand», sagte er. «Du bist bloß eine rigide Paranoikerin.» Er behauptete, Angehörige der gebildeten Intelligenz seien in keiner beneidenswerten Position. Sie seien Parasiten der kreativen Klasse, zu der ich bald gehören würde. Wo es seine Bestimmung im Leben sei, Leute wie mich zu kritisieren, würde ich mein Leben mit der Erfindung von Dingen verbringen, die zuvor nicht existiert hätten, und damit die Essenz der menschlichen Tragik verkörpern, während er als mein bescheidener Spiegel diente.

Ich fragte ihn, ob er mich gerade dumm, verrückt oder wahnsinnig nannte.

«Geniale Begabung ist immer kreative Begabung, also ver-rückt», sagte er. «Es gibt keine andere. Ohne Paranoia keine Geschichten.» Ich machte den Mund auf, um die Frage noch einmal zu stellen, und er sagte: «Ich will es mal so formulieren. Es ist Wahnsinn zu glauben, Kunst sei bedeutsam, und du bist weit davon entfernt, dumm zu sein.» Er behauptete, ich würde ganz gut vom Schreiben populärer Romane oder Drehbücher leben können, und falls mich die Idee erschrecke, umso besser. «Künstlerinnen schützen sich traditionell gern mit der Maske der Genreliteratur», sagte er. «Du bist eine Frau, und zwar eine von altem Schrot und Korn, die Sorte, die nicht mehr hergestellt wird. Du hast den geistigen Horizont einer Emily Dickinson. Das ist eine Beschränkung, mit der du anständig Geld verdienen kannst.»

Ich verlangte nach Details.

«Mordgeschichten zum Beispiel», sagte er. «Im richtigen Leben sterben dauernd Menschen unter fragwürdigen Umständen, und die Polizei untersucht das nicht. Es interessiert keinen. Aber im Reich der Fantasie sind die Menschen paranoid und beharrlich statt abwesend und apathisch, und jede einzelne ungerächte Leiche stoppt so lange den Lauf der Dinge, bis wir den Mörder mithilfe der gewaltfreien, priesterlichen Askese der Ordnungskräfte gefunden haben, die sogar ältere Frauen sein können, Miss Marple et cetera. Die Welt ist nicht von allein kohärent. Es braucht schon Paranoia, um die Punkte zu verbinden. Dein geistiges Leben findet in dieser Art von fiktionaler ästhetischer Traumzeit statt. Das ist eine Beschränkung, kein Nachteil.»

Als ich sagte, jetzt wisse ich endlich, was er meine, erwiderte er: «Ich könnte aber auch falschliegen. Es ist eine gnadenlose Kritik, aber fiktiv insofern, als ich sie gerade erfinde.»

Er ging zu seinen Stapeln und zog eine zerfledderte Taschenbuchausgabe von John Gregory Dunnes *Monster* heraus. Wie viele seiner Bücher war sie ziemlich herumgekommen und voll von anderer Leute Hervorhebungen mit Marker und Bleistift. «Das kannst du behalten», sagte er und gab mir das Buch. «Es handelt von einer Erfahrung als Drehbuchautor. Dunne wird in absentia von diesem bösen Produzenten verfolgt, für den er gern arbeiten würde. Es ähnelt dem *Schloss* in vielem. Du solltest Filmdrehbücher schreiben und damit Geld verdienen. Jay wird Produzent werden und dich unterstützen. Überrascht dich das? Seine Familie ist so reich. Er wird nicht zu der Sorte gehören, die bei der Arbeitssuche Klinken putzt. Er wird professioneller Investor werden. Wusstest du das nicht? Er wird richtig Kohle machen. Sein Geschmack ist so ... plebejisch.»

Über Ostern kam Henry aus Yale nach Hause. Er hatte dann die Idee, am Samstag einen Tisch für ein Mittagessen im Kettle zu reservieren, mit der Absicht, später noch über den Pier zu spazieren und in einer Videoarkade ein paar Spieleklassiker zu spielen. Das Kettle war nicht der billigste Laden. Aber der Sprit war billig, und dank meines Autos kam ich regelmäßig nach Pasadena zu meinen Großeltern, hatte also ein paar Zwanziger zurückgelegt. Als ich das Restaurant betrat, sah Henry von seinem Gespräch mit Fifi auf und sagte: «Du Monster.»

Keiner von beiden lächelte. Seine nichtssagenden Klamotten kamen mir brandneu und steif vor, und ihre auch – eine weiße Baumwollbluse, dazu flauschige Pulswärmer aus graugrünem Filz. Beide sahen kauzig und ein bisschen streng aus, als feierten sie die Karwoche als Zeit der Sühne.

Ich sagte Hallo und fragte: «Wo sind Will und Jay?»

«Du weißt genau, wovon ich rede», sagte Henry. «Jays Freund Peter. Was glaubst du, was du da tust?» Er hielt seine Speisekarte wie einen Schutzschild gegen mich, indem er sie senkrecht auf den Tisch stellte.

«Wovon redest du denn?»

«Bran.»

«Nichts für ungut, Bran», sagte Fifi. «Ich musste es ihm erzählen.»

«Was denn?»

«Komm, das nervt! Du weißt, was ich meine.»

Ich hatte mich nicht hingesetzt. Ich stand noch immer dort im Gang, behinderte die Kellner auf dem Weg an die Theke und in den hinteren Teil des Restaurants und hatte den Eindruck, dass Henry und Fifi mit vereinten Kräften meine sofortige Kapitulation einforderten. Ich verschränkte die Arme, beugte mich vor und flüsterte: «Du musstest Henry *was* erzählen? Denn ich weiß es wirklich nicht.»

Henry sagte: «Peter ist verlobt.»

Ich sagte: «Und?»

Sie sahen mich schweigend an, und Fifi sagte: «Setz dich.»

«Nein. Erst wenn ihr mir erzählt habt, was ihr mir vorwerft.»

«Rate mal», sagte Henry.

Endlich wurde mir klar, was sie meinten. «Das hättet ihr wohl gern», sagte ich. «Aber zwischen uns ist nichts. Gar nichts.»

Fifi legte die Stirn in Falten. Wenn da nichts war, hatte sie Gerüchte in Umlauf gesetzt, und wir beide wussten, dass Henry sich für einen moralischen Menschen hielt, dem das Recht zustand, über andere zu richten, nur weil er sich mit Erster Hilfe auskannte. An der Highschool war sie kein Klatschmaul gewesen. Damals, als wir alle sofort bis ins letzte Detail erfuhren, was anderen zugestoßen war, hatte dafür keine Notwendigkeit bestanden.

Aber ich war nie sexuell aktiv gewesen. Nicht im Geringsten und mit niemandem, am allerwenigsten mit Peter.

Wer hatte ihr solche Gedanken eingeflüstert? Es konnte nur Jay gewesen sein, der soeben mit Will auftauchte.

Sie waren früh angekommen, um auch bestimmt einen Parkplatz zu finden, dann am Strand spazieren gegangen und hatten die nächsten zwanzig Minuten damit verbracht, sich mit Papiertüchern und Babyöl aus einem Surfshop Teer von den Füßen zu wischen.

Ich setzte mich neben Fifi, um den beiden Platz zu machen. Die Essnische knarrte, als sie von mir wegrutschte. Die beiden umarmten Henry, den sie monatelang nicht gesehen hatten. Jay setzte sich mir gegenüber und sagte gespannt: «Hast du von Peter gehört? Ist er in Maine?»

«Vermutlich», sagte ich. «Aber ich weiß es nicht. Wir sind nicht so dicke, wie manche hier glauben.»

Jay wechselte einen Blick mit Fifi. «Also, Bran», sagte er. «Das muss doch mal ans Licht, damit wir drüber reden können.»

«Muss es nicht», sagte ich. «Zwischen uns ist nichts, was nicht dort bleiben sollte. Alles an unserer Freundschaft ist privat. Darüber zu reden, steht euch nicht zu.»

«Bist du da sicher? Mit mir redet er die ganze Zeit darüber», sagte Jay.

«Du lügst. Du hast Fifi angelogen, und sie hat Henry glauben lassen, ich wäre ein schlechter Mensch.»

«Ich lüge über was?»

«Dass ich mit ihm schlafe oder so.»

«Er meinte, er ist verliebt in dich. Warum sollte ich da lügen? Es ist einfach zu verrückt.»

Ich war nicht begeistert, diese neueste Pikanterie von Jay unter solchen Umständen zu vernehmen. Ich kniff die Augen fest zusammen.

«So oder so ist er mit jemand anderem verlobt», sagte

Henry. «Du solltest nicht stundenlang allein mit diesem Menschen in seinem Wohnheimzimmer sitzen.»

«Du musst ihm Raum geben», sagte Fifi.

«Ich würde das für mich auch so wollen», sagte Henry.

«Ihr seid alle wahnsinnig», sagte ich. «Was bin ich jetzt, eine Femme fatale? Eine Hexe, und er ist das unschuldige Kind, das ich verzaubert habe? Oder was? Das ist es doch. Ihr glaubt, ich hätte ihn verhext, weil er ja verrückt sein müsste, um mich zu lieben.»

«Aber Bran», sagte Fifi. Sie strich mit der geschlossenen Faust über meinen Unterarm. «Er wird Yasira heiraten. Was er für dich empfindet, ist keine Liebe. Er benutzt dich. Du musst aus diesem Sumpf raus. Wir wollen doch nur helfen.»

«Ich will da nicht raus. Wir sind Freunde, und ich will nicht darüber reden. Ich will Waffeln mit Sirup und Würstchen.»

«Bist du schwanger?»

Ich starrte Fifi durchdringend an. Plötzlich ging mir auf, dass sie sich mit Henry verlobt haben musste.

«Was in Bran passiert, bleibt in Bran», witzelte Henry.

«Werd nicht ordinär», sagte Fifi.

Will sagte: «Hört auf, so fies zu Bran zu sein, sonst fängt sie noch an zu weinen. Dann schmeißen sie uns hier raus, und ich habe Hunger.»

«Peter meinte, ihr wärt fast bis zum Äußersten gegangen», sagte Jay zu mir.

Diese Behauptung schien den Zweck zu haben, mich so einzuschüchtern, dass meine Beichte zu ihrem

Lunch-Entertainment beitrug. Aber was Peter betraf, war für mich an Unterwerfung nicht zu denken.

«Jay will nach Málaga», wechselte ich flink das Thema.

Ich hätte mit zahlreichen Aspekten seiner Reiseplanungen aufwarten können, vom Namen der Sommer-Flamencoschule bis hin zur schwierigen Wahl zwischen den Optionen einer Gastfamilie, eines Abendsprachkurses mit Übernachtungsmöglichkeit und Studentenwohnungen an der Uni, die ihm bevorstand.

Doch bald zog er das Gespräch selbst an sich und garnierte es mit Hoffnungen und Träumen. Fifi meinte, er werde dort bei lebendigem Leib gebraten werden.

«Am *Strand*», stellte Jay klar.

«Umgeben von heißen Spaniern», sagte Will.

«Du meinst, von besoffenen Briten», sagte Henry.

«Ich werde die ganze Zeit mit Leuten aus der Flamencoszene zusammen sein», sagte Jay. «Das ist ein Immersionskurs. Wenn ich nach zwei Monaten Málaga nicht tanzen kann, schwöre ich, dass ich es aufgebe.»

«Ich versuche mir gerade Flamenco am Strand vorzustellen», sagte Henry.

«Es ist leiser dort», sagte ich.

Ich beteiligte mich am Gespräch, ohne allzu viel zu sagen. Die kleinen Rädchen in meinem Hirn liefen schneller und schneller, während ich mich fragte, ob Peter vielleicht wollte, dass ich ihn betrunken machte und dann über ihn herfiel. Wenn wir Sex gehabt hätten, würde er es Yasira erzählen, und sie würde ihm den Laufpass geben. Ich wusste bloß nicht, wie Leute Sex hatten, und fragte mich, ob er es wusste.

KAPITEL SECHS

Als ich Peter das nächste Mal allein in seinem Zimmer besuchte, verfiel er sogleich in langes Wehklagen darüber, dass er sich an Yasira gekettet hatte. Er redete, und ich hörte zu, passiv wie eine Fliege an der Wand. Als er an Weihnachten bei ihrem Vater förmlich um ihre Hand angehalten hatte, damit sie unbeaufsichtigt sprechen konnten, hatte er gelernt, dass ihn das zum Mitglied einer weitläufigen Familie machte, an der ein aufrichtiges Interesse zu haben von ihm erwartet wurde. Er hatte vorgehabt, über Ostern einen wissenschaftlichen Artikel für die Publikation vorzubereiten, aber ihre Familie hatte ihm die gesamte Freizeit gestohlen. Vielleicht hätte er das noch ertragen können, wenn wenigstens ein paar Stunden mit ihr allein dabei herausgesprungen wären, aber sie waren nie miteinander allein. Er hatte mit ihrer rechtslastigen Tante und ihrem rechtslastigen Onkel über Politik diskutiert und sich die Sammlung seltener Uhren seines verstorbenen zukünftigen Schwiegergroßvaters anschauen sowie eine davon auswählen müssen, die er am liebsten zur Hochzeit geschenkt bekäme. Yasira hatte ihm gesagt, dass das nur so lange so weitergehen würde, bis sie heirateten, ihre Verlobung anlässlich einer Party öffentlich angekündigt wurde oder sie miteinander durchbrannten. Sie erzählte ihm das in Gegenwart ihrer Mutter, die lachte und sagte, sie und Yasiras Vater hätten sich ähnlichen familiären Repressalien durch die Flucht entzogen, und sie würde vollstes Verständnis dafür haben, wenn Peter und Yasira sich entschlössen, umgehend zu heiraten.

Von dem Stress hatte er Akne bekommen. Ein erhabenes Muster entzündeter roter Punkte verunzierte seine perfekte Haut. Ich schloss ihn in die Arme. Keine Reaktion. Ohne irgendeine Regung im fleckigen Gesicht sank er zu einem Häuflein Elend zusammen. Er glich einem halb aufgeblasenen Football, der gleich davongekickt werden würde. Er würde das Spielfeld nicht aus eigener Kraft verlassen. Er wirkte unnahbar, unerreichbar, außer sich, als hätte sie ihn in einen Turm gesperrt.

Ich erkundigte mich, was eigentlich seine Eltern von der Geschichte mit Yasira hielten, in der Hoffnung, sie würden aktiv gegen seine Pläne zu Felde ziehen.

«Die finden das gut», sagte er. «Sie hätten nie damit gerechnet, dass ich bei einem so netten Mädchen lande.»

«Oh», sagte ich und stellte mir vor, dass Yasira irgendein Wochenende bei seiner Familie in Maine verbracht hatte.

«Es gibt da Sachen, die du über mich nicht weißt», sagte er. «Sachen, die kein Mensch außer meinen Eltern weiß. Ihre Erwartungen an mich sind nicht gerade hoch.»

«Was auch immer du getan hast, es kann nicht schlecht gewesen sein», sagte ich. «Denn wer auch immer du vorher warst, jetzt bist du du.»

«Du bist der vorurteilsfreiste Mensch – also, der ein-

zige vorurteilsfreie Mensch –, den ich je getroffen habe»,
sagte er. Es war schwer zu erkennen, ob er fand, dass das
wichtig war. «Vielleicht weil du auf der Bourdon Farm
sozialisiert worden bist. Ich habe selten das Gefühl, dich
zu enttäuschen. Du erwartest noch weniger als meine
Eltern.»

«Hast du jemanden umgebracht?»

«Das war alles rein selbstzerstörerisch. Ich habe niemand was angetan.»

«Also so was wie Drogen?»

«Absolut so was wie Drogen.»

Wie er vorhergesagt hatte, sah ich mitnichten erschrocken aus. Genauso wenig sah ich ein, um was er sich da
eigentlich Sorgen machte. Aufgrund von Jays Anekdoten hatte ich den Eindruck gewonnen, dass Drogen auf
dem Campus zum Alltag, wenn nicht gar zum Anforde-
rungsprofil gehörten. MDMA etwa galt nicht als Droge
im engeren Sinn; es wurde genommen, damit man beim
Trinken munter blieb. Der Wirkung von zu vielen Koks-
Lines wurde mit Kate-Lines entgegengesteuert. Peter
hatte lediglich Codein mit Mahler gepanscht, war dann
zu Oxycodon mit Bruckner übergegangen und hatte einen ganzen Sommer in seinem Zimmer verbracht.

Er erklärte mir, dass Rhodes-Stipendiaten und ihres-
gleichen gewöhnlich nicht aus den Reihen Rekonvales-
zierender rekrutiert werden. Es war nicht mehr möglich
oder zulässig, abzustürzen und zu brennen und dann
mit sauberer Weste wiederaufzutauchen. Einmal Narkoholiker, immer Narkoholiker. Selbst Fünfzehnjährige
fühlten sich gedrängt, der Rekonvaleszenten-Commu-
nity online beizutreten, bevor die sie aufspürte und

bloßstellte. Er selbst hatte sich nie geoutet, deshalb war er anfällig für Erpressung.

«Die Sache ist», sagte er, «ich habe das so geheim gehalten, dass keiner in der Schule was rausgekriegt hat. Es blieb zwischen meinen Eltern und der Rehabilitationsklinik. Aber ich könnte niemals Yasira davon erzählen. Vielleicht käme es dann ihrem Vater zu Ohren.»

«Ich kapier's nicht», sagte ich. «Du traust ihr nicht, aber du willst sie heiraten?»

«Sie ist extrem loyal gegenüber der Familie. Wenn du heiraten willst, brauchst du genau so einen Menschen. Jeder andere könnte irgendwann das Handtuch werfen. Die traditionelle Ehe basiert nicht auf Sex. Wie Guattari sagt: ‹Orgasmus ist auch nur so ein überzogenes Konzept, das unabsehbare Verwüstungen anrichtet.› Idealerweise ist die Ehe ein stabiles, für beide Seiten vorteilhaftes geschäftliches Arrangement. Yasira will versorgt sein, dafür gibt sie mir die Freiheit, meine beruflichen Wünsche nach Belieben auszuleben.»

Ich spürte, wie sich die Intensität des Moments verflüchtigte und eine fade Leblosigkeit zum Vorschein kam, mit der ich nichts zu tun haben wollte. Ich sagte: «Das klingt total mittelalterlich. Und Typen in traditionellen Ehen können immer tun, was sie wollen. Da wird nämlich mit zweierlei Maß gemessen.» Um Beispiele dafür zu finden, musste ich nicht erst ins Mittelalter zurückgehen. Ich brauchte mir nur meinen Vater und Doug anzusehen.

«Klar», sagte er. «Die monogame Ehe war nie auf Treue ausgelegt. Vielleicht wollte ich sie deshalb eingehen. Für uns.»

«Hä? Was?»

«Für uns. Um unserer Affäre willen. Tristan und Isolde.»

«Auf Drogen», sagte ich, weil mir der Liebestrank einfiel, der die beiden zusammengebracht hatte. Ich wünschte, ich hätte auch einen. Er hätte mir geholfen, mich zu konzentrieren.

Er schüttelte den Kopf. «Wenn ich mit dir zusammen bin, vergesse ich die Drogen.» Er schloss mich ungestüm in die Arme und küsste mich auf den Mund.

Ich wehrte mich nicht, obwohl ich richtig böse verarscht wurde. Er schaffte es, die Knutscherei mit einem pickligen Englischstudenten in einem Wohnheimzimmer als sublim erotisch und gefährlich erscheinen zu lassen – wenn das nicht genial war!

«Jetzt bin ich dazu verdammt, die andere Isolde zu heiraten», fügte er hinzu. «Isolde aux mains blanches.» Er nahm meine Hände (vernarbt, sonnengebräunt, schorfig) und ließ sie wieder fallen.

All das war schicksalhafter Wahnsinn. Ich war hochgestimmt, euphorisch.

Unser nächster Spaziergang, wieder in dem hügeligen State Park, ging großenteils für einen Monolog drauf, in dessen Verlauf er Edward Saids *Orientalismus* zusammenfasste und mir genau beschrieb, auf welch mannigfache Art und Weise seine Pläne für Yasira gegen moralische Standards verstießen. «Heterosexualität ist eine Form des Orientalismus», sagte er. «Oder war es andersherum?» Er tadelte Kafka, Buber und Lévinas, weil sie den Anderen für unergründlich hielten, während er zugleich seine absolute Unwissenheit über Yasira bekundete. «Sie ist mir zutiefst vertraut», sagte er, «was naheliegenderweise unmöglich ist, ein endokriner Störfall, und doch weiß ich, dass keine noch so große Vertrautheit mein Fremdheitsgefühl schmälern könnte.» Er verglich mich auf eine Weise mit ihr, die es mir schwer machte, den Mund zu halten. «Deine Schönheit», sagte er und streckte die Hand aus – wir saßen mit einander zugewandtem Gesicht seitlich auf einer Böschungsmauer –, um mein Haar am Hals zu raffen und mein Gesicht freizulegen, «ist letztlich ebenso zufällig wie ihr Wohlstand und ihr Einfluss. Die sind das Ergebnis jahrtausendelanger Verfeinerung in einer polygamen Wirtschaftselite, und deine Schönheit ist eine Laune der Biologie.» Er hatte definitiv vor, mich in den Wahnsinn zu treiben.

«Ich bin so verliebt in dich», sagte ich, ganz in der Art und Weise, wie ein betrunkener Mensch sagt: «Ich bin betrunken.»

«Das ist mir wohl bewusst», sagte er. «Es bringt uns beide in Gefahr. Es ist einer der Gründe, warum ich mich in Harvard beworben habe. Die nehmen nicht viele Uniwechsler, aber Yasiras Vater glaubt, er kann mich da unterbringen.»

«Was für ein verdammter Scheiß soll *das* denn sein? Ist das nicht in Boston?»

«Es ist ein angeseheneres College mit einem exzellenten Studiengang der Vergleichenden Literaturwissenschaften. Ich hätte da gleich hingehen sollen.»

In meinem Kopf begann er sich zu zerlegen, die täuschende Kohärenz zu verlieren, die ihm mein Begehren – meine paranoiden Liebesbeteuerungen – verliehen hatten.

«Vielleicht komme ich ja gar nicht rein», fügte er hinzu. «Angeblich fangen sie im Mai an, die Leute zu informieren, aber ich habe noch nichts gehört. Also keine Panik. Vielleicht bin ich noch drei Jahre in L. A.»

«Du bist – du bist –» Mir wollte nichts mehr dazu einfallen. Er strich mir mit einem Blick voll nachsichtiger Toleranz das Haar nach hinten. Ich schlug die Augen nieder und sagte: «M-hm. Also gut.»

Das Liguster-Formschnittgeschäft entpuppte sich als Lizenz zum Gelddrucken; nichts davon kam allerdings bei mir an. Neben den bekannten Mittelsmännern – den Hendersons – waren jetzt auch Eric und Roger gut gekleidet und tranken teuren Schnaps.

Am Memorial Day veranstalteten sie für alle, die wir kannten, wie auch für die lokale Baule-Gemeinde ein riesiges Barbecue mit fünf Fässern Bier, hundert Kilo Hühnchen und einem Soundsystem auf einer Lkw-Pritsche. Ich lud meine Freunde erst in letzter Minute ein, als die Party schon begonnen hatte und ich merkte, dass die Ivorer Grandpa Larrys Freunden zahlenmäßig überlegen sein würden, aber keiner kam.

Missmutig gestand ich mir ein: Die ganze Sause wurde durch den traurigen Umstand finanziert, dass die Wertsteigerung jedes einzelnen eins achtzig hohen Strauches, den ich konisch beschnitt und obendrauf mit einer Kugel versah, circa 225 Dollar betrug. Ich trank Bier und tanzte barfuß und mit gesenktem Blick inmitten einer Schar westafrikanischer Mütter.

Am Ende war ich betrunken genug, um aus der eingefahrenen Spur meiner gewohnten Gedanken zu springen und eine Epiphanie zu haben: dass ich meinen Lebensunterhalt verdienen könnte, indem ich Gartenarbeit leistete und in meinem Auto wohnte.

Ein Rasenmäher passte da nicht rein, aber nicht jeder hatte einen Rasen. Viele Leute hatten stattdessen Steingärten, und auch in denen mussten Bäume und Sträucher gestutzt werden. Ich konnte ihnen auch das Laub zusammenfegen. Eine Heckenschere und ein Rechen würden problemlos in mein Auto gehen. Ich konnte meine Dienste an der Tür anbieten, und eine gewisse Anzahl von Leuten würde angesichts meiner Privilegien in Sachen Rasse, Geschlecht und Körpergröße Ja sagen, weil ich weder Vorabzahlung noch Zutritt zum Haus verlangen würde. Wenn sie mich übers Ohr hauten, würde ich kein schlechteres Geld verdienen als bei den Hendersons. Ich würde jeden Tag in einer guten *taquería* essen gehen können. Ich würde jeden Morgen zum Schwimmen ans Meer runterfahren und mich so sauber halten. Am Redondo Beach gab es einen Park mit einem Campingplatz. Da würde ich mich reinschleichen und die Duschen benutzen. Peter würde vor Sorge um mich vergehen, und ich würde ihn beruhigen und keinen Glauben geschenkt bekommen, und er würde sich weitersorgen und mich umarmen und berühren, als wären diese Zärtlichkeiten von der rein väterlichen Sorte, praktische Übungen für den Job als Paterfamilias, den er demnächst antreten würde.

Ungefähr da wurde mir bewusst, dass Grandpa Larry und einige seiner Kumpels am Rand der Tanzfläche standen, in die Hände klatschten und sangen: «Ausziehen!» Ich sah mich um. Keine der anderen Frauen schien sich auszuziehen oder auch nur entfernt daran zu denken. Die Leute verließen zügig die Tanzfläche und ließen mich allein.

Natürlich folgte ich ihnen, aber ich wurde in die Mitte des Kreises zurückgeschubst, und Grandpa Larrys Kumpel begannen, an meinem Hemd zu zerren. «Zeig uns deine Titten!», sagte sein Freund Wayland und zog meine Hemdzipfel hoch. Wayland war ungefähr fünfundvierzig und hielt sich für das letzte lebende Exemplar der Halbstarkenkultur aus den Fünfzigerjahren. Ein anderer Freund von ihnen, Country, der seinen Namen zur Beschreibung seiner selbst auch adjektivisch gebrauchte und in Chaps auf einem Chopper herumfuhr, schlug Wayland die Hände weg und sagte: «Noch gehört sie dir nicht. Mach voran und lass Larry mit der Auktion anfangen.»

Ich schrie und zappelte wie jemand ohne jeden Sinn für Humor und versuchte, eine stabile Wand von Männerkörpern zu durchdringen. Es war schwer, die Musik zu übertönen, aber schließlich kam Eric an, um nachzusehen, wer ihm da die Party ruinierte. Als er sah, wer es war, lief er Axel holen, der den Kampf beendete. «Ignorier die Typen doch einfach. Die machen bloß Spaß. Die tun bloß so.» Sie johlten noch immer und forderten, ich solle ihnen meine Titten zeigen, nur so zum Spaß. Ich war außer Atem und hatte ein paar Hemdknöpfe eingebüßt. Sobald wir uns aus der Menge gelöst hatten, riss ich mich von Axel los und rannte.

Zuerst rannte ich genau nach Norden, in Richtung von Peters Zimmer. Ich wäre über zerbrochenes Glas auf Knien da hingekrochen. Ich würde nie wieder zu den Hendersons zurückkehren, weil es nicht mehr notwendig war. All meine Wertsachen steckten in meinen Hosentaschen, sogar die Autoschlüssel, was mich daran erinnerte, dass ich soeben an meinem Auto vorbeigerannt war. Jetzt wollte ich nicht umkehren und mich wieder die Einfahrt hinaufschleichen, um es zu holen. Ich sah Scheinwerfer, die sich vom Ort der Party entfernten – einzelne, doppelte, Jeep-Scheinwerfer in dicht zusammensitzenden Paaren, ganze Batterien zur nächtlichen Jagd auf den Kabinen der Pick-ups. Vielleicht fuhren sie alle nur nach Hause, aber vielleicht hatten Grandpa Larrys Kumpel auch einen Suchtrupp organisiert, um mich zurückzubringen, aus reiner Freundlichkeit gegenüber einer, die sich als zu wehrlos erwiesen hatte, um Sinn für Humor zu haben.

Als ich wieder ruhiger atmete, fiel mir ein, dass Peters Zimmer dreißig Kilometer entfernt in Westwood war, und ich beschloss, stattdessen zur Bushaltestelle zu laufen. Aber es war nach Mitternacht, es fuhren keine Busse mehr, und ich war noch nicht weit genug fortgerannt.

Ich suchte mir ein neues Ziel, Wills Haus, ungefähr anderthalb Kilometer weg – genug, um mich auszupowern –, und klingelte zehn Minuten später dort.

Mark ließ mich rein und sagte: «Bran! Was machst du denn hier? Ist was passiert? Bist du okay?»

Susan kam in Nachthemd und Bademantel, die Brille auf der Nase, die Treppe herunter und sah mit jedem

Schritt besorgter aus. Sie winkte ihren Mann fort und flüsterte: «Sollen wir ins Krankenhaus fahren?» Offenbar fand sie, ich sähe so wenig okay aus, dass sexualisierte Gewalt die einzig mögliche Erklärung war.

Ich wusste ja, dass sie recht hatte, tat aber mein Bestes, um sie zu beruhigen und sie davon zu überzeugen, dass nichts passiert war. Eine Party sei aus dem Ruder gelaufen, ich sei begrapscht worden, aber alles sei gut, ich sei nur schmutzig.

«Bist du da ganz sicher?», sagte sie. «Ich sollte dich nicht mal duschen lassen, für den Fall, dass es irgendwelche Beweise gibt – weißt du –, wenn da was Strafbares passiert ist ...»

Ich versicherte ihr, dass nichts dergleichen passiert sei. Ich schwor es rauf und runter.

Sie sagte, ich solle mich waschen gehen, während sie mir einen Eisbeutel holte und das Gästezimmer bereit machte. Durch die Badezimmertür, während ich vor dem Spiegel stand und auf das Blut unter meiner Nase und auf meinem Hemd starrte und auf das, was wie das Frühstadium eines Hämatoms am Auge aussah – wie hatte ich mir das bloß zugezogen, ich konnte mich absolut nicht erinnern, dahin geschlagen worden zu sein –, hörte ich die allerschönsten Töne: Wills Vater, der mit erhobener Stimme über das Arschgesicht Larry Henderson und seinen beschissenen Sohn herzog.

Am nächsten Tag gingen sie zur Arbeit, und ich fürchtete mich, das Haus zu verlassen. Ich blieb den ganzen Tag im Schlafanzug – einer aus gestreiftem Flanell, der Will gehörte – und sah fern, die Hand auf Lionels Kopf gelegt.

Während ich schlief, hatten sie mich von meiner Kleidung befreit, vielleicht um mich im Haus zu behalten; mein Geld und mein Telefon lagen, als ich aufwachte, auf dem Nachttisch, aber alles, was ich angehabt hatte, war irgendwo in der Wäsche. Ich aß Cookies, machte mir Sandwiches und wartete darauf, dass sie unbeschadet nach Hause kamen. Allenfalls ging ich mal zur Hintertür, um Lionel rauszulassen. Ich fürchtete, wenn ich mich vor dem Haus blicken ließ, würden die Hendersons mich zur Arbeit nach Hause verschleppen und die beiden dafür bestrafen, dass sie einer Flüchtenden Obdach gewährt hatten. Ich trank einen Liter Orangensaft und einen Liter Schokomilch.

Am Abend brachten sie mein Auto mit. Susan hatte, ohne mich erst zu fragen, die Schlüssel aus meiner Hosentasche genommen.

Nach der Arbeit hatten sie sich, statt direkt nach Hause zu fahren, in einem Coffeeshop getroffen, und Mark hatte sie in ihrem großen weißen Avalon (einer Oberklassen-Toyota-Limousine) zur Bourdon Farm gefahren, um den Mazda zu stehlen. Entweder war das unbemerkt geblieben, was kaum wahrscheinlich war, oder man hatte entschieden, nicht zu intervenieren, oder sie hatten mich angelogen, als sie behaupteten, es habe keine Auseinandersetzung gegeben. Ich glaube, die Hendersons sahen das Auto davonfahren und sagten sich so was wie «Und tschüs». In finanzieller Hinsicht war der Wagen wertlos. Auch auf eine sexuell unantastbare Bedienstete konnte man gut verzichten. Meine Kraft hatte Grenzen. Meine Fähigkeiten konnten erlernt werden. Mein Abgang schuf Platz im Haus.

Marks Beschreibung der Ereignisse verriet Missfallen darüber, dass er keine Gelegenheit gefunden hatte, sich zur Wehr zu setzen. Irgendwie schien er sicher, dass nicht auf ihn geschossen werden würde, obwohl er auf das Gelände der Bourdon Farm marschierte, um ein Fahrzeug davon zu entfernen. Offenbar wusste er, dass niemand scharf darauf war, die Obrigkeit dort herumschnüffeln zu lassen.

Sie steckten mich in Marks Klamotten, die besser passten als Axels. Er war ein zierlicher Typ, so groß wie ich, mit schmalen Schultern, deshalb saßen sie an mir locker, ohne zu schlackern. Er bot mir Jeans an und sagte, sie seien zu ausgeblichen für die Arbeit, selbst am Casual Friday. Er beteuerte so lange, mit gemusterten Hemden und dunklen Farben ein für alle Mal durch zu sein, bis ich mich genügend ermutigt fühlte, seine Black Watch- und Campbell-Karos anzunehmen. Susan fand eine ungeöffnete Packung etwas zu großer Unterwäsche für mich. Ihre Socken kamen mir winzig vor – ich hatte nie Damen-Stretchsocken getragen –, deshalb gaben sie mir welche von ihm.

Beim Abendessen sagte sie: «Was machen wir jetzt mit dir? Du solltest auf dem College sein.»

Ich behauptete, dass ich da niemals reinkäme.

«Du hast eine übertriebene Vorstellung davon, was es dazu braucht», sagte Mark. «Will und seine Freunde haben mit Tausenden anderen Fleißlingen um die besten Unis konkurriert, und nur Henry hat es geschafft. Gut für ihn, aber man muss nicht unbedingt nach Yale gehen. Ich war auf der Michigan State.»

«Jedes College kostet Geld», sagte ich. «Ich habe null Geld.»

«Ich weiß, dass du irgendwo einen Vater hast», sagte er. «Ich kann dir helfen. Ich habe Jura studiert.»

«Ich will gar nicht aufs College», sage ich. «Ich hab mir irgendwie vorgestellt, mich als Landschaftsgärtnerin zu verdingen. Da kann ich in meinem Auto wohnen. Ich kann sparen und irgendwann eine eigene Wohnung haben. Man verdient da gut.»

«Das ist dein Lebenstraum?», sagte er. «Du bist noch ein bisschen zu jung, um deine beruflichen Maßstäbe so niedrig zu setzen. Willst du mit fünfzig immer noch Rasen mähen?»

«Nein», gab ich zu. «Aber das ist realistisch.»

«Und wenn du dir jeden Job auf der Welt aussuchen könntest? Vielleicht Tierarzthelferin? Du kommst doch prima mit Lionel klar.»

Einen Moment lang glaubte ich, dass da etwas dran war, aber eine Vision von Peter machte mir Mut, und ich sagte: «Na ja, ich hatte die Idee, Drehbuchautorin zu werden. Wenn ich einen Computer hätte, könnte ich damit anfangen. Erinnert ihr euch an Peter? Er hat mir ein Buch übers Drehbuchschreiben geschenkt.»

«Aussehen tust du wie eine Schriftstellerin», sagte Susan. «Das war schon immer so.»

«Mit Ausnahme des Veilchens», sagte Mark.

«Nein, das ist sogar typisch für Schriftsteller», sagte sie. «Die bringen doch ständig alle gegen sich auf.»

Mark erzählte eine seltsame Geschichte von seiner Arbeit. Er verteidigte einen Achtzehnjährigen, der am Redondo Beach vor den Augen von etwa zwanzig Menschen eine Frau erschossen hatte. Er machte Skateübungen auf der Rampe vom Parkplatz zum Strandweg. Das Opfer war stehen geblieben, um sich mit einer Freundin zu unterhalten; beide schoben Kinderkarren und blockierten die gesamte Rampe. Es war also kein Durchkommen. Beim sich entspinnenden Streit benutzte das Opfer das N-Wort. Der Angeklagte legte großen Wert auf seine moralische Integrität und trug immer eine Handfeuerwaffe bei sich, um notfalls jemandem eine Lehre zu erteilen. Es war klar, dass er hochgradig psychotisch war und im Knast sitzen würde, bis die Sonne ausbrannte. Er war genau der Mensch, zu dessen Schutz der fünfte Verfassungszusatz eingerichtet worden war. Wenn es ihm gelang, im Prozess als einigermaßen dämlich rüberzukommen, konnte man vielleicht in fünfunddreißig Jahren über eine Strafaussetzung diskutieren, aber ihn interessierte nur, Mark zu der Einsicht zu bringen, dass das N-Wort unverzeihlich war, und Mark musste ihm beipflichten. «Das kannst du gern als Handlungsstrang in einem Drehbuch verwenden, aber ich will dann Tantiemen», schloss er.

Beim Nachtisch fragte ich, ob sie eigentlich wüssten, dass ich Großeltern mütterlicherseits in Pasadena hatte. «Die sollte ich mal anrufen. Vielleicht lassen sie mich eine Woche lang bei sich unterschlüpfen.»

«Das ist deine freie Entscheidung, aber du kannst auch gern hierbleiben», sagte Susan. «Wir haben viel Platz, und du siehst aus, als könntest du mal Ferien gebrauchen.»

«Das finde ich auch», sagte Mark. «Schon lange keinen jungen Menschen mehr so müde gesehen.»

Mir fiel ein, dass meine Großeltern mich seit meinem zehnten Lebensjahr nicht mehr eingeladen hatten, über Nacht zu bleiben, und mein Kopf sackte sanft nach vorn, bis mein Haar das Gesicht verbarg. «Ich bin wirklich erschöpft», sagte ich und ging nach oben ins Bett.

Am nächsten Morgen, bevor sie in die Klinik fuhr, brachte Susan mir ein altes Smartphone und einen alten Laptop. Ökologisch denkende Menschen werfen solche Dinge ja wegen der Schwermetalle und Gifte nicht weg. Ihre und Marks Sammlung reichte bis in die Neunzigerjahre zurück.

Mir kam der Laptop ziemlich neu vor – ein leichter, silbern schimmernder Apple. Ich sagte, einen Apple hätte ich noch nie benutzt, und sie meinte, daran würde ich mich schon gewöhnen. Sie fragte, um was es bei meinem Drehbuch denn gehen solle, und ich sagte, das wisse ich nicht. Sie sagte, ich solle mir beim Brainstorming Zeit lassen und es mir gemütlich machen.

Ich schätzte mich so glücklich, sie schon kennengelernt zu haben, bevor ich ausgewachsen war und meine Regel bekam. Rein äußerlich war ich eine, von der sie wahrscheinlich erwartet hätte, dass ich jede Flasche und jede Geldbörse im Haus leerte. Aber sie konnte in mich hineinschauen.

Ich ließ mir ein halbmetertiefes Schaumbad ein und verbrachte eine Stunde darin. Den Rest des Tages verbrachte ich hauptsächlich mit solchen Sachen wie mir die Zehen zu massieren und auf der Tagesdecke auf dem Bett zu liegen und mir liebevoll die Füße zu tätscheln oder mir das Haar zu Knoten zu stecken. Das war meine

Art und Weise, nichts zu tun. Ich war so ans Arbeiten gewöhnt, dass ich zwanghaft die Hände bewegen musste. Ich versuchte es mit Masturbieren, aber statt mich an Peter zu erinnern, erinnerte mich das daran, wie ich auf der Bourdon Farm auf meiner Pritsche gelegen und durch die Wand den Fernseher gehört hatte, also hörte ich auf. Im Wohnzimmer hatten sie Magazine wie den *New Yorker* und *The Atlantic* in einem Ständer liegen, von denen nahm ich mir ein paar zum Lesen mit nach oben.

Gegen vier Uhr nachmittags stand ich auf, zog mir einen Bademantel über meinen Pyjama und ging nach unten, um ihnen ein Überraschungsdinner zu kochen. Sie hatten alle Zutaten für ein Kartoffelgratin da, ein arbeitsintensives Gericht, das mir Susan mal beigebracht hatte. Nachdem ich die Kasserolle in den Ofen gestellt hatte, schickte ich einen einsilbigen Text an Jay («Hey»).

Er schrieb zurück, dass er immer noch sauer wegen Peter sei.

Dass Jay nichts über mein Tun und Lassen wusste, verlieh mir ein Gefühl der Macht. Ich hatte mich endlich von der Bourdon Farm verabschiedet, ich trug Wills Schlafanzug, ich war – für den Augenblick – das Originellste und Interessanteste, was L. A. zu bieten hatte, und alles, was ihm einfiel, war, dass wir uns über Peter gestritten hatten.

Ich nahm an, er meinte «sauer» im Sinn von wütend darüber, dass ich Peters Unschuld mit meinen sexuellen Anwandlungen getrübt hatte oder was auch immer, deshalb nahm ich mir vor, ihn auflaufen zu lassen, indem ich Peter seinen Orientalismus zum Vorwurf machte.

Ich textete zurück: «Was hat er denn jetzt wieder angestellt?»

Sofort läutete mein Telefon. Es stellte sich heraus, dass Jay verzweifelt war, weil er den Sommer in Málaga ohne Peter durchstehen musste. Er war verrückt nach ihm. Er hätte selbst mit einem Stein geredet, wenn der sich mit ihm über Peter unterhalten hätte.

Er und ich hatten seit der Szene im Kettle nicht mehr miteinander gesprochen. Er hatte von Rick gehört, dass Peter vorhatte, Yasira im Sommer zu treffen. Das würde lange Flüge mit mehrfachem Umsteigen nach Bandar Seri Begawan nach sich ziehen, obwohl ihre gesamte Familie in Wellesley und Cambridge lebte, nur ein paar Autostunden von seinem Elternhaus in Maine entfernt. Aber er würde sich an der zeremoniellen Pilgerreise zu den Gräbern ihrer Vorfahren auf Brunei und zu gewissen Kontoverwaltungen in Singapur beteiligen, die sie jedes Jahr unternahmen. «Glaubst du, du könntest ihn beschwatzen, damit er in Málaga Station macht?», bettelte Jay. «Was würdest du an meiner Stelle sagen, um ihn zu überreden?»

«Liegt das denn auf dem Weg?», fragte ich. Ich war mir wirklich nicht sicher.

«Brunei liegt Maine exakt auf der anderen Erdseite gegenüber», sagte er. «Er kann sich also im Grunde frei entscheiden, wie herum er fliegt.»

Ich wies darauf hin, dass er ja auf dem Hinweg über L. A. fliegen könne und über Málaga dann auf der Rückreise.

«Aber er fährt vorher nach Oxford!», jammerte Jay. «Ihr Onkel will ihn dort treffen.»

Wenn er sich dermaßen über ein paar Tage Oxford aufregte, war ihm sicher noch nicht bekannt, dass Peter sich im Osten beworben hatte, um das College in Massachusetts abzuschließen. Ich lenkte das Thema auf mein eigenes Leben – nicht auf die traurigen Ereignisse bei der Party, sondern auf das heiligenmäßige Verhalten von Susan und Mark. Jay kreischte vor Jubel. Er wurde nicht müde zu betonen, wie lange er auf diesem Moment gewartet hatte.

Ich war überrascht. Da dieses Arrangement zeitlich begrenzt war, zumindest nicht dauerhaft – womöglich zeitlich sehr begrenzt; darüber hatten wir nicht explizit gesprochen; Susan behandelte mich wie jemanden, der unlängst einen Trauerfall erlebt hatte –, war mir nicht in den Sinn gekommen, dass ich die Bourdon Farm vielleicht für immer verlassen hatte. Das Susan-und-Mark-Interregnum fühlte sich wie eine erste Pyjamaparty an. Es würde bestimmt nicht über den Tag hinaus fortdauern, an dem Will für den Sommer aus San Diego nach Hause kam. Beim gegenwärtigen Stand der Dinge hätte ich fast behaupten können, ich täte *ihnen* einen Gefallen, indem ich sie in ihrem leeren Nest tröstete, aber nicht, wenn ihr Sohn da war. Sobald er kam, würde ich mir etwas anderes suchen müssen. Da mir außer der Bourdon Farm kein Ort einfiel, an dem ich mietfrei wohnen konnte, würde ich eben nach Hause gehen.

Schließlich aß ich jede Menge Kartoffelgratin, denn sie kamen nur kurz nach Hause, um dann mit Freunden zum Dinner auszugehen. Sie waren so nette Menschen, dass sie jeder ein Schälchen voll meiner Kreation als Appetithappen und Snack verzehrten. Mark sagte, es könne noch Stunden dauern, bevor sie in dem schicken Restaurant, wo alle Gerichte gestaltet wurden wie Tischtennisbälle, Schnüre oder Rasierschaum, etwas zu essen bekämen.

KAPITEL SIEBEN

Als Will Mitte Juni, zwei Wochen nach mir, auftauchte, hatte ich zwar Ledersandalen geschenkt bekommen (Timberlands aus dem Internet), aber seit meiner Ankunft keinen Fuß vor das Grundstück seiner Eltern gesetzt. Was auch immer sie ihm über mich erzählt hatten, stimmte ihn nachsichtig und gelassen gegenüber meiner raumgreifenden Anwesenheit in seinem Haus. Er wollte sich ohnehin nur eine Woche lang dort aufhalten, bis er zu einer biologischen Forschungsstation in Paraguay flog.

Zu meiner Überraschung lebte in seiner Besuchszeit die alte Highschool-Kumpanei nicht wieder auf. Henry trieb sich noch in New Haven herum; sie würden einander verpassen. Jays Obsession mit Peter nervte Will zu Tode, und auch Fifi ging er aus dem Weg, weil sie über nichts anderes redete als darüber, wie sie es einfädeln konnte, Henry zurückzubekommen. Er verbrachte Stunden damit, mit neuen Freunden vom College zu texten oder zu videochatten. Zwei davon lebten in L. A., in besseren Vierteln, wo es Straßencafés gab, deshalb kutschierte er uns gen Norden, um sie zu treffen. In seinem Wagen mitzufahren, kam einer Verkleidung gleich, deshalb war ich zwar aufgeregt, aber angstfrei. Es fühlte sich gut an, aus Torrance rauszukommen.

Keiner der Freunde beeindruckte mich besonders, aber sie teilten sein neu entdecktes Interesse an tropischen Insekten. Der bärtige Dante stand zudem auf Vögel und die hoch aufgeschossene Louisa auf Affen, aber alle drei konnten sich darauf einigen, dass Insekten am faszinierendsten und bedeutsamsten waren. Mit ihrem Prof und zwei anderen Studierenden wollten sie neun Wochen lang in Paraguay Fliegen sammeln, die auf Bromelien lebten. Dante war ein erfahrener Kletterer und Bogenschütze und würde mithilfe von Pfeil, Bogen und Seilen dreißig Meter hoch in die Baumkronen steigen. Louisa hatte schon in der Highschool Erfahrungen als Taxonomin gesammelt und später die Klassifikation der Arten durch künstliche Intelligenz vorangetrieben. Will konnte Drohnen fliegen. Ich hatte zu ihrem Gespräch nichts beizutragen. Es war, als beobachtete ich einen Trupp Verschwörer in einem Filmcoup bei der Vorbereitung eines Insektenraubs vom Todesstern. In der Gegend wimmelte es von Drogenschmugglern und Menschenhändlern. Sie würden entschlossen vorgehen und auf sich aufpassen müssen. Es hatte da schon Kidnappings gegeben. Nicht viele, aber im Lauf der Zeit doch einige. Sie diskutierten, wie sie sich verhalten sollten, wenn sie entführt oder beschossen würden.

Ich gab vor, mich an ihrem vorgeblichen Glamour zu erfreuen, aber ehrliche Begeisterung wollte nicht aufkommen. Inzwischen kannte ich Wills Eltern zu gut. Wäre der Paraguay-Plan zu gefährlich gewesen, hätten sie Mittel und Wege gefunden, ihren Sohn davon abzubringen.

Nach Wills Abreise nahm Susan mich mit in die öffentliche Bibliothek, um mir einen Ausweis zu besorgen. Das flößte mir keine Furcht ein. Die Gefahr, dort auf Hendersons zu treffen, war gleich null. Sie gab sich als meine Mutter aus, und der Rest war kinderleicht. Ich nahm zwei Steinbeck-Romane und ein Buch über Scriptwriting mit. Dann gingen wir im großen Biomarkt einkaufen, einer weiteren Henderson-freien Zone.

Ich lernte, dass ich, wenn ich ein bisschen darauf achtete, was ich tat, in einem parallelen Torrance ganz ohne Hendersons leben konnte. Ich textete Peter, der erwiderte: «China Miéville, Die Stadt & Die Stadt», gefolgt von: «Nein, eigtl. nix für dich. Ein Krimi.»

Endlich rief ich Grandma Tessa an, die ihrem Entzücken darüber Ausdruck verlieh, dass ich bei Freunden wohnte und an meinen Schreibarbeiten feilte. Sie fragte, ob ich Geld brauchte. Als ich Nein sagte, hörte ich ihr die Erleichterung an. Ich behauptete, ich lebte bei Wills Eltern im Keller und fiele niemandem zur Last.

In diesem Sommer machten sie zweimal Ferien, zunächst in der Toskana und dann in Puerto Vallarta. Will berichtete Jay – und Jay mir –, sie hätten ihr Budget reduziert, weil sie das Haus mit mir darin nicht über das Internet vermieten konnten. Aber sie brachten das Thema Geld nie auf, und ich sprach es meinerseits nicht an.

Mein erstes Drehbuch war sehr kurz; es basierte auf einer von Marks Anekdoten. Das vorgeschriebene Format für Filmskripte bot so viel Platz, dass ich mich von einer Seite zur nächsten kaum daran erinnern konnte, an welcher Szene ich gerade schrieb. Meine Dialoge kamen mir furchtbar vor, deshalb schrieb ich so wenige wie möglich. Am Ende las sich das Ganze wie ein Treatment für einen Stummfilm oder wie eine Kurzgeschichte voll überflüssiger, raumgreifender Unterbrechungen wie «EXT. STRAND – TAG». Mein zweites Drehbuch war etwas länger und besser. Ich kümmerte mich vorbildlich um Lionel.

Im August machte Peter auf dem Heimweg aus Singapur den Schlenker über L. A. und wohnte sechs Tage lang bei Jay zu Hause. Ich war jeden Tag dort, den ganzen Tag. Er war in Harvard angenommen worden, lange bevor er es uns gegenüber zugab; sein Abgang stand also bevor, und wir konnten nicht genug von ihm kriegen.

Er hatte Jetlag und schlief zu seltsamen Zeiten, und Jay kam so gegen elf zu Bewusstsein. Doch jeden Morgen um neun, nachdem Jays Eltern zur Arbeit fort waren, fuhr ich von Wills Haus rüber. Esme, die Hausangestellte, ließ mich zum Tor herein, und ich schlich mich ums Haus herum und badete nackt.

Der Pool lag oben auf dem Hügel, in einer Ecke des Grundstücks, vom Haus durch eine Reihe Zypressen abgeschirmt. Ich konnte schwimmen, solange meine Zehen auf den Grund kamen. (Das heißt, ich konnte nicht schwimmen.) Wenn ich es leid wurde herumzuplanschen, setzte ich mich auf einen Liegestuhl und aß einen Granatapfel von einem der Bäume an der hohen verputzten Mauer mit dem Klingendraht obendrauf, die das Grundstück vor neugierigen Nachbarn schützte.

Meine aquatischen Ausflüge waren von Motiven des reinsten Exhibitionismus getrieben. Ich wurde high bei der Vorstellung, mich vor Peter zu entkleiden. In meinem Kopf liefen kleine Pornoclips. Es war jedoch höchst unwahrscheinlich, dass er mich sehen würde, denn gewöhnlich tat ich kaum zwei Minuten lang so, als würde ich schwimmen, bevor ich rausging und angezogen Granatäpfel aß, und er schlief manchmal bis Mittag. Aber ich mochte den Kick des Adrenalins. Er hatte mich süchtig gemacht nach billigem Nervenkitzel, und wir wussten beide genau genug, dass wir bei Jay nicht mit Zeit für uns allein rechnen konnten. Solange er wach war, ließ er Peter nie aus den Augen, und Peter kam – um Illusionen hinsichtlich unserer Zweisamkeit nicht zu fördern – immer erst herunter, wenn er Jay dort hörte.

Ich war seit der Mittelstufe in keinem Schwimmbecken mehr gewesen. Das Wasser brannte mir in den Augen. Es war so gechlort wie das Meer salzig. Auch einen Badeanzug hatte ich nie besessen. Shorts und ein T-Shirt sind zum Spielen im Ozean viel besser geeignet. Am Redondo Beach sah man selten weibliche Haut, denn dort dominierten ethnische Gruppen mit strikten Vorstellungen von Sittsamkeit, und weiße Mädchen bewegten sich im Wasser auf und nieder wie eine Kolonie Robben, die Hände auf dem Surfboard und in Ganzkörper-Neopren.

Nach dem Pool ging ich durch die Schiebetüren von der Terrasse in die Küche und trank Kaffee aus dem großen Perkolator. Jay stand auf, Peter folgte ihm, und der Tag begann.

Bis dahin war Esme fort. Ihre Arbeitszeit betrug vier Stunden, aber sie erledigte alles in zwei Stunden oder weniger. Hätte sie sich die Zeit genommen, mit jedem

ihrer Arbeitgeber zu plaudern, wäre sie auf sechsund-
neunzig Wochenstunden gekommen.

Auf indirekte Weise lehrte das öffentliche Shaming
nach dem Eurythmie-Debakel Jay das Tanzen. Er war in
Málaga angekommen und konnte sich dort nicht mehr
blind stellen. Er hatte ein Quäntchen gesellschaftlichen
Ehrgeiz entwickelt und merkte, um wie viel attraktiver
er wirkte, sobald er mit dem Tanzen aufhörte. Wir mussten betteln, damit er uns auch nur die kleinste Kost-
probe gab, und dann erschraken wir darüber, wie gut
er war. Die Bewegungen minimiert und verhalten. Auf
jeden vorsichtigen Schnörkel folgte die Rückkehr in die
Neutralstellung. Nur gelegentlich betonte ein Stampfer
einen beherrschten, taktgenauen Shuffle, eine entfernte
Erinnerung an die perkussiven Orgien von ehedem. Er
ließ es so erscheinen, als hielte er intensive Gefühle unter strikter Kontrolle. Erst der Verlust seines Interesses
am Flamenco hatte ihm die zu seiner Darbietung nötige
männliche Gravitas verliehen. Aber in Wahrheit hatte er
das Interesse daran verloren.

Mein Beitrag dazu: «Es ist doch völlig egal, warum du
so gut tanzt. Du solltest das mal Loretta vorführen.»

«Auf gar keinen Fall», sagte er. «Auf die bin ich stock-
sauer. Sie hätte mich auftreten lassen sollen. Sieben Jahre lang hat sie mich unterrichtet und keinem eine Chance gegeben, mir zu sagen, dass ich dabei aussehe wie
eine Schwuchtel. Ich hätte Stierkämpfer werden sollen.
Das tun jedenfalls Homosexuelle in Spanien.»

Beunruhigt sagte ich: «Aber ich dachte, sie wäre deine
Freundin.»

«Sie hat mir für vierzig Dollar die Stunde ihre Zeit geschenkt. Sie ist nicht mehr meine Freundin, als mein Kindermädchen meine Mutter war.»

Jetzt sagte ich ernsthaft schockiert: «Ich finde Loretta nett.»

«Übernimm sie gerne», sagte er großzügig. «Ich geb dir ihre Nummer.»

«Ach, nein, lass mal», sagte ich. Ich mochte sie zwar, aber ich wusste, ich war zu schüchtern, sie jemals anzurufen. Sie war zu schlau. Sie würde sofort riechen, dass ich das nur tat, weil Jay sie abservierte.

«Spanien hat dich zum Mann gemacht», bemerkte Peter. «Im negativen Sinn.»

«Nee, glaub ich nicht», sagte Jay. «Weil, verlasst euch drauf, im Torero-Dress sähe ich dermaßen gut aus. Sie nennen ihn ‹Lichtkleid›. Stellt euch vor, ich fuchtele mit einem pinken Tischtuch und einem Holzschwert herum, während die Hörner irgend so eines gewaltigen Stiers an meinen Nippeln vorbeizischen. Das ist doch pervers geil.» Ihn überlief ein genussvoller Schauder.

«Stierkämpfer tanzen nicht», sagte Peter. «Sie bewegen sich kaum.»

«Genau darum geht's doch», erwiderte Jay. «Du stehst da wie ein Idiot, während der Stier dir den Arsch aufreißt. Das macht es so superschwul. Die sterben alle. Ich wäre ja zum Stierkampf gegangen, aber ich hatte zu viel Schiss.»

«Du solltest dich einfach von Spanien fernhalten. Halt Abstand von allem, was dir spanisch vorkommt.»

«Das ist der Plan.»

Peters Ansichten zum Thema Tragödie hatten sich geändert. «Der latente Faschismus in der Postmoderne macht uns unfähig, sie zu empfinden», sagte er am Pool, voll bekleidet und seine Augen mit dem *New York Review of Books* beschattend. «Mit dem Humanismus haben wir die Grundvoraussetzung dafür verloren. Wenn wir zur Menschlichkeit fähig wären, hätte ich mich vielleicht nie auf die Tragödie als Ideal fixiert. Aber zur präfaschistischen Conditio kommen wir nicht zurück. All unsere vorherrschenden Narrative sind dystopisch, aber das ist ein verlogener Begriff, einer, der die Tatsachen verdreht. Klimawandel, Autoritarismus und Vergewaltigungskultur sind keine Anti-Utopien, die die Idealgesellschaft einläuten würden, wenn man sie stoppte. Sie beherrschen den öffentlichen Diskurs, weil sie unsere Lust auf Demütigung, Erniedrigung, Entmenschlichung, Beschmutzung und Zerstörung befriedigen [...].»

Jay sagte, es gebe alle möglichen Arten von Grünkohl essenden, Ziegen umarmenden, lebensbejahenden Antifaschisten, wenn Peter mal die Augen aufzumachen geruhe.

«Wo denn?», sagte der. «Das Internet ist ein offen faschistischer Ort. Mein kondensierter und gereinigter Avatar spricht für mich, während ich zu schweigen lerne. Klar könnte ich auf eine Gemeinschaftsfarm ziehen und für die Menschlichkeit kämpfen, aber das käme gesellschaftlicher Selbstauslöschung gleich. Die einzigen Narrative, die noch zu einer von vielen geteilten Wirklichkeit durchdringen, sind die, die mit der faschistoiden Ästhetik dystopischer Unterhaltung konform gehen, und das inkludiert politische und akademische

Diskurse [...].» Er murmelte etwas von Nick Land und dem Lockreiz des Nichts.

«Schon wahr», sagte ich. «Online zeigen sie ständig irgendwelche Steine werfenden Antifaschisten, aber Ziegen umarmen siehst du nie einen.»

«Die Online-Ziegenumarmer sind christliche Hausfrauen», sagte Jay. «Die umarmen sogar Hühner.»

«Ich hab ein Video von einem Typen gesehen, der einen Pelikan umarmt hat», sagte ich.

«Das Einzige, was also dem Diskurs jetzt noch bleibt, ist die Totalität des Mangels, die Leerstelle, die der Kitsch hinterlassen hat», sagte Peter. «Der Faschismus durchdringt alles von den Wurzeln her.»

«Bist du da nicht ein bisschen hart gegen dich selbst?», fragte ich. «Alle Medien sind faschistoid, und sie stopfen dir den Schädel mit faschistischem Gedankengut voll, aber bist du auch wirklich davon infiziert? Weil ich nämlich nicht glaube, dass du ein Faschist bist. Es ist zwar so, dass du in einer Jauchegrube schwimmst, um dich her ist alles versaut, aber du selbst bleibst in Wahrheit heil und unversehrt in deiner Haut, durch die kein Faschismus dringt.»

«Alles, was über die Schwelle meiner Augen und Ohren kommt, ist in mir», sagte Peter.

«Das ist nicht wahr!», sagte ich. «Wenn es so liefe, würde ich mich umbringen!»

«Du bist der lebende Beweis», sagte Jay zu mir.

«Wofür?», sagte Peter.

«Dafür, dass du kein Faschist bist», sagte ich.

«Der ontologische Beweis.»

«Klar. Was auch immer.»

«Eine Sache, die ich an euch liebe, ist, dass ihr nicht ständig online seid», sagte Peter beim Dinner in einem mexikanischen Restaurant (Jay zahlte) und legte sein Telefon beiseite. Er war der Einzige von uns, der es beim Essen immer neben dem Teller platzierte. «Die meisten Leute, die ich kenne, sind Cyborgs, die sich dressieren, Bots zu werden, mich selbst eingeschlossen.»

«Online müsste ich mich mit Fremden befassen», sagte ich. «Ich glaube nicht, dass die mich mögen würden.»

«Das meine ich doch», sagte er. «Alle anderen sind mit ihrem Gepose beschäftigt, mit der ständigen Qual, algorithmische Konfektionierung und den lebenden Körper zusammenzubringen, während ihr euch immer noch Gedanken über eure künstlerischen Anfänge macht. Ihr seid wie Kleinkinder, die glauben, keiner sähe sie, wenn sie die Augen zumachen. Nur dass ihr damit online genau richtigliegen würdet.»

Einmal kam er rein, um aufs Gästeklo zu gehen, während ich Limonade einschenkte, um sie auf einem Tablett mit zum Pool zu nehmen. «Toll, dich hier so oft zu sehen», sagte er. «Wirklich wunderbar.» Er streckte den Arm aus und tätschelte meinen Hemdkragen.

«Das finde ich auch schön», sagte ich.

«Jay hat mir übrigens erzählt, dass du bei Will zu Hause gelandet bist.»

Ich warf ihm einen flehenden Blick zu. «Lass uns nicht darüber reden. Wahrscheinlich weißt du genug. Vielleicht mehr als ich selbst.»

«Das sagen Paranoiker immer.»

Ich lächelte. «Paranoia» nannte er alles, was ich mir *nicht* einbildete, von seiner Liebe bis hin zum Zorn der Hendersons.

Er fügte hinzu: «Wenn ich drei Dinge über dich wüsste, würdest du davon ausgehen, dass ich mir den Rest induktiv ableite. Also weiß Gott allein, was alles du mir nicht erzählst.»

Ich schüttelte den Kopf und sagte: «Aber ich fühle mich durchschaubar. Du kannst durch mich hindurchsehen wie durch Glas. Ich glaube sowieso nicht, dass es mehr als drei Dinge über mich zu wissen gibt.»

«Du glaubst, ich sehe, was du siehst, und du selbst siehst dich nicht. Vielleicht bist du nie bis zum Spiegelstadium gekommen [...]. Du benutzt immer noch die Augen, um auf die Welt zu schauen, statt den angemessen verzerrten Standpunkt einer Egomanin einzunehmen. Kein Wunder, dass du solche Angst hast.»

Ich ging auf ihn zu, und er schloss mich in die Arme. Ich sagte, wenn er das Tablett mit der Limo zum Pool trüge, würde ich etwas zu essen für uns auftreiben.

«Dein bescheidener Kleidungsstil kommt mir neuerdings theokratisch vor», sagte Peter, während wir drei auf dem Pier des Manhattan Beach an einer Reihe Angler vorbeiliefen und in Eimer und Kühltaschen spähten, um die Fische zu begutachten.

«Hä? Was?», sagte ich. «Theokratisch?»

«Ich weiß, dass du dich versteckst, weil dir das zur zweiten Natur geworden ist, so wie ein Eichhörnchen sich in seinem Fell versteckt. Aber im Hotpants-positiven Kontext dieses Piers wirkst du wie jemand von

Opus Dei. Wie eine Laienschwester, die losgeht, um eine Abtreibungsklinik zu observieren. Das liegt aber an mir selbst. Brunei macht was mit dir. Da wird nicht viel Haut gezeigt. Haut ist da etwas sehr Politisches.»

«Bran ist einfach nur sittsam», sagte Jay. «Außerdem kleidet sie sich wie eine Kampflesbe, nicht wie eine religiöse Fanatikerin.»

«Eher wie eine Queere, die Sorte, der es nichts ausmacht, wenn ihre Freundin männliche Geschlechtsorgane hat.»

«Wäre die dann nicht straight?», fragte ich gereizt.

«Da geht's um die Frage, ob Geschlechtsorgane einen künstlerischen Beitrag leisten», sagte Peter. «Gender, Genre, derselbe Wortstamm. Die Sexualität ist bloß das Medium.»

«Ich hätte nichts gegen eine Freundin, deren männliche Geschlechtsorgane einen künstlerischen Beitrag leisten», sagte Jay.

Ich hätte ja gelacht, aber Peter hatte mich verletzt. Ich brütete darüber, ob Yasira mit ihrer fachgerechten Erfüllung der Genre-Kriterien – ihn zu ihrem Vater, dem gebildeten postmodernen Kosmopoliten, zu schicken, als wären sie Figuren aus einem Biedermeier-Roman – nicht längst zugeschlagen und das Spiel gewonnen hatte, bevor ich überhaupt wusste, dass da eines zu spielen war.

Ich sagte: «Genrekunst ist nicht so gut wie die andere Kunst.»

«Das ist ein wichtiger Punkt», sagte Peter.

«Ich weiß!»

«Identitäten sind reiner Kitsch. Aber deine nicht.

Über die steht das Urteil noch aus. Vielleicht bist du *sui generis*. Manchmal denke ich, du bist zu Großem berufen.»

Ich bat ihn, genauer zu sein. Er sagte, so funktionierten Orakel nicht. Er schlug vor, wenn ich etwas über meine Zukunft erfahren wolle, solle ich Mark und Susan fragen, wie viele Jahre ich noch in ihrem Haus wohnen könne.

Nachdem er weg war, führten Jay und ich eine lange Debatte darüber, ob Yasira überhaupt existierte. Peter hatte sie nur ganz am Rande erwähnt. Er hatte definitiv mehr über ihren Vater zu sagen gehabt, der sein Interesse an Literatur teilte.

Für Jay hätte ihre Nichtexistenz eine Meisterschaft im Lügen und Betrügen bewiesen, die Peter stark diskreditierte. Ich wiederum hielt Yasira für ein Klischee, glaubte aber wegen der Fotos an sie. Für mich stellte sich die Frage nach ihrer Existenz als trivial und hypothetisch dar. Peter wollte – wünschte sich sichtlich und hoffte darauf –, dass ich mich änderte und für Veränderungen offen blieb, während ihr Charakter in Stein gemeißelt war, weil er es so wollte. Jay konnte bestätigen, dass er gesagt hatte: «Die Ehe ist die Verpflichtung auf eine Zukunft ohne Zukunft.» Seine Verlobte sollte statisch sein, während er so dynamisch blieb wie ich. Aber das machte uns zugleich zu unbeständig, als dass wir einander wirklich hätten nahekommen können. Jegliche Intimität barg das Potenzial, uns so auseinanderzubringen, dass wir unsere Zukunft an entgegengesetzten Enden des Universums teilen würden.

Bald danach, während ich damit beschäftigt war, in meinem neuen Schlafanzug (pinkes Schottenkaro) ein furchtbares Skript zu überarbeiten, rief Doug an, um mir zu sagen, dass ich zu Hause gebraucht wurde. «Wir vermissen dich hier gerade schrecklich», sagte er. «Wir bringen die Ernte ein, und dein Großvater hatte einen Schlaganfall.»

Die «Ernte» mochte einiges bedeuten, und er war nicht mein Großvater, aber ein Schlaganfall war ein Schlaganfall, deshalb fragte ich, wie schlimm er gewesen sei.

«Richtig schlimm», sagte Doug. «Er kann nicht sprechen. Er kann nicht aufstehen. Er kann sich nicht den Hintern abwischen.»

«Und ich werde schrecklich vermisst», sagte ich.

«Ganz recht.»

Ich wusste, dass Grandpa Larry keine Fremden – also Heimpfleger «von der Regierung» – im Haus haben wollte. Als einer, der in Vietnam (oder eher: während des Vietnamkriegs bei der Air Force auf Long Island) gedient hatte, stand ihm das Beste an Unterstützung zu, und als er fünfundsechzig wurde, hatte er prompt Medicare in Anspruch genommen. Er war der einzige Henderson mit einer Krankenversicherung und bis dato der einzige, der sie gebraucht hatte. Der Hausarzt, ein pensionierter Idealist, der pro Praxisbesuch zehn Dollar nahm, hatte es gerade noch geschafft, Axel seine Kindheitsimpfungen zu verpassen, bevor er gestorben war. Ich hatte im Leben noch keinen Arzt gesehen, weil meine Mutter nicht an die Medizin glaubte.

«Könntest du nicht Eric oder Roger überreden, das zu machen?»

«Pa hat nach dir gefragt. Er möchte dir ein paar Dinge sagen. Er möchte sich entschuldigen.»

«Ich dachte, du hättest gesagt, er könne nicht sprechen.»

«Ich kenne doch meinen eigenen Vater», sagte Doug entschieden. «Er stirbt, und er will, dass du herkommst.»

Ich sagte, ich würde darüber nachdenken.

Binnen einer Stunde hatte ich mich angezogen, Unterwäsche und eine Zahnbürste in meinen Rucksack gepackt und war zur Bourdon Farm gefahren. Meine Hütte wurde zu Lagerzwecken benutzt, aber unter den Mülltüten mit leeren Bierdosen und den muffigen Satteltaschen lag alles genau dort, wo ich es gelassen hatte. Mein Schlafsack war noch aufgeschlagen vom letzten Mal, als ich herausgeklettert war, mein Schlaf-T-Shirt lag mitten auf dem Kissen.

Grandpa Larry war, wie von Doug angekündigt, mehr oder weniger unbeweglich und hilflos. Er konnte den Kopf wiegen, alle Vokale herausstöhnen und lahm mit der linken Hand gestikulieren. Doug versuchte, ihm aus einer Schnabeltasse Ensure einzuflößen, während er mit dem Kopf wackelte. Es lief ihm den Bart hinunter.

Als ich das nächste Mal ohne Doug zu ihm ins Zimmer kam, blinzelte er mir zehn- oder fünfzehnmal zu. An seinen Wimpern hingen Tränen, und ihm lief die Nase. Er machte eine Bewegung, als wolle er nach irgendetwas greifen. Ich rüttelte an seiner Hand und putzte ihm die Nase mit einem Knäuel Toilettenpapier, während er «E-eeeh» machte.

Ich dachte, er meine vielleicht den Fernseher, und stellte den Receiver auf den Sender von Jimmy Swaggart ein – von den Sachen, die er gern sah, das Einzige, was ich ertragen konnte –, wo Grace Larson einen Song namens «The Promise» sang. Er schloss die Augen und schluckte schwer. Dann riss er sie weit auf und stöhnte sich einen zusammen, durch sämtliche Vokale und was nicht noch alles, während seine Linke über die Bettdecke kratzte wie ein Croupiersrechen.

Irgendetwas schien er zu wollen. Auf dem Nachttisch stand ein halb mit Eis gefüllter 7-Eleven-Pappbecher. Ich schnupperte daran und stellte überrascht fest, dass er nur H_2O enthielt.

«Du bist auf Entzug», sagte ich zu ihm. «Doug gibt dir nichts zu trinken. Hab ich recht?» Er schlug mit der rechten Hand auf die linke, als klatsche er Beifall.

Der Schnaps im Haus stand immer in voller Sicht, eine gemischte Batterie auf der Küchentheke und staubiges Leergut mitsamt Unerwünschtem neben dem Kühlschrank auf dem Fußboden. Ich fand eine hübsche, noch ungeöffnete Flasche Bourbon – das gute Zeug, das er Doug und Axel immer verweigert hatte, nicht indem er es versteckte, sondern indem er klarmachte, dass es ihm gehörte – und mixte ihm einen steifen Drink in einer Kaffeetasse, mit frischem Eis und dem 7-Eleven-Strohhalm.

Er trank ihn aus und schlief sofort ein. Im Zimmer begann es zu stinken, und mir fiel ein, was Doug über seinen Hintern gesagt hatte.

Ich ging raus, um Hilfe zu holen. Ich rechnete damit, dass alle irgendwo hinter dem Haus sein würden, beim

Umtopfen, Lkw-Beladen, Motocrossfahren oder was auch immer, aber sie waren fort, und mit ihnen beide Trucks.

Axel und der neueste Roger kamen vor Doug und Eric nach Hause. Es war acht, nach der Rushhour, aber niemand sagte etwas von Hunger, so als hätten sie alle schon auf dem Heimweg von einer Auslieferung zu Abend gegessen. Roger zeigte mir, wie man Grandpa Larry umdrehte und frisch windelte, als wäre er bei sich zu Hause in Gabun in einem Krankenhaus tätig gewesen. Er versicherte mir, dass auch eine Frau das kräftemäßig allein schaffen konnte, und machte sich mit schuldbewusster Miene eilig vom Acker.

Ich war viel zu entsetzt, um ans Essen zu denken. Die Verfassung des alten Mannes hatte mich schmerzlich mit geistigem Kollaps und Selbstaufgabe konfrontiert. Nachdem ich ihn gesäubert hatte, setzte ich mich wieder neben ihn. Strophen aus «The Promise» gingen mir in Dauerschleife durch den Kopf. «Don't make this world your home ... you'll surely be despised ...» Ich dachte an meine Mutter. Ich empfand ihr gegenüber nunmehr anders. Nicht mehr so wie zu der Zeit, als ich sie gekannt hatte. Mit meinen Sinnen hatte ich sie als schmächtige blonde Frau wahrgenommen, die ab und zu in jähe Starre und jähes Starren verfiel und ihre Nase gern auf meine legte. Was ich jetzt empfand, basierte auf dem neuen, mir von Grandpa Larry vermittelten Wissen darüber, wie es sich anfühlte zu sterben.

Gegen elf textete ich Susan, dass ich über Nacht fort sein würde, und erklärte ihr das mit Grandpa Larry. Mark rief an, um zu fragen, ob es mir gut ginge. Er wollte Einzelheiten über die Symptome wissen, als praktiziere er Telemedizin als Hobby. Er schien zu glauben, der alte Mann simuliere. «Mich kannst du nicht täuschen, Bran», sagte er. «Ich hör dir doch an, dass du fix und fertig bist. Du brauchst bloß was zu sagen, und wir holen dich ab. Du musst das nicht machen. Er ist nicht mal dein echter Großvater!» Dann ging Susan an den Apparat und sagte, ich sei in ihrem Haus herzlich willkommen, so lange, wie ich wollte.

Ich sagte, ich käme bald zurück. Schon als ich das aussprach, merkte ich, wie der Zauber zu wirken begann. Ich hatte sagen wollen, ich sei am Morgen zurück, und plötzlich erzählte ich ihnen, dass ich nicht ewig wegbleiben würde. Das hatte etwas Märchenhaftes, als ginge ich für sieben Jahre fort.

Anfangs riefen sie, sichtlich beunruhigt, jeden Tag an. In der ersten Woche klopften sie zweimal an die Tür, um unter dem Vorwand, wissen zu wollen, ob ich irgendetwas brauchte, persönlich nach mir zu schauen. Dann deutete Mark vielsagend auf ihr Auto, wie um zu sagen: Steig ein.

Ich heuchelte Selbstvergessenheit. Ich hatte keine Bedürfnisse. Ich war zurück in dem Milieu, das mich hervorgebracht hatte und Bedürfnisse nicht förderte. Es war ja nicht für immer. Grandpa Larry würde sterben, und dann würde mein Leben weitergehen.

Aber er hielt sich wacker. Er gehörte nicht zu denen,

die sich vom Tod unterkriegen ließen, zumindest nicht, wenn man ihn regelmäßig fütterte und mit Schnaps versorgte. Sein Zustand blieb unheimlich stabil, wurde weder schlechter noch besser. Hätte er sich ohne all den Whiskey, den ich ihm gab, von dem Schlaganfall erholt? Falls es eine Antwort auf diese Frage gab, mochte ich sie nicht wissen, denn er wollte essen und trinken, und ich war gewillt, ihn damit zu beglücken, solange er ans Bett gefesselt blieb. Es schien, als könnte er jederzeit sterben. Er war so harmlos wie ein Baby und noch stiller. Er litt und brauchte Hilfe. Ich konnte mich nicht überwinden, aufzustehen und zu gehen. Roger, der kompetente Krankenpfleger, *war* gegangen (zum ersten Mal seit Menschengedenken war er nicht ersetzt worden), und Doug genoss seine neue Macht. Mir fiel ein, wie Grandpa Larry in seinen späten Sechzigern, etwa zehn Jahre zuvor, einmal mit dem Rauchen aufgehört hatte, rein aus Prinzip, weil ein so großer Anteil des Preises an die Steuer ging. Damals hatte Doug mit ihm eine Meinungsverschiedenheit über die wahre Höhe der Inflation gehabt, hatte auf das Mooresche Gesetz und dessen Auswirkungen auf Computer, Pornografie und Sexarbeit verwiesen und sich zu der Behauptung verstiegen: «Heute kriegst du Mädchen für acht Dollar, früher kosteten sie hundertvierzig. Mir egal, wie das Mädchen aussieht oder wie jung es ist, acht Dollar mit Gummi ist ein korrekter Preis.» An dieser Logik war etwas faul, aber seit dem Schlaganfall gab sich Doug alle Mühe, Larrys tägliche Ration auf die fünf Zigaretten zu beschränken, die das theoretische Äquivalent von anderthalb Päckchen vor zehn Jahren darstellten, und auf die Tasse

Ensure, die das Äquivalent von Bohnen mit Würstchen plus Bourbon vor einer Woche gewesen wäre. Grandpa Larry wäre glatt verhungert.

Doug und Axel verkündeten, sie hätten alle Zweifel daran abgelegt, dass ich zur Familie gehörte. Jedes Mal brachten sie vom Einkaufen Birnen und meine Lieblings-Haferkekse mit. Ich wechselte kaum ein Wort mit ihnen, aber die Süßigkeiten aß ich, hinten im Garten zwischen den Pflanzen stehend, weit entfernt von den üblen Anblicken und Geräuschen des Krankenzimmers.

An einem Sonntag kam Jay mich besuchen, und wir setzten uns eine Weile auf die Veranda. Er sagte kein Wort dazu, wie ich aussah (geschafft) oder mich verhielt (einsilbig). Er kannte das gut genug. Ich hatte mich wieder eingewöhnt. Er wollte nett sein und mich ablenken, deshalb erzählte er mir von seinem neuen Tanzhobby, der Kontaktimprovisation. Die Tänzer kamen für eine festgelegte Zeit zusammen und erfanden aufeinander bezogene Tanzbewegungen. Dabei durften sie sich berühren. Das barg ein emotionales und ein körperliches Risiko, denn bisweilen lief jemand los und sprang den oder die Falsche an in der Erwartung, aufgefangen zu werden, oder man versuchte, mit Leuten in Kontakt zu kommen, die einen nicht mochten. Ihn versetzte das in wahre Adrenalinräusche. «Es ist, wie wenn du vor Lampenfieber eine Panikattacke kriegst», sagte er, «nur ohne den Druck. Du kannst frei darauf reagieren. Dein Hirn schaltet ab, aber reden darfst du dabei sowieso nicht, wozu brauchst du also dein Hirn? Du solltest es auch mal ausprobieren, damit du weißt, wovon ich rede.»

Wir diskutierten darüber, ob das faschistoid war. Nicht reden zu dürfen, war potenziell faschistoid, aber die Sache selbst schuf gleiche Bedingungen für alle außer für den Vermieter des Studios.

Das Thema Faschismus führte uns unweigerlich zu Peter. Allein schon das Wort zu erwähnen, glich einer Frage um Erlaubnis, war eine Art Präludium, es fiel, wenn uns Peter im Kopf herumging und wir ihn dort besuchen wollten.

Ich fragte Jay, ob er ihm erzählt hatte, wo ich war. «Natürlich nicht», sagte er. «Er würde ausflippen.»

Peter textete, wollte wissen, ob ich schrieb. Er sagte, es tue ihm sehr leid, dass er sich so selten melde, aber das neue College halte ihn auf Trab. Ich erwiderte, ich nähme gerade eine Auszeit, um mehr über mich zu lernen, und ohne auch nur zu fragen, was ich damit meinte, sagte er, das sei eine gute Idee, und meldete sich ab, um einen «Unterricht vorzubereiten». Ich starrte aufs Telefon. Leitete er schon Kurse? Er war doch erst seit ein paar Wochen dort.

Grandpa Larry schlief viel. Alle paar Tage kam einer seiner Kumpel vorbei, stand zehn Minuten lang unbeholfen im Türrahmen, erzählte ihm, was in der Welt der Outlaw-Biker so vorging, und wünschte ihm alles Gute. Die Gemeinschaft schloss ihn nicht mehr ein, und solche Besuche machten ihn traurig.

Tagsüber führte ich den Haushalt und sorgte für Larry, und abends unternahm ich kurze Spaziergänge, selten über die Grundstücksgrenzen hinaus, und dachte an alles, was ich, da nie besessen, nie verloren hatte. Zwischendurch setzte ich mich zu ihm und schaute Jimmy Swaggart.

Auf dem Sender gab es auch andere Prediger, aber die Highlights für Larry waren die Wiederholungen mit dem jungen Jimmy. Hätte er reden können, hätte ich ihn gern gefragt, ob er jemals eine Phase gehabt hatte, wo er zu Revivals gefahren war. Ich konnte mir ein großes Feldzelt mit Bühne und Kanzel vorstellen, das in den 1960ern gleich hier auf der Bourdon Farm aufgestellt war, davor reihenweise Triumphs und Indians und ein Kordon von Veteranen, die bereit waren, die friedensverliebten Jesus-Freaks aufzumischen (Matthäus 10,34: «Ich bin nicht gekommen, Frieden zu bringen, sondern das Schwert»). Doch selbst wenn er hätte sprechen können, hätte er mir niemals ehrlich geantwortet, deshalb war es gehüpft wie gesprungen. Egal. Ich wartete, dass der Song von Grace Larson noch einmal auf dem Sender lief.

Das ging zwei Monate lang so weiter. Der Austausch mit Peter und Jay war einsilbig. Ebenso die Gespräche mit den Hendersons beim Essen vor dem Fernseher. Kochen, putzen, umdrehen, abwischen, säubern, Zigaretten anzünden, den Sender wechseln, mit Grace mitsingen, Ausdauer zeigen, rumhängen – eine emotionale Reise in die Arktis. Ich fühlte mich zusehends stolzer, dass ich das überlebte, und fragte mich, welch kniffligen Lagen ich mich noch gewachsen zeigen würde. Vorher hatte ich mir nie überlegt, meine finanzielle Unabhängigkeit etwa dadurch sicherzustellen, dass ich auf einem

Fischerboot in Alaska oder bei einer Seifengoldmine anheuerte. Aber jetzt, während ich mich abends in den Schlaf brütete, fühlte ich mich zu allem fähig. Ich hätte unverzagt eine Gefängnisstrafe angetreten oder mich beim IS verpflichtet.

Kurz, es war mir gleichgültig, was mit mir geschah. Bedeutsames konnte ohnehin nicht mit mir geschehen, denn Dinge, die im guten oder schlechten Sinne etwas ausmachten, geschahen mir mit Peter, und der war nicht da. Hinzu kam, dass ich auf der Bourdon Farm so glücklich war wie noch nie zuvor, bloß weil ich ihn kannte.

KAPITEL ACHT

Am ersten Samstag im November, ungefähr um acht Uhr morgens, hörte ich es laut an die Haustür schlagen, als käme nun endlich das FBI die Hendersons holen. Ich schaltete den Staubsauger ab und machte auf. Es war Peter in einem Tweedmantel. Seine Miene wechselte jäh von Lächeln zu Verstörung. Er ergriff meine rechte Hand, drehte die Handfläche nach oben und begann, sie mit den Fingerspitzen zu streicheln. Eine merkwürdige, schüchterne, schockierte Art und Weise, mich zu berühren, aber wirkungsvoll. Es war wie ein auf wahrnehmbare Größe reduziertes, maßstabsgetreues Modell körperlicher Intimität. «Gut, dich zu sehen», sagte er. «Ich komme direkt aus dem Flieger. Hoffentlich läuft dein Wagen noch, denn ich habe den Taxifahrer weggeschickt. Lass uns gehen.»

«Grandpa Larry –», sagte ich.

«Über den können wir reden», sagte er. «Aber nicht hier.»

«Er ist krank.»

«Er hat Familie.»

«Woher wusstest du, wo ich bin?»

«Jay hat es mir am Montag erzählt. Als hätte er mich vorher zu beschützen versucht. Dieser blöde Arsch.»

Ich willigte ein, meine Autoschlüssel zu holen, aber irgendein Instinkt riet mir, so zu packen, als wäre es zum letzten Mal. Vor dem Pappkarton mit meiner Kleidung zögerte ich einen Moment und suchte schließlich ein paar Sets intakte Unterwäsche und ein sauberes Hemd heraus. Die einzigen Wertsachen, die ich nicht schon in der Hosentasche hatte, waren die drei Fantasyromane, also steckte ich sie in meinen Rucksack. Grandpa Larry schlief. Doug (er lag ohnmächtig draußen auf einem Liegestuhl neben den Ascheresten seines Party-Freudenfeuers, und Axel war mit einer Frau oben) konnte ich texten, sobald ich in sicherer Entfernung und schwer zu finden war.

Ich rannte zu meinem Auto. Peter wartete schon dahinter. Er hielt den Türgriff auf der Beifahrerseite fest und bewunderte reglos den Himmel. Er ließ keinerlei Interesse an Lebenszeichen aus dem Haus erkennen – es wurde laut gerufen – und ich auch nicht. Nichts ging über Peter: *ni dieu ni maître.*

Indem er regelmäßig sein Telefon zurate zog, dirigierte er uns zu einem Hotel in Downtown L. A., das ein eigenes unterirdisches Parkhaus hatte. Er steuerte mich die Rampe hinunter bis zu meinem Platz.

Im Aufzug nach oben in die Lobby standen wir so nahe beieinander, dass ich die steifen Ränder seines Mantels in meine Haut piksen spürte. Irgendwie fühlte ich mich hochsensibilisiert, als hätte man mich über und über mit Tigerbalsam eingerieben.

So ein Gebäude wie dieses Hotel hatte ich noch nie von innen gesehen. Es hatte ein hohes, vieleckiges

Atrium, und überall standen Kübel mit Pflanzen. Die gesamte Konstruktion mit Ausnahme der Türen stellte schiefe Winkel zur Schau, als wäre sie von einem Anthroposophen entworfen worden. Alle lotrechten Flächen bestanden aus Waschbeton oder dunklem Holz und waren mit Kupferauflagen und Rauchglasspiegeln verziert. Über eine gestufte Landschaft aus schimmernder taubenblauer Auslegeware standen Dutzende von dick gepolsterten braunen Sesseln verstreut. Es war ein ehedem luxuriöser Ort, der das Rennen um die reichen Kunden an die moderne Glas- und Marmorarchitektur verloren hatte, und Peter sagte, er könne es auf eine besondere American-Express-Karte buchen, die ihm seine Eltern für Notfälle gegeben hatten. Er wählte eine Sitzgruppe in einer entfernten Ecke der Lobby aus, von der aus man durch die Panoramafenster auf eine Plaza voller Imbisstrucks und essender Menschen schauen konnte. Wir gingen nacheinander auf die Toilette. Dann wartete ich beim Gepäck, während er uns eincheckte. Er ließ den Mantel an, weil es in der Lobby eiskalt war.

Natürlich war unser Zimmer nicht fertig. Er sagte: «Wir könnten losgehen und uns was zum Frühstücken suchen.»

Er parkte unser Zeug bei der Rezeption, und wir gingen auf die Plaza hinunter und spazierten umher. Nichts schien uns essbar. Ständig berührten sich unsere Fingerspitzen. Ich fühlte mich gewichtslos und irgendwie größer, als schwebten wir beide. Eine Minute lang hielten wir Händchen, aber das machte das Vorankommen schwer, weil es dazu führte, dass sich unsere Oberkörper einander zuneigten, also ließen wir wieder los.

Wir umkreisten die Plaza mindestens zweimal, ohne irgendwelche Straßen zu überqueren.

Schließlich gab Peter auf und sagte, wir könnten uns ja beim Zimmerservice etwas bestellen, wenn wir hungrig würden, oder später zur Plaza zurückkehren. «Ich versprech dir, dass wir nicht verhungern werden», sagte er.

Wir nahmen wieder den Aufzug hinauf in die Lobby und warteten nochmals zehn Minuten, bis sie ihm endlich die Schlüsselkarte für unser Zimmer gaben.

Er bestand darauf, meinen Rucksack zu tragen, während er sein Köfferchen zum Zimmer zog. Es lag in der vierten Etage hinter einer von vielen schmalen Türen, die auf eine innerhalb des Gebäudes um die ganze Lobby herumführende Balustrade hinausgingen, und es bot einen Blick über die Vorberge, die an diesem Spätsommertag von einem stark raucherfüllten Dunst verdüstert wurden.

Irgendwo weit entfernt brannte etwas. Aber die Luft im Zimmer war sauber, frisch und kühl. Sobald wir es betraten, schuf sie Distanz zwischen uns.

Ich stellte mich ans Fenster und sagte: «Wenn ich gewusst hätte, dass du uns so was Nettes besorgst, hätte ich gesagt, lass uns in die Wüste fahren.»

«Über den Teil, wo wir das Zimmer verlassen, habe ich nie nachgedacht.» Er setzte sich aufs Bett, einige Kissen im Rücken, und erklärte: «Ich bin hier, um dich zu deprogrammieren. Also zieh die Schuhe aus und komm her.»

Ich machte einen Schritt vorwärts und stand am Bett. Aber nicht, weil ich tough war oder nichts auf mein

Schicksal gab. Wenn sich bei mir in den Monaten an Grandpa Larrys Bett überhaupt etwas getan hatte, dann, dass ich endgültig zu einem totalen Wrack geworden war. Auf einem Fischerboot oder im Gefängnis hätte ich es keine fünf Minuten ausgehalten. In meiner Nervosität flackerten erste Funken von Selbstachtung auf. Ich wusste, wie sich die Furcht anfühlte, wenn einem etwas entsetzlich Unangenehmes bevorstand, und so war das hier nicht. Das hier war etwas extrem Gutes für mich und von keinerlei Bedeutung für irgendjemand sonst außer Peter. Ich musste einfach stehen bleiben, damit dieses Gefühl sich weiter ausbreiten konnte.

«Schuhe aus», sagte er. «Soll ich sie dir ausziehen?»

«Das kann ich selbst», sagte ich. Ich setzte mich aufs Bett, und er beugte sich vor und schloss mich in die Arme. Ich stieß ihm sanft den Ellbogen in die Rippen, damit ich mir die Schuhe ausziehen konnte. Drehte mich um und legte mich hin.

Gesicht an Gesicht lagen wir, reglos, zusammen atmend, einander vorsichtig umarmend. Es stand uns frei zu tun, was immer wir wollten, und wir taten fast gar nichts. Er küsste mich auf die Augenbrauen und sagte: «Ach, Bran, du bist so süß, und du hast so viel durchgemacht.»

Ich weinte, schickte mich in meine neue Lage. Es war nicht die alte Lage. Er hatte mich dauerhaft entwurzelt, und ich rastete auf dem Weg zum Umtopfen.

Hätte ich in meinem Leben mehr Liebe erfahren, hätte ich niemals so glücklich sein können. Wäre er sexuell erfahren gewesen (oder skrupellos, enthemmt), hätte er unser Glück in eine wilde Geschichte verwandeln können, in etwas, das man abwusch und vergaß, und ich hätte die Nacht dort verbracht und wäre am Morgen nach Hause auf die Bourdon Farm zurückgefahren. Aber er hatte nicht über die Liebe hinausgedacht, und bei all meinen Spekulationen war mir eines nicht eingefallen: dass ich so glücklich sein könnte.

Nach einer Weile mussten wir mal die Position wechseln, und er raffte sich auf und sagte: «Sei mir nicht böse, aber ich habe mir Arbeit mitgebracht. Ich muss bis morgen Abend zweihundert Seiten gelesen und eine Bibliografie erstellt haben. Mein Prof ist ein Sklaventreiber.» Er zog fünf oder sechs Bücher aus seinem Köfferchen und stellte sie in einer Reihe zwischen den Kissen auf. Dann nahm er eines davon zur Hand, *Pouvoirs de l'horreur: Essai sur l'abjection*, und begann zu lesen, nur um sich sofort zu unterbrechen und mich zu fragen, ob ich durstig sei.

Ich war mordsmäßig durstig. Ich sprang auf und trank im Bad vier Gläser Wasser. Ich brachte auch ihm eines und legte mich wieder neben ihn, worauf ich entspannt in einen glückseligen Zustand abdriftete, der wiederum einer endlosen Vision geringelter Drähte Platz machte, die funkelnde goldene Spiegel verbanden – das Universum als Olafur-Eliasson-Kronleuchter –, als ich einschlief.

Beim Aufwachen drehte ich mich um und fand ihn neben mir. Er sagte, er sterbe vor Hunger. Auf seinem Laptop war ein Dokument voller Buchtitel und Seitenangaben geöffnet, aber seitlich an seinem Gesicht lief eine lange Falte herab, als hätte er kürzlich darauf geschlafen.

Wir fuhren nach unten. Draußen war es dunkel, und die Imbisstrucks hatten sich entfernt, deshalb aßen wir im Hotelrestaurant, das von der Lobby durch einen Milchglasteiler abgetrennt war; vor Milchglasfenstern befanden sich hufeisenförmige Sitznischen, die fast wie Separees wirkten und über deren hohe Holzwände Samttücher gespannt waren. Auf jedem Tisch brannte in einem kleinen lilafarbenen Glas ein Teelicht. Es waren nur vier andere Gäste da. Er bestellte Lammkarree, ich Fettuccine alla carbonara. Als der im Preis eingeschlossene Salat kam, stießen wir mit Leitungswasser auf seine Eltern an, die uns zum Dinner einluden. Zum Nachtisch teilten wir uns ein Tiramisu, weil ich davon noch nie gehört hatte. Nach dem Essen nahm ich ein Bad, während er arbeitete. Nach kurzer Diskussion fuhren wir um drei Uhr morgens los in die Wüste.

Zuerst prüfte ich Öl und Kühlflüssigkeit und sprach mit meinem Auto – er lachte mich aus –, weil man nämlich mit Fahrzeugen sprechen muss. (Ich hatte das für eine universelle Wahrheit gehalten, aber wahrscheinlich gewöhnen sich Leute mit verlässlichen Autos das einfach ab.) Es herrschte kaum Verkehr, und der Himmel war orangefarben. Mit jeder ansteigenden Hügelreihe wurde er dunkler, und mehr Sterne zeigten sich. Dann kam die Morgendämmerung und ließ sie alle verblassen. Wir hielten am Wegesrand, um die kalte, transparente Luft einzuatmen.

Für ihn war das eine neue Erfahrung. In seinem Jahr an der UCLA war er nicht ein einziges Mal in der Wüste gewesen.

Er sagte, die Transparenz beunruhige ihn. Hier ein

Baum, dort ein Baum, aber alles Yuccas, schmal und schief und weit auseinander, weshalb durch diesen Wald ferne Hügel so zu sehen waren, als existierte der Wald gar nicht. Er sagte, so ein Wald sei ihm noch nie untergekommen. Auf einem Lkw-Rasthof im Yucca Valley aßen wir auf Kosten seiner Eltern Pancakes und fuhren dann kurz vor halb acht in den Joshua-Tree-Nationalpark. Das Tor war noch nicht besetzt, nur ein Fuchs oder vielleicht ein Kojote trieb sich dort herum. «Wahrscheinlich müssen wir beim Rausfahren zahlen», sagte er.

Die Gesteinsformationen leuchteten grellorange im Morgenlicht. Wir holperten über groben Asphalt bis zum dritten oder vierten erklimmbar aussehenden Felsgetürm und kletterten hinauf. Es war wunderbar, die Hände vorsichtig auf diese sich wie Schleifpapier anfühlende Festigkeit zu legen. Die warme Schönheit des Steins wirkte strahlend sauber. Die Vögel trällerten und schossen kreuz und quer. Der vielfarbige Himmel wechselte von Blau- zu Gelbtönen. Seite an Seite standen wir auf dem höchsten Felsen, das Gesicht der tief stehenden, hellen Sonne zugekehrt.

Unter uns bevölkerten Pkws und Camper die unebene Straße. Eine Großfamilie joggte um unseren Felshaufen herum und diskutierte lauthals über den besten Weg nach oben. Noch nie hatte ich mich so frei, so sicher und irgendwem so nah gefühlt.

Das stimmte wortwörtlich. Noch nie war ich so frei gewesen. Noch nie war ich so sicher gewesen. Noch nie war ich irgendwem so nah gewesen.

Wir fuhren zu einem Picknickplatz, an dem es nicht viel zu sehen gab – ein paar Felsbänke, eine Krähe, eine

Eidechse –, und stiegen wieder aus. Er bereute laut, dass er es versäumt hatte, Zeit in der Wüste zu verbringen, er meinte, er hätte wissen müssen, dass sich seine Seele weiten würde, wenn seine Augen nichts sahen, was nahebei oder vertraut gewesen wäre; er müsse Bachelards *Poetik des Raumes* noch einmal lesen; er erkenne mich kaum wieder, so dekontextualisiert als gelenkig von Fels zu Fels springendes Tierchen mit haselnussbraunen Augen; und so weiter mitsamt diversen Aussagen, die mir ziemlich inkohärent vorkamen. Nichts davon geeignet für ein «[...]», eher für «[.], [?], [!]».

Wir gondelten noch ein bisschen herum, kletterten auf einen weiteren Felsen, gingen über einen Naturpfad und machten uns gegen Mittag nach Hause auf; bei einem Imbisswagen hielten wir für Tacos. Ich war schläfrig, deshalb fuhr er.

Wir hatten nicht aus dem Hotel ausgecheckt oder auch nur unsere Sachen gepackt, also hatten seine Eltern bereits für eine zweite Nacht bezahlt. Er arbeitete noch ein bisschen weiter, las und tippte, während ich mich neben ihm ausruhte.

Er sagte, er werde die Stadt nicht verlassen, bis er wisse, dass ich entweder bei Jay oder zurück bei Mark und Susan sei. Von einem dieser Orte aus werde er ein Taxi zum Flughafen nehmen.

«Wohin willst du also?», fragte er.

«Harvard», sagte ich. «Ich kann in dein Zimmer ziehen.»

«Das fände Yasira bestimmt nicht cool», sagte er.

Ich fühlte mich zum ersten Mal seit Monaten richtig

traurig und legte düster die Stirn in Falten – eine frei schwebende Astronautin, die ihre Raumkapsel davonziehen sah, während ihr aufging, wie wenig ihre Gefühle außerhalb ihres Kopfes zählten.

«Ich komme nicht gegen meine Liebe zu dir an», sagte er. «Meine Zuneigung zu Yasira ist beherrschbar. Ich will gar nicht für meine Frau durchs Feuer gehen. Das wäre eine offene Einladung an das Feuer, mich zu verbrennen. Lieber hab ich dich als Herrin vom See. Ich werde dein Merlin sein. Wir werden immer die Kristallhöhle haben.» Seine Augen ruhten gelassen auf mir. Er lächelte.

«Du kannst absolut nicht aufhören, mich zu verarschen, oder?», sagte ich.

Er sah wie peinlich berührt zu Boden.

«Aber okay», sagte ich. «Ich lass mich lieber von dir verarschen als von irgendeinem anderen Mann im Universum!» Dann küssten wir uns richtig. Also ernsthaft, hardcore. Sogar seine Hände gerieten halbwegs in meine Hose. Wir wälzten uns auf dem Bett herum.

Aber wir kehrten zur stillen wechselseitigen Kontemplation zurück. Er studierte mich auf seine gelehrte Weise, listete Härchen und Pigmente, und ich ließ mich wieder glücklich sein.

Ich fuhr ihn zum Flughafen, statt ihn ein Taxi nehmen zu lassen, weil uns das mehr gemeinsame Zeit verschaffte und es uns ersparte, Mark und Susan alles zu erklären. Schwer vorstellbar, wie er und ich unseren Abschied auf ihrer Türschwelle an einem Sonntagabend gerechtfertigt hätten, während sie dachten, ich wäre bei

Grandpa Larry. Meine Sorge hinsichtlich dieses Themas reichte jedoch, um ihn davon zu überzeugen, dass ich wirklich vorhatte, zu ihnen zurückzugehen.

Ich hatte noch ihren Ersatzschlüssel, aber ich klingelte, und sie nahmen mich auf wie den verlorenen Sohn.

«Larry Henderson», sagte Mark. «Wo fange ich da an? Als Doug ungefähr fünfzehn war, gab es einen Vorfall an der Highschool. Da studierte ich schon Jura an der USC. Eine Party unten am Strand lief aus dem Ruder, und ein Mädchen auf Speed und LSD machte vor aller Augen bei so einem Burschen unter einer Decke Oralverkehr. Sie bekam nicht mit, wo und mit wem sie da zusammen war. Sie hatte nichts mit Doug oder so, aber er mochte sie und fand das unfair, und ich vermute, es hat ihm die Party vermasselt, denn er fuhr nach Hause und erzählte seinem Dad davon. Damals hatten die Leute noch keine Handys. Gott sei Dank war es, bevor sie Videokameras auf ihren Telefonen hatten. Ich würde heute nicht mehr jung sein wollen. Larry Henderson bildet sich also ein, dass ein anständiges Mädchen vergewaltigt worden ist, und trommelt einen Trupp zusammen, um dem Täter eine Lektion zu erteilen. Ich sollte dazusagen, dass der Bursche schwarz war. Eigentlich gemischtrassig, von irgendwo im Mittleren Westen, und sturzbetrunken. Jedenfalls verlässt also Doug die Strandparty auf seiner Maschine, und eine Stunde später tauchen Outlaw-Biker dort auf und suchen nach dem Burschen. Natürlich haben sie ihn gefunden. Er konnte nirgendwo hin, also rannte er verdammt noch mal ins Meer und ertrank. Starb in einen halben Meter hohem Wasser, weil er zu betrunken war, um aufrecht stehen zu bleiben! Niemand hat ihm ein Haar gekrümmt. Er ist selber reingegangen, also sozusagen Selbstmord in Notwehr. Larry hat in dieser Nacht die Bourdon Farm nicht verlassen. Diese Vorstellung treibt mich noch heute um. Larry Henderson trinkt auf der Veranda vorn noch einen Absacker mit seinem Sohn, und die Leiche eines schwarzen Jungen rollt auf dem Sand hin und her, weil seine Klassenkameraden Angst haben, ihn herauszufischen.»

«Was für ein Haufen Feiglinge», sagte ich. «Ich meine, wenn die Biker nicht gerade Ketten geschwungen hätten, hätte ich jeden Einzelnen an diesem Strand wegen Totschlags drangekriegt. Niemand sollte sterben, weil seine Freunde Feiglinge sind.»

Er lachte nervös und sagte, eine solche Reaktion habe er jetzt zwar nicht erwartet, aber die jungen Leute seien in der Tat solch ausgewiesene Feiglinge gewesen, dass sie bei der Polizei allesamt die Aussage verweigert hätten.

«Man kann Leuten wie Grandpa Larry nicht die Kontrolle über sich überlassen», sagte ich. «Sonst wird man wie Doug.»

Er stellte fest, dass ich wohl irgendwo gelernt zu haben schien, ein bisschen Mumm aufzubringen. «Du kommst mir gestärkt vor», sagte er.

Susan kaufte mir bei einem Online-Yogaladen drei Paar Leggings. Zuerst sagte ich Nein, Nein, Nein. Aber sie weigerte sich, sie zurückzuschicken. Sie beharrte darauf, dass junge Frauen heute so etwas trugen.

Ich probierte sie an. Sie waren obszön und unpraktisch – ich hatte noch nie Hosen besessen, die so schnell schmutzig wurden –, aber nicht weniger bequem als weite Jeans.

Ihr nächster verhaltenstherapeutischer Schritt in Sachen gewagterer Mode bestand darin, dass sie mir in der Dessousabteilung eines altmodischen Kaufhauses BHs kaufte, die mir passten. Als ich welche gefunden hatte, hielt sie mir ein T-Shirt hin, das sie ausgesucht hatte. Es sah so winzig aus wie eine ihrer Socken, aber es passte gut über meinen Oberkörper.

Dann schob sie mich mit der Hand auf meinem Kreuz vor den dreiteiligen Spiegel am Eingang zu den Umkleidekabinen und sagte: «Jetzt schau dich an. Schau hin. Wer ist das? Das bist du. Das ist Bran.» Es war berechtigt von ihr, das zu sagen, denn ich dachte gerade buchstäblich dasselbe: *Wer zum Teufel ist das?* Ihre Methode roch stark nach Milton Erickson. «Du siehst umwerfend aus», fügte sie hinzu. «Ich würde töten dafür, noch mal so alt wie du zu sein, aber so gut habe ich nie ausgesehen. Du siehst perfekt aus.»

«Meine Hände», sagte ich und hielt sie hoch wie Pfoten, die Fingerspitzen nach unten. Ich hatte noch immer Schwielen auf den Knöcheln.

«Dafür gibt es Handmodels», sagte sie. «Kein Mensch hat so tolle Hände. Du bist atemberaubend. Du bist eine dieser Schönheiten, die sich schick machen können, indem sie Sachen ausziehen. Weißt du, wie du aussiehst? Wie Natalie Portman! Jetzt stell dich mal gerade hin und nimm die Schultern runter.»

Ich fragte mich, wie Mark es fertigbringen würde, zu schweigen und seine Hände bei sich zu behalten, wenn er mich sah. Zu Fifi war er immer höflich gewesen, ganz gleich, wie sie sich anzog oder aufdonnerte, aber irgendein armseliger erlernter Instinkt sagte mir, dass er mich anders behandeln würde.

Er registrierte meine Brüste und meinen Hintern mit einem Blick, lächelte und ignorierte sie fürderhin. Er behandelte meinen Körper wie eine Eins bei einer Prüfung, nicht als persönliche Herausforderung. Er war ein anständiger Mann.

Jedoch war er derjenige, der mir beibrachte, wie eine Frau zu laufen. Susan war unfähig, genau zu erklären, wie das ging, aber er hatte eine in langen Jahren verstohlener Blicke auf Pos entwickelte Theorie. «Nimm die Knie dicht zusammen», sagte er. «Geh so, als würden sie von einem Gummiband zusammengehalten.» Ich versuchte es, und es funktionierte. «Prima», sagte er. «Das reicht jetzt schon mit der Weiblichkeit. Mehr wäre *déclassé*.»

«Er hat recht», sagte Susan. «Für Miniröcke bist du viel zu groß.»

«Feminin gut, Straßenhure schlecht», sagte er. «Wir streben hier einen weiblichen Look an, der Respekt abnötigt.»

«Geht das überhaupt?», fragte ich.

Beide lachten, und sie sagte: «Du bist so lustig.»

Ein paar Tage später beim Dinner initiierten sie ein Gespräch. Sie meinten, ich sei jetzt so weit, mich der arbeitenden Bevölkerung anzuschließen. Die Optionen einer reinen Highschool-Absolventin waren in der Tat begrenzt – ähnlich denen eines verurteilten Verbrechers –, und dennoch gab es einige nicht gar so albtraumhafte Möglichkeiten. Insbesondere stellten sie sich mich hinter dem Tresen eines gehobenen Ketten-Coffeeshops vor. Mein vormaliger Look hätte mich zu einer uniformierten Rolle im Bereich des Fast-Food verdammt, vornehmlich hinter der Frontlinie, in den Eingeweiden der Küche. Herausgeputzt und in hautenger Kleidung sah ich so aus, als wäre ich gern bereit, einen Dollar Trinkgeld dafür anzunehmen, dass ich jemandem einen Schein kleinmachte.

Ich warf ein, dass ich auch Gartenarbeit erledigen könnte. Dieser Gedanke war mir ja schon gekommen, bevor ich zu ihnen gezogen war, und zunächst hatte ich ihn beiseitegeschoben, aber er war nach wie vor stichhaltig. «Jobben nicht Studenten in Coffeeshops?», sagte ich. «Gartenarbeit wird wahrscheinlich besser bezahlt.»

«Da würdest du einem illegalen Einwanderer den Job wegnehmen», sagte Mark. «Bei einem festen Arbeitgeber müsstest du nicht ständig Zeit darauf verschwenden, Kunden nachzustellen, damit sie ihre Rechnungen bezahlen. Selbstständig zu arbeiten, bringt einen Haufen Papierkram mit sich, wenn man es legal machen will.»

Ich hatte nicht daran gedacht, es legal zu machen. Der Reflex entsprang der Gewohnheit, aber mir fehlte auch ein Identitätsnachweis mit Foto. Vorsichtig, um mich nicht zu verraten, sagte ich: «Ich bin mir nicht ganz sicher, ob ich nachweisen kann, dass ich eine Bürgerin mit allen Rechten bin, und hatte bislang keinen Grund, jemanden mit der Nase darauf zu stoßen.»

Er sah mich verschmitzt an. «Wo ist das Problem?», sagte er. «Ich kann dir notariell beglaubigen, was immer du willst. Wir besorgen dir eine Kopie deiner Geburts-urkunde, und mit der und deinem Führerschein kannst du einen Pass kriegen und bist eine freie Frau. Du könntest nach Europa reisen.»

Mit anderen Worten: Sie hatten keine Ahnung, dass ich illegal Auto fuhr und mithilfe eidesstattlicher Versicherungen zur Schule gegangen war. Ich sagte: «Klar!»

Sie hatten sich auch Gedanken gemacht, wo ich leben konnte. In Anbetracht meines Mangels an persönlichem Besitz war ich in ihren Augen die geborene Haussitterin. Leute mit älteren Hunden oder pingeligen Katzen mochten ihr Heim ungern an Urlauber vermieten. Bei vielen Ferienzielen waren Haustiere Restriktionen oder einer Quarantäne unterworfen. Einige waren zu groß, um in Transportbehälter zu passen, oder zu verspielt, um als Hilfstiere durchzugehen. Demzufolge gab es unter Susans Bekannten im Krankenhaus regelmäßig Bedarf an Leuten, die in Gästezimmern schliefen und sich zwei, drei Wochen am Stück um Hunde und Katzen kümmerten.

«Wir wollen nicht, dass du glaubst, du würdest uns zur Last fallen», sagte sie. «Du bist hier jederzeit willkommen, wirklich jederzeit, aber selbstverständlich möchte niemand von uns, dass dies hier zu einem Dauerarrangement wird. Du brauchst ein Sprungbrett in die Unabhängigkeit, und mit ein paar Haussitting-Jobs würden wir alle etwas Zeit gewinnen. Ich kann dir nicht raten, was du danach machen sollst. College wahrscheinlich, aber wo? Und wohin würdest du gehen, und wie finanzierst du das? Obwohl es ja erst im Herbst anfangen würde.»

Ich nickte weise, weil an ihren Gedanken nichts auszusetzen war. Es gefiel mir auch, dass sie und Mark mich
als gleichberechtigt betrachteten und nicht auf die Idee
kamen, mir vorzuschlagen, ich solle mich bei Walmart
oder Amazon verdingen. Sie wollten, dass es mit mir
aufwärtsging oder nirgendwohin.

Ich telefonierte mit Jay. Er behauptete, ihre Abnei-
gung gegen hochgewachsene Straßenhuren sei transphobisch. «Sie haben nicht gesagt, Huren seien etwas
Schlechtes», protestierte ich. «Nur dass ich mich nicht
wie eine kleiden soll.»

Er sagte: «Klar.»

«Dann würde ich mir nämlich die Sexarbeiterinnen-
kultur aneignen.»

«Als ob Huren keine Yogahosen trügen! Das meinte
ich doch mit transphobisch. Wenn ich mich in Drag
werfen wollte, müsste ich einen Rock tragen, um meinen Schwanz zu verbergen, aber du kannst Yogahosen
tragen. Die sind transphobisch.»

Ich konnte seine Logik zwar sehen, aber nicht wirklich nachvollziehen, und sagte: «Woher willst du wissen, dass dein Schwanz alle dermaßen ablenkt, wenn du
noch nie Yogahosen getragen hast?» Nach einer Pause
fügte ich hinzu: «Bitte trag keine Yogahosen.»

Doug rief an, um mir zu sagen, ich hätte Grandpa Larry
umgebracht. Nach meinem Verschwinden sei es ihm
binnen einer knappen Woche rapide schlechter gegangen, er habe halluziniert und sich geweigert, Flüssig-
keiten zu sich zu nehmen. Am Ende sei eine Hospiz-

schwester gekommen, um ihm Morphium zu geben. «Ausgezeichnetes Morphium», fügte er hinzu. Er sei an einem zweiten, massiven Schlaganfall gestorben, hervorgerufen durch den Stress meines Aufbruchs. Unter seinen letzten Worten seien bittere Anklagen gegen mich gewesen.

Ich sagte: «Das ist nicht wahr. Er konnte doch gar nicht mehr sprechen.»

«Er konnte ‹Bran› sagen. Mehr hat er nicht gesagt. Er hat nach dir gerufen, und du warst nicht da. Was hast du ihm angetan?»

Dann wollte er wissen, ob ich Grandpa Larrys DD 214 (Entlassungspapiere der Air Force) irgendwo gesehen hätte; er brauche sie, um ihm ein Grab auf dem Nationalfriedhof in L. A. zu sichern. Ich sagte, ich hätte keine Ahnung, wo die sein könnte. Er verspottete mich, indem er mit hoher, mädchenhafter Stimme sagte: «*Ich bin doch nicht die Hüterin meines Großvaters*», als hätte ich mich jeglicher Verantwortung für einen mir zur Pflege überlassenen Abhängigen entzogen. «Ich weiß wirklich nicht, warum das Arschloch dich in seinem Testament behalten hat.»

Das war schon wieder die Unwahrheit – mit Sicherheit gab es kein Testament; es existierten keine offiziell bekannte finanzielle Hinterlassenschaft und auch kein Grundeigentum, nur ein Haufen Pflanzen und ein Haus voller Silberfischchen –, aber ich nahm sie lange genug für bare Münze, um für die Beisetzung zuzusagen. Ich brauchte definitiv Geld, und sie waren mir definitiv was schuldig. Aber schon nach ungefähr einer Minute wurde mir wieder klar, dass Doug gelogen hatte. Gleichwohl fand ich, dass die Beisetzung einen passenden Einschnitt in meinem Leben darstellen könne. Vielleicht würde ich Doug und Axel dort zum letzten Mal sehen.

Susan, Mark, Will, Jay, Henry, Peter – alle sagten, ich solle nicht hingehen. Fifi textete mir, ich solle die Gelegenheit nutzen, mich auf die Bourdon Farm zu schleichen und sie niederzubrennen. Ich stand nicht in Kontakt mit ihr – sie bekam alles durch Jay mit –, aber um entschiedene Ansichten zu meinem Leben war sie nie verlegen. Sie hatte eben Charakter.

Die Beisetzung war für den Montag vor Thanksgiving um zwei Uhr nachmittags angesetzt. Ich aß mit Jay zu Mittag (zu meiner Erleichterung trug er keine Yogahose), weil der Friedhof so nahe an der UCLA lag. Ich trug ein von Susan geliehenes schwarzes Baumwollkleid. Ich konnte auch ihre Schuhe tragen, solange es Sandalen oder im Zehenbereich offene waren. Sie waren mir nur eine halbe Nummer zu klein. Das Kleid war zu groß, was mich nicht störte. Ich wollte wie jede andere Frau auch aussehen.

Eric und Roger – neue, die ich nicht kannte – sagten mir, ich sähe hübsch aus. Axel und Doug waren genauso verblüfft, wie ich es geplant hatte. Die Biker pfiffen wölfisch. Auch wie sie mich beobachteten, erinnerte an Wölfe. Der Pfarrer sprach von Lawrence Hendersons Heldenmut unter Feindbeschuss, als wäre er ein ordensgeschmückter Kampfveteran gewesen. Luftwaffenangehörige in vollem Ornat legten die amerikanische Flagge auf dem Sarg zu einem kleinen Dreieck zusammen und überreichten sie Doug. Der Ehrengarde aus mittelalten

Exkriegern stand das Wasser in den Augen, als fühlten sie sich mies, weil sie in den Neunzigern gedient hatten, wo Amerika im Frieden lebte. Nachdem sie ihren Salut abgefeuert hatten, begannen die Wölfe zu kreisen. Ich ging zunächst und rannte dann zu meinem Auto. Rennen ist mit hohen Absätzen einfacher als Gehen. Man rennt ja ganz natürlich auf Zehenspitzen.

Mark eskortierte mich zu dem Coffeeshop am Strand, den er samstags gerne besuchte, und stellte mich dem Filialleiter vor, der mich sogleich in der Firmenfamilie willkommen hieß. Genau einen Tag später füllte ich einen Bewerbungsbogen mit frei erfundenen Angaben aus. Ich verhielt mich kindisch, aber es war schön, keine Fragen darüber beantworten zu müssen, was mich motivierte, Kaffee zu verkaufen. Der Filialleiter hätte sich nach einem Nachweis meiner Arbeitsberechtigung in den Vereinigten Staaten erkundigen können, aber er verzichtete auf fast alle Formalitäten, als schulde er Mark einen Gefallen. Vielleicht stimmte das ja auch, schließlich war Mark Strafverteidiger.

Die anderen Angestellten dort gingen aufs College und fanden es merkwürdig, dass ich das nicht tat. Ziemlich bald verflüchtigten sie sich für die Dauer der Semesterferien nach Hause, und ich bekam so viele Schichten, wie ich wollte.

Meine Trinkgelder rochen nach ferienbedingter Großzügigkeit und offenem Flirt. Ohne dass es mir selbst oder Susan – wegen unserer beidseitigen Unkenntnis der Feinheiten der Collegekultur – aufgefallen wäre, hatte ich mir den Klischeelook der Basic Bitch zugelegt, das unter kalifornischen Frauen mit weitem Abstand verbreitetste Genremodell. Aber unter den Kunden waren keine Wölfe, und selbst wenn sie gewollt hätten, hätten sie mich nicht gekriegt. Ich stand sicher hinter einem hoch mit Waren beladenen Tresen.

An Heiligabend, erstem Feiertag, Neujahrsabend und Neujahr schob ich Doppelschichten und bekam bisweilen auf einen Fünf-Dollar-Drink ein Fünf-Dollar-Trinkgeld. Grandma Tessa und Grandpa Lamont waren enttäuscht gewesen, dass ich nicht nach Pasadena rauskommen wollte, aber nur so lange, bis ich ihnen erzählte, was ich da verdiente. Danach freuten sie sich für mich.

Nach all den Jahren in der Baumschule fiel es mir schwer, den Begriff *Arbeit* auf den Vorgang anzuwenden, einen Muffin mit einer Zange in eine Papiertüte zu bugsieren. Hinsichtlich der eingesetzten Pferdestärken erschienen meine Trinkgelder Leuten gegenüber, die auf Bohrinseln arbeiteten oder in Krankenhäusern putzten, ziemlich unfair, und ungefähr das sagte ich einmal zu Mark.

Daraufhin hielt er eine Rede zur Klärung der Sachlage. «Das ist eben Amerika», sagte er. «Karl Marx hätte die Arbeiter hier nicht als solche benannt. Er nannte sie ‹Lumpenproletariat›, die Schicht unter den Arbeitern, ohne Klassenbewusstsein und ohne Kaufkraft. Die Einkommensstruktur in diesem Land verläuft in einer u-förmigen Kurve. Es gibt weniger Menschen, die achtzigtausend Dollar im Jahr verdienen, als solche, die sechzig- oder hunderttausend verdienen! Eine Familie kommt mit unter hunderttausend zwar hin, aber einfach ist das nicht.»

Die Beschreibung des Lumpenproletariats passte ziemlich gut auf meinen alten Job, aber selbst meine Winterferien-Durchschnittseinkünfte samt Trinkgeldern hätten mich übers Jahr nur auf knapp vierzigtausend Dollar gebracht. Wie alle, die sich beim Arbeiten nicht die Hände schmutzig machen, wurde ich kompensiert dafür, dass ich Lebenszeit opferte, nicht körperliche Arbeit; der Job verbrauchte nichts als meine Zeit und eine CO_2-Ferkelei, wie ein Verkehrsstau. Doch ich hatte geglaubt, er würde mich in die Mittelschicht befördern, wie es sich für Jobs, bei denen man nichts tun muss, gehört. Ich sagte: «Oh.»

Über die Weihnachtszeit sah ich auch meine Highschool-Freunde, aber nicht lange. Will hatte seine erste Freundin. Sie war jetzt in Milwaukee, hielt ihn aber dennoch auf Trab. Er beugte sich über sein Telefon oder hielt es fest ans Ohr, manchmal im Auto in der Einfahrt, wegen der Privatsphäre. Als sich die Crew vom Magazin in einem Café traf, ließ er uns sitzen, um mit ihr ungestört zu sein. Wir sahen ihn draußen auf dem Gehweg auf und ab tigernd, ganz ins Gespräch mit ihr versunken. Als wir uns das dritte Mal zum Ausgehen verabredeten, blieb er zu Hause.

Henri und Fifi waren wieder zusammen. Keiner von beiden berichtete mir Details, aber Henry berichtete sie Jay, der sie wiederum mir berichtete, bevor er mit seinen Eltern zum Skilaufen nach Colorado fuhr. Ihm zufolge hatte sich Henri in Yale mit zahllosen schlanken reichen Mädchen eingelassen. Das habe er schon immer ausprobieren wollen, und welcher Ort sei dazu besser geeignet als Yale. In den Theaterwissenschaften gab es ätherische kosmopolitische Schauspielerinnen, dazu Tänzerinnen, die praktisch als Turnerinnen durchgegangen wären. Aber es stellte sich heraus, dass die ein anderes Genre bedienten. Die kaltherzigen Affären machten ihn traurig. Inzwischen blieb Fifi eisern in ihrer exklusiven Loyalität zu ihm, wie auch in ihrer Entschlossenheit, Kieferorthopädin zu werden und zu seinem Wohl «im Geld zu schwimmen». Der aktuelle Plan war, dass sie auf eine Uni wechseln würde, die näher an Yale lag, wahrscheinlich die University of Connecticut in Storrs. Sie wollten sich eine eigene Wohnung mieten.

Bei vier Gelegenheiten saßen wir stundenlang zusammen und tauschten Geschichten über Seminare, Professoren und Fernsehshows aus – zweimal ohne Jay, aber danach war es immer Jay, der mir die Ereignisse in ihrem Leben zusammenfasste, als wären sie Cousins und Cousinen von ihm, die in einem anderen Bundesstaat lebten.

Will, Henry und Fifi waren nicht mehr so richtig mit mir befreundet. Vielleicht kaum noch. Wir erlebten nichts zusammen. Für mich waren sie noch immer wichtig, und ich wollte, dass sie zufrieden waren und dass wir uns weiter nach jedem Treffen trennten, indem wir einander umarmten und dann stirnrunzelnd ein wenig zurücktraten, als wären wir die besorgten Eltern. Sie dagegen waren in ungezwungener Feierlaune. Will war ein verliebter Biologe. Fifi war eine reife Frau mit einem strategischen Lebensplan. Henry war ein ausgewachsener Mann, der aus schmierigen Techtelmechteln ein mahnendes Lehrstück machen und dem deshalb verziehen werden konnte. Und was war ich? Eine Basic Bitch im klinischen Stadium der Verknalltheit.

Sie erkundigten sich nie nach meiner Geschichte. Warteten sie darauf, dass ich von selbst damit ankam? Wenn ich das nur gewusst hätte. Henry sagte zu mir, ich sähe «ganz anders» aus. Fifi pflichtete ihm bei, aber sie nahm meinen Po auf eine Weise in Augenschein, die keinen Beifall verhieß. Ich wollte Ermutigung von ihr, aber es wäre mir etwas unangenehm gewesen, mich mit ihr zusammenzusetzen, als wäre sie meine Chefin und verlangte Jahresziele von mir, deshalb ließ ich es lieber bleiben.

Als ich endlich nach Pasadena fuhr, um Grandma Tessa und Grandpa Lamont zu besuchen, trug ich wieder die von Mark geerbten Sachen. Mein sexy Look war da keine Option. Sie fanden mich außerordentlich gepflegt und erfolgreich.

Peter rief an, um sich zu erkundigen, wie es mit dem Drehbuch voranging. «Ich arbeite fürs Trinkgeld in einem Coffeeshop», sagte ich. «Mark hat mich eine Lumpenproletarierin genannt.»

«Du kannst Mark sagen, dass Lumpenproletarier seit Fanon eine revolutionäre Klasse sind», sagte er. Dann beschrieb er mir, wie Jays Tanz ihn dazu inspiriert hatte, über Kasimir Malewitschs Suprematismus zu schreiben. «Eine antiästhetische Bewegung», sagte er. «Gegen die Wahrnehmung, für die reine Empfindung. Vollkommen ungegenständliche Kunst. Kunst für Blinde. Ein suprematistisches Bild kann als Koordinatensystem beschrieben werden.»

«Was hat das mit Empfindung zu tun?»

«Nichts», sagte er. «Wenn das Sinn ergäbe, wäre es wohl kaum ein fruchtbarer Boden für Nachforschungen. Ich versuche, mich von Sachen fernzuhalten, die Sinn ergeben. Ich hoffe, du bist nicht in Versuchung, dich mit denen einzulassen.»

«Ach, nein, niemals», sagte ich und nickte unsichtbar.

KAPITEL NEUN

Mein erster Haussitting-Job dauerte fast den ganzen Januar; der Ort lag oben in den Hügeln von Palos Verdes, und vom ersten Stock aus konnte man den Ozean sehen. Hinter dem hohen hölzernen Zaun um das Grundstück herum lag ein Park voller Gestrüpp und tief eingeschnittener Arroyos, in dem es von Wildtieren wimmelte. Es war so hübsch dort und meine Rolle so «normal» – so traditionell weiblich und der oberen Mittelschicht angemessen –, dass mir selbst die Beobachtung des Sonnenuntergangs aus meinem Schlafzimmerfenster wie die Feier einer gesellschaftlichen Neugeburt vorkam. Ich glich dem zahnlückigen Mädchen in dem Buch von Milton Erickson, das sich bereithielt, in eine Zukunft ohne Zukunft aufzubrechen. Die Fahrt zur Arbeit im Coffeeshop war länger geworden, und nach dem Andrang über Weihnachten war dort auch nicht mehr so viel los, aber meine Einkünfte blieben stabil, und ich war zufrieden. Meine Highschool-Freunde texteten mir Memes. Peter schickte mal verkürzte Anekdoten («bin bibliothek keller finde treppe nicht mehr lol»), mal verwirrende Aufforderungen («ICYMI [Link zu einem Beitrag über Cormac McCarthy in *Locus*] sf gg Postapokalypse»), als würde er mich mit jemand verwechseln. Aber er schrieb eben so an mich, als wäre ich wie die anderen, und das reichte mir schon. Jeden Abend bekam ich einen Videoanruf von meinen Ersatzeltern, die sich mit winkender Lionel-Pfote an- und abmeldeten.

Die Haustiere, die meine Anwesenheit dort erforderlich machten, waren Zwillingsschafe namens Marge und Tingeltangel-Bobby. Deren Aufgabe war es, den Rasen kurz zu halten, alle Büsche auf eine Höhe von einem Meter zwanzig zu trimmen und dabei sauber und weiß auszusehen. Sie waren laut, schissen überall hin, und die Lage unter ihren Schwänzen war verstörend. Jedes «Mäh» klang wie Axels verspieltester Rülpser, nur megafonverstärkt. Der Shiba Inu der Nachbarn rannte unaufhörlich hinter dem Zaun auf und ab und verbellte sie entrüstet. Ich fragte mich, ob sie sich legal, in krassem Widerspruch zum Gesetz oder nach altem Gewohnheitsrecht dort aufhielten. Aber mein persönliches Problem war das nicht. Ich fütterte sie, gab ihnen Wasser und inspizierte sie auf Wunden, damit ich den Hausbesitzern texten konnte, dass es ihnen gut ging. Zum ersten Mal in meinem Leben war ich Mieterin, stand in einer rein kommerziellen Beziehung zu meinen Wirten, anstatt (auf Gedeih und Verderb) Gast zu sein.

Zweimal die Woche ließ ich die polnische Haushälterin zum Putzen herein. Sie besaß keinen eigenen Schlüssel. Nach ihrem ersten Besuch, bei dem sie Fingerabdrücke entfernte – transparente, kaum erkennbare, wie von Haarpflegemitteln oder Croissants –, blieb ihr nicht mehr viel zu tun. Ich hielt alles so sauber, dass sie sich mit dem Staubwedel entspannen und dabei über die Quadrofonie-Anlage mit den Woofern in der im Boden eingelassenen Sitzlandschaft krachend laut den aktuellen Hitsender hören konnte.

An wechselnden Tagen kam ein lakonischer mexikanischer Hausmeister vorbei, rechte die pampige Schafscheiße vom Rasen (die eingebaute Berieselungsanlage hielt den Garten feucht), mähte ihn und karrte den Dreck aus dem Stall.

Nach vier Wochen kehrten meine Gastgeber gebräunt und ausgeruht aus Cabo San Lucas zurück. Ich strahlte, dankte ihnen, sagte: «Bis zum nächsten Jahr vielleicht!», und zog wieder in Marks und Susans Gästezimmer.

An diesem Abend machte Susan Anstalten, mir etwas Vertrauliches mitzuteilen, kochte mir einen Cappuccino und setzte mich an den Küchentisch. Dann erzählte sie mir, Mark und sie hätten «Eheprobleme». Sie sagte, er sei seit einiger Zeit «distanziert». Danach sagte sie nichts mehr, als wäre sie mit Absicht wortkarg und vage, weil sie hoffte, ich würde von mir aus einschlägige Indizien beisteuern.

Es fiel mir schwer, mir vorzustellen, wie Eheprobleme in ihrer Welt aussahen. Ich meine, wenn er einmal abends ins Bett ging, ohne sie zu küssen und ihr zu sagen, dass er sie liebte, wäre das dann das erste Mal überhaupt, also das Ende einer Ära? In meinen Augen waren sie stets unfehlbar liebevoll miteinander umgegangen, wie die utopische Version eines glücklichen Paares. Hatten sie keinen Sex mehr gehabt? Hatten glückliche Paare, die seit fünfundzwanzig Jahren verheiratet waren, einmal die Woche oder einmal im Monat Sex? Dies war ein ungeeigneter Moment für mich, dergleichen laut auszusprechen. Ich tauchte aus meiner Versenkung auf und sagte: «Tut mir leid», was angemessener war, als ich ahnte.

Sie erkundigte sich, ob ich Fortschritte bei der Wohnungssuche gemacht hätte.

Jetzt auf einmal war klar, dass sie glaubte, ich sei der Grund für ihren Konflikt mit Mark, oder dass sie zumindest gewillt war, mich zu opfern, um herauszufinden, ob ich vielleicht doch nicht der Grund für ihren Konflikt mit Mark war.

Ich sagte: «Noch nicht, aber ich versuche es weiter!»

Ich hatte es nicht versucht. Meinem Verständnis nach hatte sie angedeutet – ja, im Grunde versprochen –, dass sie mir mit ihren Beziehungen in den Kreisen der wohlhabenden Ärzteschaft bis zum Jüngsten Tag bequeme Tierhütejobs besorgen konnte. Noch immer fädelte ich den Faden meiner Zukunft in Sechswochenabständen weiter. Der Jüngste Tag, so wie ich ihn verstand, würde kommen, wann immer das Leben die nächste Schlaufe zog. Bis dahin hatte ich es nicht eilig.

Ich entschied, dass ihre Gefühle einer dieser Riesenwellen vor dem Kap der Guten Hoffnung glichen, wo Gewoge aus allen Richtungen sich plötzlich zu einer dreißig Meter hohen Pyramide aufschaukelt und einen Tanker überspült. Ihre Ehe dauerte schon so lang, wie der Ozean breit ist, deshalb musste es derlei unberechenbare Quanteneffekte darin geben, wenn es nicht einfach auf Psychologie hinauslief und meine Gegenwart sie hatte wünschen lassen, noch einmal neunzehn zu sein, und sie dieses Gefühl auf Mark projiziert hatte. Oder hatte er im Schlaf meinen Namen gerufen und morgens vor dem

Zähneputzen Sex verlangt? Ich hatte keine Ahnung, fühlte mich aber genötigt, ihr Haus zu verlassen.

Im Februar bekam mein Chef einen Tipp, dass Fahnder der Einwanderungs- und Zollbehörde die Strip Mall durchkämmen würden, in der unser Coffeeshop sich befand. Ebenfalls dort befand sich ein Baubedarfsmarkt mit einem kleinen Holzlager. Der Coffeeshop war in einem separaten Gebäude untergebracht, nahe der Einfahrt, und hatte einen eigenen umrandeten kleinen Parkplatz, auf dessen Mäuerchen ab fünf Uhr morgens gern die Migranten saßen, die nach einem Tagesjob suchten. Wir schickten sie nie fort, teils, weil wir nett waren und teils, weil die Renovierer und Bauherrn, die sie anheuerten, fast immer Kaffee bei uns kauften, und bisweilen Kaffee für die ganze Crew. Mein Chef fragte sich laut, ob ich gewillt sei, ihm einen Identitätsnachweis mit Foto sowie eine Geburtsurkunde oder eine Sozialversicherungsnummer für seine Akten mitzubringen. Ich sagte, ja, sobald ich sie hätte, aber das war nicht gut genug. Er musste der ICE im Zweifel nachweisen, dass er mich vor Arbeitsantritt überprüft hatte. Sonst bekäme er ein Problem. Er brauchte sie am nächsten Tag.

Ich sagte, das sei wirklich nicht möglich, also schmiss er mich raus. Er hatte keine andere Wahl. Ich konnte noch auf einen kostenlosen Kaffee und ein süßes Teilchen bleiben, wenn ich mein Namensschild abnahm. Andernfalls bestand die Gefahr, dass die ICE mich für eine Angestellte halten, ihm eine fette Strafe aufbrummen und mich in ein Gefängnis für Illegale stecken würde.

«Ich bin auf der Bourdon Farm aufgewachsen», sagte ich. «Ich bin so amerikanisch, dass es weh tut.»

«Kein Amerikaner ist amerikanischer als irgendein anderer», korrigierte er mich. «Als Bürger sind wir irgendwie alle gleich. Man muss nur beweisen können, dass man einer ist.»

«Tut mir leid», sagte ich. «Ich wollte damit nicht sagen, dass Amerikaner zu sein eine gute Sache ist. Das stimmt nämlich nicht immer.»

Wieder korrigierte er mich. Er war als Berber in Algerien aufgewachsen und hatte bis zum Alter von zweiundfünfzig Jahren dort gelebt. Die Werte waren ihm noch frisch in Erinnerung: Freiheit, die Chance aufs Glück und all die anderen Privilegien, von denen ich nicht profitierte. Mein Geschäftsmodell war die Bettelschale plus Leggings.

Ich fuhr zurück zu Marks und Susans Haus und nahm Lionel mit auf einen Spaziergang um den Block, ein großes Rechteck. Auf halber Strecke hörte ich etwa fünfhundert Meter entfernt Harleys kommen («lauter Auspuff rettet Leben») und begann, mich nach einem Versteck umzusehen. Aber ich hatte Angst, mich mit Lionel in den Carport irgendwelcher Fremder oder an deren Haus vorbei in den Garten hinten zu verkrümeln. Das hätte mich allen möglichen Anschuldigungen ausgesetzt.

Am Ende rannte ich zurück, weil ich glaubte, noch genügend Zeit zu haben, um durch die Haustür zu kommen. Doch die Biker hatten bereits jemanden delegiert, mir den Weg zu verstellen.

Der Abgeordnete – ein mir vertrautes, wölfisches junges Gesicht namens Loki – schlug die Arme übereinander, nahm breitbeinig Aufstellung und sagte: «Branny Thomas, wir wissen nicht, was du mit Larry angestellt hast, er ruhe in Frieden, aber wir befehlen dir, es zurückzunehmen und seine Seele in Ruhe zu lassen. Du kommst her, als er im Sterben liegt, verhext ihn und lässt ihn einfach abkratzen, während er deinen Namen ruft, du verfluchtes Luder. Wenn du mit ihm blutsverwandt wärst, hättst du 'n Recht gehabt, dort zu sein, hättst dir sein Eigentum und seine Seele untern Nagel reißen können – wär uns doch egal, oder hab ich nicht recht? Wir sind faire Leute, was die Erbgesetze betrifft, aber wenn du nie einem auf der Bourdon Farm was bedeutet hast, läuft das nicht mit uns, ja? Doug und die haben alle keine Ahnung, wer zum Henker du bist. Aber wir wissen sehr wohl, dass deine Mutter den Teufel angebetet hat, hab ich nicht recht? Und mehr müssen wir nicht wissen, weil wir sind ja nicht saublöd. Du bist 'n Stück Scheiße und 'ne diebische Hexe, Branny-wer-auch-immer-zum-Henker-du-bist, und du wirst abkacken!»

Allgemeine Zustimmung ertönte aus der inzwischen versammelten Schar von fünf Bikern, und Lionel sagte: «Wuff!»

Ich sagte gar nichts. Ich war vollauf damit beschäftigt, nicht die Augen zu schließen, zu Boden zu sinken und mir in die Hose zu pinkeln.

Einer der Unterlinge stieg von seiner Maschine. Er trat vor, um etwas auszubreiten, das in seiner Hand zunächst unscheinbar aussah, aber zu voller Größe entfaltet riesig war – eine tote Möwe –, und warf es mir vor die Füße. Lionel und ich zuckten zurück. Ein anderer Biker rief: «Kommt, macht sie fertig!», aber Loki schüttelte den Kopf. Im Gehen lief er so dicht an mir vorbei, dass er der Möwe auf den Flügel trat. Die Motoren brüllten und heulten, dann fuhren sie alle davon.

Ich schloss mich mit Lionel im Haus ein und rief Mark an. Der Anruf ging auf die Voicemail, also versuchte ich es bei Susan, aber auch hier ging nur der AB dran. Ich textete beiden, aber es kam keine Antwort. Ich wollte, dass mir einer von ihnen sagte, ob ich die Polizei rufen sollte.

Die Frage erledigte sich von selbst, denn ein Rentner aus der Nachbarschaft hatte diesen Schritt schon in dem Moment unternommen, als die Motorräder aufgetaucht waren. Niemand hatte sie gefilmt. (Es war Lunchzeit, und jeder Mann und jede Frau in der Nachbarschaft unter dem Alter von achtundsechzig war entweder arbeiten oder in der Schule.) Zehn Minuten später zitterte ich draußen weiter, während ich zusah, wie ein Detective die Möwe vermaß und zwei uniformierte Polizisten im Rinnstein nach Stiefelabdrücken suchten.

Wieder und wieder stritt ich ab, irgendeine Ahnung zu haben, wer die Typen gewesen sein mochten. Angeblich hatte ich sie noch nie im Leben gesehen. Mich quälten Erinnerungen an meine unnachsichtige Kritik der jungen Leute am Strand, die ihrem Freund beim Ertrinken zugesehen hatten. Dann fiel mir wieder ein, wie klug es ist, Polizisten niemals Auskunft zu geben – nicht ein Wort –, deshalb hielt ich, Erschöpfung vortäuschend, den Mund.

Sie hatten Mitgefühl. Der Detective sagte, er werde nochmals kommen und mit Mark reden, in dem er ein wahrscheinlicheres Ziel für Drohungen polizeifeindlicher Gruppierungen ausmachte.

Die Aussicht auf den Abend versetzte mich in Schrecken – stundenlang mit Mark und Susan dazusitzen, während sie Rotwein tranken und sich umständlich bemühten, mir am Tag, da ich meinen Job verloren hatte, taktvoll den Auszug nahezulegen.

Anstatt mir etwas zum Essen zu machen, packte ich meinen ganzen Kram ins Auto. In zweieinhalb Monaten Arbeit hatte ich fast vierzehnhundert Dollar in kleinen Scheinen gespart. Für ein paar Nächte konnte ich mir ein Hotel in Riverside leisten. Ich befand mich in diesem raren und besonderen Gemütszustand, in dem sich jemand auf dem Gebiet der Hells Angels am sichersten fühlt. Grandpa Larry und seine Kumpels waren mit deren Erzfeinden, den Bandidos, liiert.

Ich fuhr eine Stunde lang ostwärts, checkte in ein Motel 6 am Freeway ein, zog die Vorhänge zu, machte alle Lampen an und legte mich mit meinen Büchern auf die Tagesdecke.

Jetzt hatte ich vier statt drei: *Der König auf Camelot*, *Flammender Kristall, Taran und das Zauberschwert* und die *Minima Moralia* von Theodor W. Adorno, ein Geschenk von Peter.

«Für Marcel Proust», begann ich laut zu lesen.

Mark und Susan riefen beide mehrmals an. Ich drückte sie weg und textete ihnen schließlich, dass ich mich versteckte und zu ihrem Schutz untergetaucht sei. Sogleich rief Mark zurück und beharrte darauf, die ganze Sache könne aufgeklärt werden, wenn ich nur nach Hause käme und offen mit ihm spräche. Sie machten sich Sorgen. Ich sagte ihnen, das sollten sie nicht. Wenn mein Wagen in der Nähe seines Hauses geparkt wäre, könnte er sich Sorgen machen, aber wie die Dinge lägen, habe er keinen Anlass dazu.

Er wollte wissen, wo ich steckte. Ich weigerte mich, diese Information preiszugeben. Er wurde sauer. Dann kam Susan an den Apparat. Ich wurde langsam schwach – war kurz davor nachzugeben –, also legte ich einfach auf und rief Grandma Tessa an. «Hey», sagte ich. «Wie geht's dir? Wie geht's Grandpa?» Sie war so wunderbar desinteressiert daran, was ich gerade tat oder wo ich mich aufhielt, immer froh zu hören, dass ich lebte und gesund war. Ich versicherte ihr, dass ich mich großartig fühlte, dass es mir gut ging, dass ich Spaß hatte, dass ich Geld verdiente, was auch immer. Dass ich ein Mobiltelefon hatte, befreite sie von der Verpflichtung, sich darum zu kümmern, wo ich mich aufhielt. Ich hätte nur drangehen müssen, falls sie jemals angerufen hätte.

Peter textete ich nicht. Ich wusste, er war idealistisch und unerfahren und würde die versöhnlichen Aspekte von Ausnüchterungsprozessen unterschätzen. Am nächsten Tag um diese Zeit würden die Wölfe sich gänzlich neue Prioritäten gesetzt haben. Ihre Aufmerksamkeitsspanne war verschwindend kurz. Falls nicht einer aus ihrer Schar ernsthaft von meiner Erbschleicherei oder meiner Niedertracht besessen war, würden sie mich bald vergessen. Es ergab keinen Sinn, Alarm zu schlagen, solange die Sache nicht wirklich haarig wurde.

Jay zu kontaktieren, kam nicht infrage. Jede Information, die ich ihm gab, würde den anderen weitergetragen werden. Henry und Fifi würden mich in einem Gruppenchat sezieren und mein Foto unter denen vermisster Personen verbreiten.

Ich schaltete mein Telefon ab und las in meinem neuen Buch. Ich musste jeden Satz mindestens zehn Mal lesen und über ganzen Abschnitten meditieren wie über Mantras, bis sich ihre Bedeutung plötzlich enthüllte.

«Es gibt kein richtiges Leben im falschen» zum Beispiel. So verwarf Adorno die Möglichkeit, dass der Mensch in funktionalistischen Wohnprojekten mit Billigmobiliar glücklich werden könne. Ich hatte noch nie so ein drastisches, prosaisches Buch gelesen – jedenfalls was die Teile betraf, die ich verstand, vielleicht jeden zwanzigsten Satz.

Ich hatte schon so lange in Marks und Susans bedingungsloser Zuneigung gebadet, dass mir nicht gleich der Gedanke kam, sie könnten mein Benehmen für erratisch halten. Als ich ihn dann tatsächlich hatte, an diesem Abend gegen elf, empfand ich großes Mitgefühl. Einen Sohn selbst großgezogen zu haben, hatte sie verwöhnt. Sie wussten zwar nie, was er als Nächstes machen würde, aber sie hatten seinen Horizont entsprechend eingeengt. Wo Will sein Hauptstudium absolvieren, welche sozial gesinnte Berufslaufbahn er einschlagen und welche hübsche Vorstadt die Eltern seiner nächsten smarten Freundin ihre Heimat nennen würden – sie konnten es sich leisten, sich das zu fragen und es abzuwarten. Das Risiko, dass ich von ausgetickten Bikern auf dem

Scheiterhaufen verbrannt werden könnte, eröffnete eine ganz neue Ebene der Unberechenbarkeit. Es wäre ein reines Wunder, wenn sie da durchkämen, ohne mich dafür verantwortlich zu machen.

Und doch verspürte ich Hoffnung. Ich traute ihnen zu, Zeichen zu setzen und Wunder zu wirken. Beide waren so klug und so großzügig und nicht erst seit gestern auf der Welt.

Erst nach ein paar schlaflosen Stunden ging mir auf, dass sie (wie die Polizei) denken mochten, die Biker hätten nach Mark gesucht. Er hatte sich mir gegenüber das Maul über Grandpa Larrys Kumpel zerrissen, und höchstwahrscheinlich auch gegenüber anderen.

Aber wenn die Biker gewusst hätten, dass er dort lebte, hätten sie etwas gesagt. Sie waren dort gelandet, weil sie mein Auto gesehen und mich verfolgt hatten. Sie hatten mich, wie Wölfe es tun, gejagt, weil ich mich bewegte.

Ich gab den Wölfen zwei Tage Zeit, mich zu vergessen, und fuhr dann unangekündigt nach Hause. Mark war noch bei der Arbeit. Susan setzte mich an den Küchentisch und sagte, mein Benehmen sei besorgniserregend. Sie schien weitaus weniger verärgert als in dem Moment, als sie angedeutet hatte, ich brächte ihre Ehe durcheinander, deshalb wusste ich, was ich davon zu halten hatte.

Ich sagte: «Ich habe das Gefühl, das ist unfair. Und das liegt nicht daran, dass gruselige Typen hinter mir her waren, sondern dass ich zu der Sorte gehöre, hinter der gruselige Typen her sind, und jetzt habt ihr mir eure

Zuneigung entzogen, weil ich gruselige Typen kenne, was ja schon kein Geheimnis war, als ich hier zum ersten Mal aufgetaucht bin!»

«Aber wir mögen dich doch, Bran», sagte sie. «Vor diesen Typen graut uns nicht. Was uns Sorgen macht, ist deine Neigung dazu, die Jungfrau in Nöten zu spielen. Es gehört zu den klassischen Symptomen einer posttraumatischen Belastungsstörung, dass man sein Leben in einer Warteschleife verbringt. Oder es auf Wiederholung anlegt und das Trauma immer wieder ausagiert, als Hilfeschrei, weißt du?»

«Vielleicht hat es ja funktioniert!», sagte ich. «Dass ich jeden Tag in meinem Leben nach der Schule bis spätabends durchgearbeitet habe, hat offenbar nicht gereicht, um von irgendjemand Aufmerksamkeit geschenkt zu bekommen. Vielleicht musste ich erst am Boden zerstört sein. Im Ernst! Gutes ist mir immer nur passiert, wenn Leute eingegriffen haben, weil sie es nicht mehr aushielten.»

«Der Tiefpunkt ist ein prekärer Ort», sagte sie. «Da sind die Hindernisse hoch, und es geht immer darum, das Schlimmste zu verhindern.» Das munterte mich auf, weil sie so redete wie Peter über den *homo sacer*. Meine Erheiterung schien sie ein bisschen zu verärgern, und sie fügte hinzu: «Gut, die Sache ist wie folgt. Wenn du ein Projekt oder ein Ziel hättest, auf das du hinarbeitest, könnten dir Leute dabei helfen. Das tun sie nämlich gern. Schau dir nur deinen Freund Peter an, der sich vom Vater seiner Verlobten nach Harvard hat bringen lassen! Aber sie wollen es leichtgemacht bekommen, nicht deine Reste vom Gehweg kratzen.»

«Ich wusste, dass du mich verantwortlich machen würdest», sagte ich.

«Das tue ich nicht.»

«Seit wann sind Bandidos hinter Peter her? Niemand hasst Peter!»

Ich schniefte und lächelte dabei und verschmierte mit dem Handrücken Tränen. Der Gedanke, von niemandem gehasst zu werden, kam mir beneidenswert utopisch vor.

«Natürlich hasst niemand Peter», sagte sie.

«Und ich war auch nicht passiv. Ich habe mich nach Riverside verkrümelt und dafür gesorgt, dass alle in Sicherheit sind. Du möchtest nämlich keine Outlaw-Biker in deinem Leben haben.»

«Gut», sagte sie. «Das ist fair. Du brauchst nicht gerettet zu werden, und ich entschuldige mich. Was du vermutlich brauchst, ist Zeit, so wie Jay. Zeit, so lange chaotisch zu sein, bis du in Form kommst. Du musst aufs College gehen wie deine Freunde. Das sage ich doch schon die ganze Zeit.»

Ungefähr eine halbe Stunde nach dem Ende unseres Gesprächs ging ich wieder hinunter. Sie warf mir einen Blick zu, stelle ihre Fernsehserie auf Pause, und ich sagte: «Mir ist gerade der Gedanke gekommen, dass ihr vielleicht doch Outlaw-Biker in eurem Leben haben wollt, denn in Wahrheit hat euch niemand gezwungen, zur Bourdon Farm zu fahren und dort mein Auto zu klauen.»

Sie klopfte auf das Sofa neben sich, damit ich mich hinsetzte. Als ich es tat, nahm sie mich kurz in den

Arm und sagte: «Hör mir zu, Bran. Es ist dein Auto. Wir hatten Angst, du würdest es selbst holen. Was wir da gemacht haben, hatte nichts mit dem Auto zu tun. Sondern nur mit dir.»

Jetzt nahm ich sie in den Arm und begann zu weinen. Sie betonte, dass sie und Mark mich sehr mochten, und ich erinnerte sie daran, dass ich vorhatte, Drehbuchautorin zu werden. Sie riet mir, allen, die ich kannte, zu sagen, dass ich Drehbuchautorin sei. Ich solle es wieder und wieder sagen, egal, ob es in den Zusammenhang passe. Es könne fünf Jahre dauern, aber irgendwann werde jemand, der eine Drehbuchautorin suche, an mich denken, und bis dahin würde ich wissen, wie es ging.

Als ich wieder oben war, textete ich Peter. Gewöhnlich war er so beschäftigt, dass er die neugierigen kleinen Texte, die ich ihm schickte, gar nicht beantwortete, aber an diesem Abend hatte er Zeit für mich. Ich schrieb ihm, dass ich mich jetzt endlich voll meinem Drehbuchprojekt widmete, weil es mir zumindest eine Identität gab (Drehbuchautorin).

Er erwiderte: «Praktisch! Habe aber Zweifel bzgl. dieses Rats. Hollywood = Kompromiss für gescheiterte Autoren um die 40. Lies Bourdieu, Regeln der Kunst.» Bevor ich antworten konnte, hatte er hinzugefügt: «Nein, warte, Scheiße, du bist jetzt Hollywood, lies Joseph Campbell Heros in 1000 Gestalten $$$$$ jk.»

Mein Telefon läutete. «Das trifft mich jetzt wirklich», sagte er. «Du solltest gerade am Anfang deiner Karriere nicht so formelhaft schreiben. Screenwriting lässt dir null Raum für Kreativität. Es ist wie eine Programmiersprache. Lass einen Schritt aus, und nichts geht mehr zusammen. Das Zeug wird von Komitees in überfüllten Räumen redigiert, und alle sind wie Speed-Freak-Versionen von Jays Kumpel Rick, wenn er von seinem Epos spricht. Ich hasse den Gedanken, dass du dein Leben vergeudest.»

«Verglichen mit der Arbeit in einem Coffeeshop?»

«Bitte prostituiere dich nicht. Noch nicht. Natürlich sollst du schreiben. Du bist dazu geboren. Du hast nichts. Filme zu machen, kostet Millionen. Du kannst nicht mal Postkarten malen wie Hitler, wenn du kein Geld hast, um Farbe zu kaufen. Aber mit Stift und Papier kannst du schreiben. Die Romantiker sind Schriftsteller geworden, weil sie keine Kohle hatten. Die andere Option ist Schauspieler, und von den Romantikern war dafür nur Shelley hot genug. Wordsworth war potthässlich, Keats hatte eine Knollennase, Byron hinkte – sorry –, und Blake und Coleridge hatten Hamsterbacken. Leigh Hunt auch.»

«Hast du zu viel Kaffee getrunken?»

«Ich habe dreißig Stunden nicht geschlafen, aber Kaffee, nein. Ich sitze an einem Artikel für eine Festschrift, das akademische Äquivalent zu einem Brandopfer für die Götter. Einer der Hausgötter der Komparatistik geht in Rente, und als abschließendes Zeichen seines Wohlwollens besorgt er mir vielleicht einen Vertrag für eine Monografie. Du musst schreiben, Bran, denn wenn du es nicht tust, gehören sämtliche Schriftsteller der globalen Jeunesse dorée an, die gezwungen ist, sich zwischen einer Laufbahn in den Künsten und Jachtrennen zu entscheiden. Bourgeoise Bohemiens, die denken, sie hätten mit dem Spracherwerb auch gleich das Schreiben gelernt. Du musst sofort damit anfangen, sonst setzt du irgendwann die Gender-Maske auf, und ich schaue hoch und sehe dein Gesicht auf einem Werbeplakat Hautcreme anpreisen. Sobald es deinem Publikum darauf ankommt, wie du aussiehst, ist es Sexarbeit. Deshalb musst du schreiben.»

«Du musst schlafen gehen. Bitte, Peter. Du wirst sonst krank.»

«Noch zwei Seiten», sagte er.

Am nächsten Tag erlaubten mir Susan und Mark, weiter in ihrem Gästezimmer zu wohnen, während sie die Ohren für Gelegenheiten zum Haussitten offen hielten. In der Zeit danach sorgten sie sich, weil ich bei der Arbeit so wenig neue Freunde gefunden hatte. Aber wäre ich weniger einsiedlerisch gewesen, hätten sie mich nicht im Haus haben wollen. Ganz sicher beschwerten sie sich nicht darüber, dass ich keinen Partner hatte. Ihr Haus war ein klassischer Vintage-Holzrahmenbau, der wie so viele kalifornische Häuser nie vergrößert wurde, um Grundsteuern zu sparen. Viele Zimmer, aber allesamt klein, insgesamt etwa hundertzehn Quadratmeter. Privatsphäre war eine Sache gemeinschaftlicher Übereinkunft. Man konnte sich nicht wirklich irgendwohin zurückziehen.

Jedenfalls hielt ich mich bald kaum noch dort auf, weil Jay mich ins Zwei-Personen-Arbeitszimmer seines Drehbuchschreiber-Bootcamps rekrutierte.

Peter band ihm denselben Bären auf wie mir, man

solle gleich ganz oben anfangen, mitsamt dem erforderlichen Vokabular, deshalb wollte er jetzt *auteur* werden oder gar nichts. Ihre erste Spitzenidee bestand in der Zusammenstellung eines Portfolios von hervorragenden Kurzfilmen als Grundlage für Jays Karriere an der Filmschule. Die war äußerst wettbewerbsorientiert, aber die Zulassung erforderte keine Vorerfahrung mit Film. Den Bewerbern wurde ausdrücklich untersagt, Filme einzureichen – eine Vorgabe, die Peter verdächtig fand, etwas, das sich leicht zugängliche Einrichtungen zum Wohl der Diversität ausdachten, damit sie weiterhin in Frieden ihre Industrieerben hätscheln konnten. Auf sein Drängen hin schien Jay entschlossen, sich mit einer Filmarbeit zu immatrikulieren, die ebenso verstörend war wie sein Tanz, aber auf positive Art und Weise. Wir wussten, er würde genommen werden, weil Peter die Bewerbungsbriefe dazu schreiben würde.

Niemals hätte Jay einen Film ohne mich machen können. Aspiranten in Sachen Autorenkino müssen in aller Regel gesellschaftlich umtriebige und gefragte Leute sein. Ihre Arbeit erfordert, dass zahlreiche Untergebene mit seltenem technischem Spezialwissen ihren Anweisungen stundenlang Folge leisten, um mit einem Einzeiler im Abspann von Filmen belohnt zu werden, die keiner jemals sieht. Entweder das, oder sie bezahlen sie. Aber er war noch Jahrzehnte davon entfernt, sein Erbe verzehren zu dürfen. Er brauchte mich, und ich hatte nichts Besseres zu tun. Als Drehbuchautorin im Training konnte ich es als Erweiterung meines Erfahrungshorizonts verbuchen, ob ich nun etwas dabei lernte oder nicht.

Für unseren ersten Film verbrachte ich drei Wochen an der UCLA und schlief auf einer Luftmatratze bei ihm auf dem Fußboden. Mit ihm zusammen brauchte ich keinen Identitätsnachweis, um in die Collegegebäude zu kommen. Den Studierenden wird gesagt, sie sollten Fremden nicht allzu leichtfertig die Türen öffnen, aber wenn ich behauptete, meinen Studierendenausweis verlegt zu haben, ließen die Leute mich überall rein, sogar in die Wohnheime.

Die Kunst des Filmemachens erwies sich als irre zeitaufwendig, und nicht nur deshalb, weil wir keine Ahnung hatten, was wir da taten. Dreißig Sekunden zu drehen, kostete uns selbst bei größter Effizienz zwei Stunden. Wir mussten Leselampen umstellen, uns Paneele aus der abgehängten Decke als Reflektoren borgen, die Fenster mit Badetüchern verdunkeln und inständig hoffen, dass wir nicht unterbrochen wurden, denn wir drehten im Spieleraum seines Wohnheims.

Jays filmische Akkuratesse war ein neuartiges Phänomen und stand in direktem Zusammenhang mit seinem frischen Horror davor, vor aller Augen der Lächerlichkeit anheimzufallen. Um dem künstlerischen Risiko (dem jedem kreativen Akt notwendig zugrunde liegenden Wagnis) nicht noch ein gesellschaftliches hinzuzufügen (überflüssige, vermeidbare Selbstquälerei), musste seine Arbeit supergenau sitzen. Als Filmemacher wurde er auf eine Weise zum Perfektionisten, die bei Live-Performances unvorstellbar gewesen war. Der Vorgang verlief analog zu dem Kontrast dazwischen, wie ich schreiben konnte – wenn ich dazu endlose Stunden Zeit hatte – und wie ich redete.

Dialog zu schreiben, fiel mir schwer. Wenn ich die sprachlichen Tics von Menschen kopierte, die ich mochte, hatte ich das Gefühl, sie zu parodieren. Wenn ich Leute parodierte, die ich nicht mochte, erinnerte mich das an sie, was ich hasste. Aber das Skript für Jays ersten Film zu schreiben, war kinderleicht, denn statt des Dialoges nutzte ich die Dialektik. Dazu brauchte ich lediglich den abgeschmackten, schamlosen Ton des Diskurses der Macht heraufzubeschwören. Sobald meine krassen Reden geschrieben waren, lasen wir sie abwechselnd laut vor und stellten angesichts der Nachricht, dass Aliens ihr Vorhaben angekündigt hatten, die Erde zu zerstören, gelangweilte Reaktionen zur Schau. Die Kamera schwenkte von Jay zu mir, als glaubten wir, uns in einem Zwiegespräch zu befinden, aber wir gaben keinen Hinweis darauf, dass wir einander zuhörten. Wir schauspielerten nicht. Peter hatte am Telefon jedem von uns einzeln erklärt, wie der französische Regisseur Robert Bresson in *Ein zum Tode Verurteilter ist entflohen* seinem Hauptdarsteller befohlen hatte, nicht zu spielen, und wie dessen ausdrucksloses Gebaren als revolutionäre Meisterleistung voll dramatischer Subtilität gefeiert worden war. Mit dem Spielen aufzuhören, verlangte Übung, aber nach einer Weile konnten wir unseren Text richtig herunterbeten. Die Themen waren Demütigung, Erniedrigung, Entmenschlichung, Entehrung, Zerstörung und Tod. Wir nannten es *Dystopie: eine vorapokalyptische Feier.* Auf dem Bildschirm präsentierte sich unsere Apathie gegenüber den Plänen der Außerirdischen in allen Schattierungen emotionaler Verwüstung.

Das Video zu schneiden, entpuppte sich als die amüsanteste Aufgabe, nachdem wir aus der Software schlau geworden waren. Sequenzen aus halben Gesten durch Montage in einen kohärenten dramatischen Zusammenhang zu bringen, war formal betrachtet reiner Flamenco, zumindest wenn man Peter Glauben schenkte.

Jays einer Ausbildung zum Filmemacher am nächsten kommender Kurs war zu der Zeit eine Einführung in die visuelle Kultur für Englischstudierende im Hauptfach. Da er nicht mehr naiv genug war, Sachen einfach online zu stellen, zeigte er *Dystopie: eine vorapokalyptische Feier* ein paar Studierenden vor Seminarbeginn auf seinem Telefon. Das kam beängstigend gut an. Niemand glaubte, dass er der Autor war, obwohl man ihn direkt auf dem Display sehen konnte. Jemand rief den Seminarleiter her, damit der es auch sehen konnte, und der Unterrichtsbeginn wurde um zehn Minuten verschoben, während es sich alle zum zweiten Mal anschauten.

Eine Stunde nach dieser Premiere erzählte mir Jay am Telefon (inzwischen war ich zurück in Torrance), der Seminarleiter habe seiner Bewunderung für mein Talent Ausdruck verliehen, vor allem nachdem Jay verraten hatte, dass ich keine Studentin war. Meine Kontaktdaten hatte er allerdings zurückgehalten, um mich zunächst fragen zu können, ob ich sie weitergeben mochte. «Dein Lehrer will mich treffen?», sagte ich. «Warum?»

«Auf ein paar Bier und Rohypnol», sagte Jay mit Bezug auf die Date-Rape-Droge. «Er hat mich gefragt, wie alt du bist, und ich habe gesagt: minderjährig und dass man dir das nicht ansieht, aber das hat ihn nicht abgehalten.»

Unser nächster Kurzfilm hieß *Weiße Fluchten* und hatte gar keinen Text, wie ein Musikvideo. Darin sah man, wie mich die Panik packte, als ich merkte, dass ich von nichtweißen Studierenden umgeben war. Die heimlich aufgenommenen Hintergrundaufnahmen waren fast ein bisschen zu leicht zu kriegen, weil die schwarzen und asiatischen UCLA-Studierenden gern in Scharen zusammenstanden. Ich floh über den ganzen Campus von Versteck zu Versteck, wobei ich meine von Axel erlernten Survival-Kenntnisse zur Anwendung brachte, indem ich mich im Unterholz verbarg oder mich tief bückte, bevor ich um Ecken spähte. Aber es gab keinen Fluchtpunkt, deshalb lief ich aufs Dach eines Hochhauses und sprang strahlend vor Erleichterung hinunter. Es war superfaschistoid. Ich als Hitler, sterbend in seinem Bunker, weil er den Krieg verloren hatte.

Mein Selbstmord war leichter zu filmen, als es klingt. Ich legte meine Hand auf den Sturzbügel einer Feuertreppe, die in Jays Wohnheim aufs Dach führte, kam auf dem Oberdeck eines Parkhauses heraus, sprang von irgendeinem Flachdach auf mein Auto («Guerilla-Filmemachen») und segelte an einem windigen, wolkenlosen Tag über den Strand. Jay kaufte sich ein billiges Stativ, das jedoch schwer genug war, um auch bei einer steifen Brise stabil zu stehen, damit das Bild nicht wackelte. Der Soundtrack bestand aus reiner Geräuschemacherei, aus selbst gebastelten Sound-Effekten, die in seinem Zimmer aufgenommen wurden.

Seine Kommilitonen sagten, er sei ein Künstler und ich seine Muse. In Wahrheit waren wir ein Team, und unsere Muse hieß Peter. Er spornte uns jeden Tag an und versicherte uns, je «professioneller» unsere Arbeit aussehe – je mehr sie Werbung ähnelte –, umso besser erledigten wir die Aufgabe, unserer faschistischen Gesellschaft zu geben, was sie wollte: die Vermehrung ihres gesellschaftlichen und kulturellen Kapitals.

KAPITEL ZEHN

Eines Tages im Mai, als Jay und ich in seinem Wohnheimzimmer saßen und über seine Zukunft an der Filmschule nachdachten, fanden wir auf deren Webseite ein bislang übersehenes Unternehmensleitbild, das uns beide beunruhigte. Das Institut widmete sich der Förderung von Filmen, die «sozialen Wandel» anregten. Zwar würde eine Invasion von Außerirdischen, ähnlich wie ein rascher Anstieg der Selbstmordquote unter weißen Studierenden, sozialen Wandel mit sich bringen, aber vielleicht nicht die Sorte, die sie meinten.

Wir texteten Peter. Es war unmöglich vorauszusagen, ob er antworten würde, weil er sich manchmal wochenlang in Bibliotheken herumtrieb oder Tag und Nacht schrieb, und oft, wenn er nicht arbeitete, war er am Essen – hatte dann tatsächlich den Mund voller Nudeln. Aber er rief sofort zurück, klang entspannt, und Jay stellte ihn auf Lautsprecher.

«Klar könntet ihr Kunst machen, die nicht faschistoid ist», sagte er, «aber ihr würdet euch zur Unsichtbarkeit verdammen. Das ist doch die Luft, die wir atmen. Unsere einzige Sprache. Rassismus unter Rassismusbedingungen bekämpfen wir mit zur Schau gestelltem Rassismus. Der Autorität unter autoritären Bedingungen widersetzen wir uns, indem wir sie herausfordern, uns zu vernichten. Natürlich meine ich: andere zu vernichten.»

«Aber ich will, dass meine Filme emanzipatorisch sind», sagte Jay.

«Was soll das denn heißen? Wenn heute ein Angehöriger einer kapitalistischen Gesellschaft über Befreiung spricht, ist das ein klassisches Beispiel für Plagiarismus. Dafür, dass jemand unberechtigterweise eine Idee klaut und dann mit ihr arbeitet. Wir können von ‹Befreiung› reden, wir können sie spezifischen Denkern zuordnen, aber die Idee selbst kann es nicht abwarten, sich aus solchen Banden loszureißen und das Weite zu suchen. Sie wird niemals mit uns glücklich sein.» Es folgte ein Geräusch, als sauge jemand die letzten Tropfen eines Milchshakes mit einem Strohhalm auf.

«Was trinkst du da?», fragte Jay.

«Coffee Bubble Tea.»

Ich sagte: «Aber du kannst doch keine Befreiung zeigen, ohne auch den Unterdrücker zu zeigen. Du musst den Faschismus zeigen.» Ich versuchte, clever zu sein, und meinte es zugleich ganz ernst. Es schien nur logisch zu sein. Wie konnten Leute, die emanzipatorische Kunst machten, von nichts Besonderem emanzipiert werden? Zunächst mal mussten sie unterdrückt sein.

«Es gibt im Leben mehr als den Faschismus», sagte Peter. «Wir könnten schon Dinge zum Bekämpfen finden. Hunger, oder Krankheiten. Viele Menschen haben eine Menge Zeit investiert, sich Gedanken über das Leben nach der Revolution zu machen. Wie wir uns dem Vergnügen und dem Fortschritt widmen oder in einen

vorsprachlichen Zustand regredieren werden. Quellen-
material gibt's da zur Genüge, von Platon bis Murray
Bookchin. Nicht, dass die Sache mit der Revolution bislang aufgegangen wäre. Sie gleicht eher einem mythischen Paradies wie die Eleusinischen Felder oder der Big
Rock Candy Mountain.»

«Oder Avalon», sagte ich.

«Du bist ein Genie, Bran. Lasst einen Film mit fa-
schistoider Bildästhetik auf Avalon spielen. Falls das
nicht schon mal gemacht worden ist. Es gibt ja diese
Roxy-Music-Platte mit dem Fascho-Cover, hmm.»

Wir ließen ihn einen Moment nachdenken.

«Ich hätte lieber gleich von Beginn an was Utopi-
sches», sagte Jay. «Also, so eine emanzipatorische Bildästhetik ohne die eigentliche Emanzipation, als hätte es
nie Faschisten gegeben. Wo wir den faschistoiden Teil
einfach weglassen.»

«Das ist an sich schon faschistoid», sagte Peter. «Wo
sind denn dann all deine Faschisten – in Lagern?»

«Gut, dann wimmelt es eben von Faschisten, aber sie
haben keine Sprache, um ihren Faschismus in Worte zu
kleiden», sagte Jay. «Weil ihre Sprache nur ein Pronomen
kennt, ‹ich›. Wenn du also findest, dass jemand schlecht
riecht, kannst du nur ‹Ich rieche schlecht› sagen. Und
dann: ‹Ich muss mal Wäsche waschen.›»

«Das ist die destillierte Essenz des Faschismus», erwiderte Peter. «Ich verabscheue mich so tief, dass ich
den Tod verdiene. Ich will mich und alle meine Ich-Er-
scheinungen so lange umbringen, bis niemand mehr
übrig ist.»

Jay zögerte und sagte: «Ich weiß nicht.» Er nahm eine

Büroklammer von seinem Schreibtisch, drehte sie in der Hand und legte sie wieder weg. Ich sah, dass er hektisch nachdachte, aber auf keinen grünen Zweig kam.

«Vielleicht hassen sie sich gar nicht», warf ich ein. «Sie hassen bloß den Faschismus. All ihre Gedanken sind faschistoid, aber das ist ihnen auch klar, und deshalb handeln sie nie wie Faschisten.»

«Avalon ist voller deprimierter, schuldgeplagter Faschisten», sagte Peter.

«Tja», sagte ich. «Genau.»

«Blasen den ganzen Tag Trübsal.»

«Sie sollten im Paradies auch nicht glücklich sein. Das wäre nicht fair.» Ich stellte mir die Hendersons als depressiv vor – eine riesige Verbesserung – und war mir sicher, dass ich da recht hatte.

«Ist das irgendwie emanzipatorisch?», fragte Jay. (Er machte sich über meinen alten Chef im Coffeeshop lustig, der vor fast jedes Adjektiv oder Verb ein «Irgendwie» gesetzt hatte.)

«Unbedingt», sagte Peter. «In einer solchen Welt würde ich leben wollen.»

Unser progressiver Aktionsfilm für den sozialen Wandel bestand aus einer Mixtur von meinen und Jays Ideen. Zuerst erschien der Titel *Avalon* vor einer extremen Nahaufnahme kleiner Wellen am Strand, ins Goldene verfärbt und unterlegt mit Gewehrfeuer. Ein Segelschiff, genauer: ein Modell, das Jays Vater gehörte, fuhr in den Sonnenuntergang davon. Wir zogen es mit Einzelfaser-Angelschnur hin und her, damit wir nicht ins Bild kamen. Für den Rest benutzten wir das Steilufer am Leuchtturm von Palos Verdes, das einem grünen Hügel in erreichbarer Distanz am nächsten kam. In den Parks von L. A. gab es großartige Hügel, aber auf denen wucherte nur Unterholz. Die Golfplätze waren zwar grün, aber platt. Am Leuchtturm hatten sie den Rasen gewässert, ohne ihn zu mähen. Wir legten ein paar rote Äpfel unter die Bäume und filmten uns mithilfe des schweren Stativs. Ich trug Susans Hochzeitskleid. Sie und Mark hatten barfuß am Strand geheiratet, und ihr Kleid bestand aus zwei Schichten Baumwollgaze, deren oberste seitlich offen war wie ein über einem Chiton getragener altgriechischer Peplos. Jay trat in einem freizügigen Chlamys, der aus zwei Metern Musselin bestand, als mein Gemahl auf. Den Ton synchronisierten wir später. Es begann mit Synthesizer und Klingglöckchen. Jay kniete auf dem Läufer, ohne den ich das Kleid nicht geliehen bekommen hätte (verständlicherweise wollte Susan keine Grasflecken darauf haben), während ich vor der Sonne, mit glühendem Haar und silhouettenhaft sichtbarem Körper, den Hügel heraufschritt. Ich öffnete den Mund. Heraus kam ein gequältes Geschrei (nicht meines; wir klauten es aus Horrorfilmen). Er erwiderte es mit vier parallel laufenden Tracks von (ebenfalls geklautem) Chorgesang. Ich antwortete mit mehr Geschrei und ebenfalls Gesang, und er mit Gesang und etwas Geschrei. Dabei mimten wir keine Worte, öffneten nur ein paar Sekunden lang den Mund. Inzwischen blickten wir in unterschiedlichen Richtungen in die Ferne, warfen uns in orakelhaft düstere Posen oder wandten einander das Gesicht zu. Wir führten eine Art Gespräch, und mit jedem Austausch kamen wir einer gemeinsamen Sprache näher. Unsere Bewegungen blieben, mit Rücksicht auf unsere Herkunft aus der postrevolutionären Freizeitschicht, gemessen. Am Ende reichten wir einander die Hände, und das Geschrei wich durchweg dem Gesang.

Wenn es nicht gut ausgesehen und geklungen hätte, wäre es megalachhaft gewesen, aber an der professionellen Machart war nichts auszusetzen. Dafür hatte Jay gesorgt, indem er im Lauf von quälend anstrengenden Wochen an Ton und Farbe mithilfe teurer Filtersoftware Einzelbild für Einzelbild gefeilt hatte.

Er versprach, mich über die Reaktion der Fakultät auf dem Laufenden zu halten. Ich wäre ihm gern weiter über den Campus gefolgt, aber in exklusiven Kursen mit teuren Gerätschaften konnte ich einfach nicht sein Schatten sein. Eine weitere Person wäre an der Filmschule aufgefallen.

Mit Marks schweigender Zustimmung hatte ich mich weiter um seinen und Susans Garten gekümmert, nachdem sie aus den Osterferien zurückgekommen waren. Ich hatte ihn gefragt, ob ihm das etwas ausmache. Er hatte betreten beiseite geschaut und gesagt, als Ausgleich für Kost und Logis sei das doch sicher in Ordnung. Susan schien das gelassener zu sehen, zumal er sein schlechtes Gewissen mit zusätzlicher Hausarbeit beruhigte. Außerdem hatten sie den gleichen Deal mit ihrem Sohn: Du wohnst und isst hier, also mähst du. Wochen später, während wir *Avalon* schnitten, wurde der Gärtner von Jays Familie bei seinem Nachtjob in einem Lagerhaus von der ICE hopsgenommen, und ich handelte mit Esme aus, dass ich für ihn einspringen würde. Dann sah mich Jays Nachbarin über das Mäuerchen hinweg und erkundigte sich, ob ich für sie nicht auch arbeiten wolle. Zum Zeitpunkt, als *Avalon* online ging, verbrachte ich schon zwei ganze Wochentage damit, gegen Barzahlung Rasen zu mähen und Pools abzusaugen.

Das war nicht ganz dasselbe, wie ein Drehbuch für einen Spielfilm zu schreiben. Zu Hause sorgte es für Spannungen. Mark und Susan hatten ein hässliches Entlein bei sich aufgenommen und auf einen Schwan gehofft, nicht auf eine besser aussehende Ente – also eine Studentin, die ihre Schwingen ausbreiten und von dannen fliegen würde, keine Untermieterin aus der Arbeiterschicht. Ich gab mir Mühe, im Haus nicht mehr so aufzufallen. Unsere Begegnungen wurden etwas förmlicher. Sie begannen, mich zu fragen, ob ich vorhätte, zu Abend zu essen. Ich nahm mir einen Kaffeebecher mit auf mein Zimmer und spülte ihn von Hand, statt mir jedes Mal einen neuen zu holen.

Gelegentlich dachte ich darüber nach, das Auto vollzuladen und an den Entradero Park zu ziehen.

Derlei Gedanken konnte ich stoppen, indem ich mich daran erinnerte, dass es nicht mein Job war, mich rauszuwerfen. Es war ihrer – ihrer allein! –, und jede Belästigung, die sie durch mich erfuhren, bis hin zur Belastungsgrenze, war auch ihr Problem, nicht meines. Jemandem zur Last zu fallen, war eine Novität, um deren systemische Einordnung ich rang, aber ich spürte, dass sie eine der Schlüssel-Lebenskompetenzen war, die ich mir aneignen musste.

Mein Kampf darum, mir das protestantische Arbeitsethos aus der Seele zu reißen, artete nur dann in einen Zusammenprall der Kulturen aus, wenn ich meine Großeltern besuchte. Dort präsentierte ich mich (und wurde folglich auch so betrachtet) als bescheidene Haushaltshilfe meiner großzügigen Gastgeber.

Dass ich noch Zeit für zwei andere Kunden fand, war ein gutes Zeichen, Beweis dafür, dass sie mich nicht ungebührlich ausbeuteten. Mich – wenn auch idealerweise nur ein bisschen – ausnutzen zu lassen, gehörte zu meiner Rolle, nicht zu der meiner Brötchengeber. Hätte ich einen Arbeitgeber ausgebeutet – ihn der ihm im Kapitalismus zustehenden Profite beraubt –, wäre ihnen das so unehrenhaft vorgekommen wie Ladendiebstahl. Deshalb erzählte ich ihnen lieber nicht, dass ich ein Messingbett besaß, das zum Sonnenaufgang hinaussah, und freien Zugriff auf den Kühlschrank für alle zwei Wochen mal Rasenmähen.

Jay begann sein Leben als Cineast, indem er uns zwei Mitgliedsausweise für die American Cinematheque besorgte. Er studierte die Spielpläne von Programmkinos und schaute sich online die Trailer an. Zugleich schrieb er sich für zwei Sommerkurse an der Filmschule ein; beide, digitale Cinematografie und Filmgeschichte, verlangten Hausarbeiten, und bald war sein Stundenplan ein einziges sklerotisches Chaos. Im Verlauf dieses Sommers sahen wir vielleicht zehn große Kinoproduktionen und gingen auf einen einzigen Empfang, wo wir einem berühmten Kameramann die Hand schüttelten, von dem keiner von uns je gehört hatte.

Nachdem das reguläre Semester im Oktober angelaufen war, hatte er überhaupt keine Zeit mehr für mich. Auf Anrufe und Textbotschaften reagierte er erst Tage später, ganz wie Peter. Ich versuchte, mir einzureden, das liege daran, dass ich zwar für einen Amateur eine adäquate beste Freundin gewesen sein mochte, aber nicht für einen gemachten Mann, doch die Filmschule war wohl kaum etwas für gemachte Männer. Jedenfalls hätte es ihm logistische Superkräfte abverlangt, eine Nicht-Kommilitonin in seinem Tagesablauf unterzubringen. Um eine Stunde lang mit ihm zu reden, hätte ich wie ein Hündchen vor diversen Collegegebäuden warten, ihn zu seinem nächsten Seminar begleiten und also das ganze Gespräch über zwei Tage auf zwölf Fünfminutenschnipsel verteilen müssen.

Abends war er ebenfalls ausgebucht. Iñaki, ein *osito* (Bärchen), hatte vom ersten Tag an seinen Gefallen gefunden. Auf den Fotos, die Jay mir schickte, drang langes Lockenhaar aus jeder Ritze seiner Kleidung inklusive der Manschettenschlitze und Knopflöcher. Iñakis Metier war das Drehbuchschreiben – kein perfektes Match für Jays auktoriale Ambitionen, aber es lief ihnen auch nicht zuwider. Iñaki hatte sich mit einem aufstrebenden Schauspieler namens Rory zusammengetan und betrachtete Jay als passablen «Twink», während er Rorys klassisch männliche Erscheinung verehrte. Rory schätzte Iñakis Fell, aber nicht so sehr wie Jays elfenhaften Körperbau. Binnen weniger Tage war aus dem durch Lust verbundenen Dreieck ein veritabler Dreier geworden, und Jay, der bislang keinen Sex gehabt hatte, hatte allen Sex der Welt.

Vermutlich tauschten sie sich untereinander auch

über Studienvorhaben und anderes cooles Zeug aus. Jay wurde zusehends geschickter darin, cool auszusehen, was den Coolen zu geben einbegriff. Mich kontaktiere er hauptsächlich, um den Rest seiner nerdigen, naiven, ängstlichen oder romantischen Gedanken loszuwerden. Er meinte, er sei verliebt in Iñaki, aber Rory habe einen «Todesschwanz». Ich fragte nicht nach, was das heißen sollte.

In seinem Wohnheimzimmer hielt er sich nur noch selten auf. Wäre ich dort eingezogen, hätte ich ihn öfter sehen können, ohne ihm zur Last zu fallen, aber trotzdem wäre die Dauer unserer Begegnungen weiter auf Sekunden pro Woche reduziert geblieben. Neben seinem aufregenden Sexualleben hatte er sich ins Studium dessen gestürzt, was man zweifelsohne als die zeitaufwendigste Art und Weise künstlerischer Arbeit bezeichnen konnte, die die Welt je erfunden hatte. Traditionell lief die Filmproduktion so zäh wie Molasse im Januar. Wer in der Branche tätig war, verbrachte ganze Karrieren damit, Löcher in die Luft zu starren, darauf zu warten, dass er oder sie Make-up auftragen oder die Steadicam laden durfte oder sonst was. An der UCLA wurde diese Langsamkeit aktiv umdefiniert von Leuten, die das jeweils neueste iPhone schwenkten und sich ihre Ausbildung im Schnellverfahren unter Bedingungen des Echtwelt-Prekariats und in direktem Wettbewerb gegeneinander wünschten. Wenn die Seminare zu leicht waren, würden die Schwachen nicht versagen und die Starken nicht herausragen. Sie hatten eine parallele Kreativkultur entworfen und gestaltet, um sich gegenseitig den Wind aus den Segeln zu nehmen.

Jay musste sich entscheiden, und er entschied sich für den Erfolg – also dafür, Peter und mich zu vergessen, als wären wir einander nur flüchtig begegnet wie Schiffe in der Nacht. Er befasste sich lieber mit Iñaki und Rory, Kommilitonen, die er kaum kannte und mit denen er praktisch immer wieder den gleichen One-Night-Stand hatte.

Vielleicht stellte Jay auch einfach das Gespräch mit mir ein, weil ich langweilig war. Ich trat auf der Stelle, und Peter war weit, weit weg. Er kam nie weiter westlich als bis Wellesley. Bisweilen texteten wir uns, wenn er im Bus nach Maine saß, um seine Familie zu treffen. Er sann über das Leben nach und empfahl mir Bücher und Autoren, die ich lesen sollte. Auf einer Welle wie «Klaus Theweleit» oder «Xavière Gauthier» kann man lange reiten.

Gelegentlich mailte er mir mitten in der Nacht, Sachen wie: «Ich vermisse dich so. Du bist das Beste in meinem Leben, das Einzige, was zwischen mir und dem Nichts steht. Was machst du gerade? Hast du Lust du reden?» Ich schlief dann immer, und das muss er gewusst haben. Wurde ich mal wieder verarscht oder was? Es war zu offensichtlich.

Einmal brach ich ein und schrieb beim Frühstück zurück: «Ich bin verliebt!!! Wann sehe ich dich???» Seine Antwort war ein mäandrierender Überblick über diverse Grundstudien-Konferenzen, zu denen er vielleicht eingeladen würde, um Vorträge zu halten. Er sagte, er arbeite daran. Aber in der Zwischenzeit hatte er keinen Grund, nach Kalifornien zu kommen, und ich wusste nicht, wie ich nach Neuengland gelangen sollte. Ich hatte zwar ein bisschen Geld, genug für ein Flugticket nach Boston. Aber was würde ich tun, wenn ich dort hinkam – mit ihm und Yasira zu Abend essen? Er war über viertausend Kilometer weit fortgezogen. Er würde sie heiraten. Warum fiel es mir so schwer einzusehen, dass wir unser Leben nicht zusammen verbringen würden? Wie definiert man «ein Leben zusammen verbringen»? Warum konnte ich meine Hand nicht von der heißen Herdplatte nehmen?

Ich kann Ihnen sagen, warum: Weil es so verdammt schön ist, sich die Finger zu verbrennen.

Am Tag vor Thanksgiving kam Jay *sans* Freunde nach Hause, und wir hatten endlich Zeit zu reden. Iñaki schrieb inzwischen seine Hausarbeit. Sie sollten Skripts plotten. Die Aufgabe war schon Wochen alt, und Jay und Rory standen noch immer mit leeren Händen da, aber Iñaki hatte Ideen übrig und schrieb zusätzlich für sie. Wir lagen in Straßenkleidung am Pool, schälten und aßen Bio-Mandarinen aus einem Körbchen, das Esme uns dagelassen hatte, und ich fragte ihn, warum er Iñaki in seinem Namen Plots schreiben ließ.

«Die suchen nicht nach Ideen, wie du und ich sie haben», sagte er. «Mir ist schleierhaft, wie man den sozialen Wandel fördert. Aber Iñaki kann das im Schlaf.»

«Haben sie gesagt, was für einen sozialen Wandel sie meinen?»

«Natürlich nicht!»

Ich erkundigte mich nach Iñakis Ideen.

«Das, was er für mich schreibt, handelt von Sexarbeitern und Sexarbeiterinnen, die sich gewerkschaftlich organisieren oder zumindest das Recht erkämpfen, als Angestellte eines Onlineplattform-Betreibers Krankengeld zu bekommen, indem sie vor dessen Zentrale demonstrieren oder so.»

«Hat er das für Rory auch schon fertig?»

«Ja. Es hat mit Fischern zu tun, deren Fang ausstirbt.»

Ich fragte, was Iñaki für sich selbst schrieb.

«Da ist dieser Junge», sagte Jay, «so ungefähr zehn Jahre alt, der sich Sorgen darüber macht, dass mexikanische Kinder von ihren Eltern getrennt werden, wenn sie sich durch die Wüste in die USA stehlen. Er hört von diesen zwei kleinen Mädchen, die allein draußen in der Wildnis festhängen, also haut er von zu Hause ab, um ihnen zu helfen. Seine Eltern und auch die Mütter der Mädchen schieben die totale Panik, aber dann sterben sie ...» Er wurde still.

«Wie endet die Sache?»

«Es gibt eine Wiedersehensszene mit seinen Eltern.»

«Und das ist irgendwie emanzipatorisch?»

«Scheiße, nein!», sagte er. «Es ist wie ein Kickbox-Käfigkampf zwischen Kitsch und Faschismus. Und alle gehen glücklich nach Hause, weil die mexikanischen Kinder sterben, aber der weiße Junge nicht.»

«Hast du Iñaki das gesagt?»

«Nein. Ich liebe Iñaki. Aber in meinem Plot tut er so, als ergäbe Sexarbeit nach Tarif ein Happy End. Und Fischer gegen das Aussterben ist total faschistoid! Es gibt Mensch gegen Mensch, Mensch gegen die Natur, Mensch gegen die Gesellschaft, nicht? Das hier ist nichts von alledem. Es ist der Arbeiter gegen den großen Fiesling, den Klimawandel. Wir wissen ja, wie das ausgeht!»

«*Homo sacer*», sagte ich und lächelte dabei, weil Jay Peter doch noch nicht vergessen hatte.

«Der Prof betet Iñaki an.»

«Ich dachte, *du* wärst in ihn verliebt.»

«Tja, aber wir führen keine langen Gespräche, so wie ich mit Peter. Bloß der Sex ist unglaublich.»

Wir schälten ein paar Mandarinen und sahen zu, wie Grundammern in den Laubresten unter den Granatapfelbäumen pickten. Jay reckte das Gesicht in die Sonne, und ich bemerkte, dass er allmählich Krähenfüße bekam. Er sah auch dünner aus.

«Was springt für Iñaki dabei raus?», sagte ich. «Also, dafür, dass er eure Hausarbeiten schreibt.»

«Er kriegt ein Feedback auf alle drei Ideen, und wenn eine davon es in die nächste Runde schafft, kann er das Drehbuch schreiben. Nächstes Semester produzieren wir einen Film.»

«Du solltest deine Plots selber schreiben», sagte ich. «Deine Ideen sind so viel besser.»

«Aber sie sind abstrakt. Mit einem Haufen Metaphern regst du keinen sozialen Wandel an. Dazu muss man schon realistisch sein. Andererseits stecken auch in Iñakis Ideen verborgene Metaphern, denn deren sozialer Wandel besteht darin, dass es gar keine Grenzen mehr gibt und es den Leuten freisteht, gefährdete Fischarten oder ihren eigenen Körper zu verkaufen. Sie sind eine Metapher für freie Märkte – o Gott. Weißt du, was mir gerade aufgegangen ist? Der soziale Wandel, den die wollen, ist der Scheiß-*Libertarismus*!» Er bebte vor Vergnügen und kicherte, aber lautlos, als stünde er unter Befehl, niemals über Iñaki zu lachen.

«Grandpa Larry war ein Libertärer.»

«Ist das irgendwie emanzipatorisch?»

«Klingt, als sollte es das sein, aber ich glaube kein bisschen dran», sagte ich.

Er rief Peter an, der sofort abnahm. «Jay!», sagte er.

Jay stellte ihn auf Lautsprecher und fragte: «Hast du mal eine Minute?»

«Was ist? Ich bin am Schreiben.»

«Ich saß hier gerade mit Bran, und wir haben uns gefragt, ob der Libertarismus emanzipatorisch ist.»

«Alles andere würde dem dystopischen Narrativ schaden. Das Beste, was wir tun können, ist, gewisse Individuen von den Rechtsstaatsprinzipien auszunehmen. Neue Gesetze zu machen, wäre utopisch.»

«Also …» Jay zögerte. «Ist er es?»

«Wenn du rausfinden willst, wie du spekulative Utopien so frisieren kannst, dass sie deiner Filmschule voller Kämpfer für die soziale Gerechtigkeit in den Kram passen, dann, denke ich, bist du mit dem Libertarismus auf der richtigen Spur. Du könntest zum Beispiel über dezentrale, autonome Organisationen schreiben, die ohne Genehmigung Obdachlose verpflegen oder ihnen nicht vorschriftsgemäße Häuser bauen. Mach deine Helden zu Outlaws, und dann zertritt sie unter dem eisernen Stiefel des Staates. Denk: *Gladiator*, aber wie Zola. Es sei denn, du willst deine Karriere in Gefahr bringen, wozu ich nicht raten möchte. Film muss für sich werben, weil er teuer zu produzieren ist. Okay, sorry, ich muss wieder. Ich seh euch bald – tschüs!»

Das war eine merkwürdige Abschiedsfloskel, denn wir hatten uns ein Jahr lang nicht gesehen und auch keine Pläne, es bald zu tun. Auf meinem Telefon pingte eine Textnachricht von ihm. «Sorry, keine Zeit zu sagen, wie sehr ich dich begehre, außerdem braucht Jay das nicht zu hören», schrieb er. Das trieb mir die Tränen in die Augen, deshalb stand ich auf und ging rüber zum Oleander, um mir die Nase zu putzen und über eine Antwort nachzudenken.

Jay sagte: «Wer hat dir da getextet?»

Ich sagte: «Niemand, den du kennst.» Dabei dachte ich: Auch niemand, den ich kenne.

An den folgenden beiden Samstagen lud Jay mich zu Studentenpartys außerhalb des Campus ein. Er ermahnte mich, mit meiner Drehbuchschreiberei nicht hausieren zu gehen. «Wir erzählen uns immer von unseren Ideen», erklärte er. «Da wir wissen, wer zuerst mit einer Sache angekommen ist, hat dann schon jemand die Hand drauf. Aber deine Ideen wären frei verfügbar, weil du sie später nicht für dich beanspruchen könntest.»

Bei der ersten Party war kaum jemand, denn in irgendeiner anderen Wohnung wurde ein anderes, besseres Fest gefeiert. Sogar Jay nervte es, hingegangen zu sein. Iñaki und Rory verschwanden schon bald nach unserer Ankunft, meinten, sie wollten irgendwo etwas essen, und tauchten nicht mehr auf. Zwei Stunden später legte ich mich in Jays Zimmer schlafen.

Die zweite Party fand in einem Haus außerhalb des Campus statt, in dem sieben Studierende wohnten. Die Leute dort sahen interessant und verlockend aus, aber sie waren zu berauscht, um mit mir zu sprechen. Ich meine berauscht von sich selbst – alles *Bon chic bon genre*-Filmemacher, die über den geeigneten Moment in ihrer Karriere sprachen, um sich für ein Guggenheim-Stipendium zu bewerben, während ich einfach nur ich war. Nichts, was ich sagen konnte, hätte mich zu einem nützlichen Kontakt gemacht. Und egal, wovon die Leute gerade sprachen, wenn ich mich zu ihnen stellte, bald fragte ein Mann aus der Gruppe, wo ich wohnte. Nach einer Weile schienen ganze Räume zu verstummen, sobald ich eintrat.

Nach mehreren vergeblichen Versuchen, mit Leuten außer Jay ins Gespräch zu kommen, war ich bereit vorzuschlagen, dass wir gehen sollten. Ich näherte mich ihm und Iñaki, und mir war klar, dass ich allein aufbrechen würde. Jay kuschelte sich an ihn, schmiegte sich an seine Brust, indem er sich kleiner machte, und stellte eine Haltung und eine Miene zur Schau, die ich noch nie gesehen hatte. Ich sagte: «Amüsiert ihr euch?»

Iñaki hob sein Glas und sagte: «Wenn nicht, wäre ich nicht hier.»

Jay warf mir von unten einen kalten Blick zu und sagte: «Bran schon.»

Das war das Gemeinste, was er je in meiner Anwesenheit zu jemandem gesagt hatte, und er hatte es direkt zu mir gesagt, vor seinem Partner Iñaki, als wollte er beweisen, dass er über mich hinweg war oder so was. Es war einfach zu durchgeknallt. Ich verließ die Party und fuhr heim nach Torrance.

Zu seiner Verteidigung: Später erinnerte er sich nicht mal daran, es gesagt zu haben. Er entschuldigte sich sogar, nicht, dass es groß geholfen hätte. Das Gerinnungs-mittel für solche Wunden ist Beschwichtigung, und er konnte noch nicht mal bestätigen, dass es wirklich passiert war.

Über Weihnachten flog Iñaki nach Hause. Seine Familie lebte auf einer Ranch in Montana, er freute sich auf Skilanglauf, auf den Whirlpool, auf Pferdeausritte im Schnee und andere Dinge, die selbst für mich extrem romantisch klangen.

Jay hatte auf eine Einladung spekuliert, als wäre er sein Verlobter gewesen. Er hatte die mangelnde Romantik in ihrer Beziehung als etwas besonders Romantisches romantisiert – alles beherrschende sexuelle Leidenschaft –, doch offenbar gehörte die nicht zu den Dingen, die Iñaki brauchte, nicht, wenn er vorhatte, Landschaften zu erobern und Pferde zu striegeln oder sich mit den Männern von Montana zu beschäftigen oder was auch immer.

Ich wies darauf hin, wie kalt es dort gewesen wäre. Jay begann fast zu heulen, als er mir die Lammfellmäntel und -handschuhe beschrieb, die Iñaki ihm geliehen hätte. Er stand im Banne eines neuen, ganz anderen Wahns, anders als alles, was ich kannte. Auch Rory war nach Hause (Austin) gefahren und hatte Jay ohne jede Möglichkeit zurückgelassen, sich sexuell auszuleben. Er lud sich eine Dating-App herunter und verbrachte Stunden damit, jedermann nach links zu wischen, einschließlich der Männer, die genau wie Iñaki aussahen. Es war bewusst praktizierte Magie. Kein Telefon konnte exklusive sexuelle Chemie übertragen. Wenn er bei

einem Iñaki nach rechts gewischt und ein Match bekommen hätte, wäre es der Beweis gewesen, dass er ein
oberflächlicher Kalifornier war.

KAPITEL ELF

Nach dem Weihnachtsdinner, als ich mir mit Susan, Mark und Will einen Film ansah, rief Peter an. Ich ging in die Küche und zog die Schiebetür zu.

«Ich vermisse dich», sagte er. «Ich bin mit Yasiras Clan auf Martha's Vineyard. Es ist eiskalt und windig. Sie will keine Mütze aufsetzen. Sie hat Bronchitis. Ich bin allein am Strand. Hörst du den Wind? Ich habe mir die Kapuze über den Kopf und über das Telefon gezogen, und hier drunter ist es so duster wie in einer Höhle. Ich denke immerzu an dich.»

«Das ist aber nett», sagte ich.

«‹Und zusammengeschart im Anblick des grausamen Glanzes heben wir still die Augen. Dies sind die fernen Inseln, die hohen Welten, die wir in Träumen sahen, die uns zwangen, unter dem weiten Himmel zu leben, und uns das Leben zur Hölle machten.› Das ist aus einem Gedicht des zionistischen Dichters Bialik. Er hat es in modernem Hebräisch geschrieben, bevor das moderne Hebräisch eine Sprache war.»

«Also ist Avalon Palästina?», sagte ich. Ich hielt meine Sätze bewusst kurz. Ich wollte nicht irgendwann an diesen Anruf zurückdenken und mich an meine eigene Stimme erinnern.

«Ich liebe dich.»

«Schön zu hören.» Das sagte ich mit einem Extra-
klacks Dummheit obendrauf, weil er mir Herz und Hirn
mit einem warmen, ekstatischen Gefühl geflutet hatte.
Er blieb stumm, deshalb setzte ich hinzu: «Du machst
mich glücklich. Ich kann den Wind ein bisschen hören.»

«Hier gibt es Milliarden Sandkörner», sagte er.

«Bestimmt!»

«Es gibt acht Milliarden Menschen auf der Welt, wie
Sandkörner, und dann gibt es noch dich und mich.»

«Ich liebe dich auch.» Meine Stimme sackte ziemlich
in die Tiefe, bis hin zu einem sinnlichen Flüstern, das
ich von mir so noch nie gehört hatte. Ich klang wie eine
Sängerin oder jemand aus einem alten Film.

«Also, was ich sagen wollte, ist» – lange Pause –,
«dass ich am sechsten April nach Kalifornien komme.
Die Vergleichenden Literaturwissenschaften in Stanford veranstalten mal wieder eines dieser kontaktorien-
tierten pseudoakademischen Konferenzfestivals, wo sie
fürs breite Publikum Creative-Writing-Lehrer einladen,
die dann da als Autoren auftreten und aus ihren Werken
lesen oder Vorträge zur Poetik halten; das ist eine reine
Marketingaktion für ihre Treuhänder, die den Nimbus
erzeugen soll, ihre Forschungsprogramme seien von
zeitgenössischer Relevanz, und einer der Ehrengäste ist
ein Italiener. Sie haben jemand mit gutem Italienisch gesucht, der als sein Mädchen für alles agiert, als könnte
er sich ohne Hilfe in Amerika kein Essen bestellen oder
das Klo finden. Jedenfalls habe ich die Veranstalter kon-
taktiert, weil ich da vielleicht auch meine Abschlussarbeit machen will, und mir den Job geangelt, alle Aus-
lagen inklusive, weil ich schon über ihn geschrieben

habe. Ich werde fast eine Woche lang da sein. Meinst du, du würdest es da raufschaffen? Es wäre bestimmt gut für dich, wenn du ein paar Schriftsteller kennenlernst.»

Ich kämpfte damit, so viele Informationen auf einmal zu verarbeiten, und fragte, wie ich die denn kennenlernen würde.

«Die Sache ist so», sagte er. «Während der Konferenz werde ich nicht viel Freizeit haben. Aber ich kann dich zu der Abschlussparty bei Drew Miller in Santa Cruz einladen lassen. Diese Party ist legendär. Du solltest Jay mitbringen. Miller ist ein Creative-Writing-Lehrer mit einer Kult-Anhängerschaft. Könnte sich wirklich lohnen, wenn du den kennst.»

Ich ruderte noch genügend zurück, um zu fragen: «Bringst du Yasira mit?»

«Sie liebt die Bay Area. Ihre Mutter kommt vielleicht auch mit.»

«Das klingt nicht so ...» Meine Worte wurden etwas langsamer.

«Ich weiß, ich weiß. Dann lass Palo Alto aus. Aber zu dieser Party musst du kommen. Sie dauert die ganze Nacht. Niemand geht nach Hause. Ich kann dir kein Gästezimmer besorgen, aber irgendwo bringen wir dich sicher unter. Es sind über drei Hektar Grund mit Redwoods drauf. Da finden wir beide auch einen Ort zum Alleinsein, ob Yasira jetzt mitkommt oder nicht. Sie hat sich noch nicht entschieden. Aber ich will dich allein sehen. Das ist wichtig.»

Sofort rief ich Jay an. Meine Gedanken rasten, kollidierten wiederholt – ausgerechnet – mit der fraglichen

Verlässlichkeit meines Autos. Der Motor war jahrelang ohne größere Zwischenfälle durch L. A. gekeucht, und die Räder waren samt den Bremsen noch dort, wo sie hingehörten, aber eine Strecke von sechshundert Kilometern damit zurückzulegen, gab mir zu denken. In Jays BMW nach Santa Cruz zu fahren, klang viel realistischer, so, als würden wir auch tatsächlich ankommen. Die Frage des Transports war auch in Anbetracht einer nebulösen Einladung zu einer Party von Dritten, die sich verflüchtigen mochte, sobald ich sie wahrnehmen wollte, eine beruhigend konkrete Sorge.

«Ich glaube nicht, dass ich da mitkann», sagte Jay. «Im April produzieren wir unseren Spielfilm. Vielleicht bin ich am sechsten noch in Vegas. Wir filmen die Wüstenszenen mit den toten Kindern in irgendeinem Offroad-Paradies, und sie brauchen meinen Wagen, weil er Allradantrieb hat. Das ist scheiße, denn es wäre wunderbar gewesen, Peter zu sehen.»

«Er sagt, auf dieser Party wimmelt es von bedeutsamen Schriftstellern.»

«Aber nicht von Filmleuten. Jedenfalls solltest du sowieso fliegen. Flieg einfach nach San José und nimm von dort den Bus. Das kostet ungefähr einen Hunderter. Vielleicht kannst du ohne einen Ausweis mit Foto nicht fliegen. Das weiß ich nicht. Ich hab's nie versucht.»

«Ich war noch nie da oben», sagte ich. «Ich hab's ja noch nicht mal bis Malibu geschafft.»

«Ach Gott, ich wünschte, ich hätte Zeit, dich hinzufahren. Tut mir leid, wenn ich dir das bisher nicht erzählt habe, aber ich führe Regie.»

Ich war verblüfft. «Das ist ja toll!»

«Ich weiß. Die lieben mein Gespür für Bilder und meine Rückgratlosigkeit bei allem anderen.»

«Egal», sagte ich. «Solange dein Name draufsteht. Wer spielt die Kinder?» Ich wusste, dass die Erwachsenenrollen mit Filmstudierenden besetzt werden würden.

«Schauspieler», sagte er. «Du kannst in Westwood keinen Stein werfen, ohne einen zehnjährigen Schauspieler zu treffen. Und wenn die kleinen Mexikanerinnen dann tot sind, nehmen wir Kleidung und Perücken und legen Stöcke rein, damit sie besonders ausgemergelt aussehen.»

«Das ist so faschistoid.»

«Ich weiß», sagte er. «Ich liebe es. Aber ich habe mich gefragt. Ich hatte da diese Idee. Wenn du mir ein Drehbuch schreibst – ich meine, eines, das ich bei meinem Drehbuchworkshop für Fortgeschrittene einreichen kann –, müsste ich es nicht schreiben, und du könntest ein Feedback kriegen, ohne dass dir jemand die Idee klaut, denn sie würden alle glauben, es wäre meine. Ohne Drehbücher kann ich kein Autorenfilmer sein, aber im Ernst, ich habe im Moment einfach nicht die Zeit, einen abendfüllenden Film zu schreiben. Ich soll mich zwei Wochen lang mit Mom und Pop in Jackson Hole vergnügen, und danach bin ich verantwortlich dafür, diese Sache von Iñaki zu produzieren und dabei Regie zu führen.»

Ich sagte Ja. Fröhlich ließ er noch das Eingeständnis folgen, dass er seit mindestens einem Jahr von dieser Aufgabe gewusst hatte.

Am nächsten Tag flog er nach Wyoming, und ich begab mich an die Arbeit, aus *Dystopie: eine vorapokalyptische Feier* einen Pilotfilm für eine Fernsehserie zu machen. Das schaffte ich in zwei Wochen. Da der Plot dystopisch – versteckt faschistoid – war, schien er sich von selbst zu schreiben. Ich musste nur meiner Fantasie freien Lauf und die Kultur hindurchströmen lassen.

Der Schreibprozess erinnerte mich an die Bücher über die Grundsätze des Buddhismus, die Moms Rinpoche in seinem Souvenirladen verkauft hatte. Ich beobachtete meinen inneren Zustand mit ritueller Demut, ohne zu urteilen oder zu verallgemeinern, nahm das Dystopische radikal an. Ich verströmte reinen Geist, der weder intellektuell noch liebend oder stofflich war, sondern ein dystopisches Hintergrundrauschen, das mich stets umgab, wie der Himmel. Dieses Skript floss aus mir heraus wie geschmolzenes Gold.

Die idyllische spätkapitalistische Erde, ein Ort, bewohnt von Jammerlappen, die im Vergleich zu dem, was nun auf sie zukam, nie Probleme gehabt hatten, war zum Schlachtfeld in einem Revierkampf widerstreitender Aliens geworden – von Bergbauunternehmen gemietete Söldner, wie bei den Pinkertons –, die einem sogleich sympathisch waren, weil sie den verlässlichen Wunsch teilten, den Krieg zu gewinnen. Sie zischten in Kampfraumschiffgeschwadern herum und sahen cool aus. Die menschlichen Figuren wiederum waren einem sogleich sympathisch, weil sie Kanonenfutter waren. Die egalitären Massen starben ohne Ansehen von Nationalität, Rasse oder Überzeugung. Es bestand keine Gefahr, dass der Zuschauer sie mit den Aliens verwechselte, die von einem schwereren Planeten (Jupiter) stammten und aussahen wie orangefarbene Amöben mit drei Metern Durchmesser – zu Hause platt, bei sanfter Schwerkraft klecksförmig, im All kugelrund, aber immer in Sicherheitsorange und viel zu groß. Der Jupiter war ein amorpher Ort, an dem alle Organismen, ob intelligent oder nicht, schwebten wie Fett auf der Brühe. Die Industrie dort hatte sich zunächst auf die Versklavung einer Unterschicht verlassen, um schwere Elemente aus dem tödlich heißen Planetenkern zu gewinnen, aber dann erlaubte der technologische Fortschritt den Amöben, Mineralien auf Monden und nahe gelegenen Planeten zu schürfen, ohne das Leben von Arbeitern aufs Spiel zu setzen. Die Erde wurde wegen ihrer Salze geschätzt. Ihr Ökosystem interessierte die Aliens nicht sonderlich, obwohl sie bisweilen einzelne Organismen mit nach Hause nahmen und sie in dioramaartigen Habitats in einer kuppelförmigen Druckkapsel auf Ganymed ausstellten. Dort lag in einer Glassinkugel von ungefähr drei Metern Durchmesser eine Frau, die unablässig Durchfall ausschied, nackt auf einem Abflussrohr wie eine sexy Patientin in einer S&M-Cholerastation. Sie bekam nichts als Sojabohnen und Maissirup zu essen und zu trinken, weil die Amöben zu der Erkenntnis gelangt waren, dies seien die Grundnahrungsmittel der Menschheit. Während der Öffnungszeiten war das Behältnis auf allen Seiten von einer wogenden Masse orangefarbener Amöbentouristen umgeben, die ihre Augenflecke an die Oberfläche drückten. Erst wenn der Zoo schloss, konnte die Frau die beiden benachbarten Kugeln sehen. In einer befand sich eine Schar Spatzen, in der anderen ein junger Elefant, der als Baby gefangen worden war und sich nun nicht mehr bewegen konnte. Die überlebenden Menschenwesen auf der Erde – kühn, verwaist und in Lumpen – predigten eine Heilslehre pragmatischer Freundlichkeit. «Im absoluten Tod liegt die Wahrheit unserer gesamten Existenz», sagte ihre weise Führerin einmal, als sie in den Ruinen der Westminster Abbey die Wunden ihres sterbenden Sohnes abband. Glücklicherweise hatten progressive Amöben, die aus Nachrichtenclips über den Zoo gelernt hatten, den Kolonialismus mit Skepsis zu betrachten, den Plan entwickelt, die Erde für zukünftige Touristengenerationen zu erhalten. Eine von ihnen gesellte sich als eingebettete Journalistin unter die Söldner und entfernte sich wiederholt von der Truppe, um die lebenden Wunder der Erde kennenzulernen, etwa Tonaufnahmen von Musik. Die Amöben selbst brauchten kein Aufnahmegerät, denn sie konnten einander Erinnerungen übertragen, indem sie Pseudopodien berührten. Als der Pilotfilm endete, erhielten die Überlebenden ein Hoffnungszeichen. Die eingebettete Amöbe schob ein Pseudopodium durch ein winziges Loch in ihrem Raumschiff direkt in den Temporallappen der Menschenführerin – so schnell sie konnte, damit sie nicht platzte – und ließ sie sprachgestört und blutend zurück. Doch zugleich erfuhr sie blitzartig, dass es auf dem Jupiter auch nette Amöben gab; die Amöbe lernte ihre Sprache, und Folge zwei trat auf den Plan.

Dystopie war eine Tour de Force der Erniedrigung, Entmenschlichung, Beschmutzung, Zerstörung und des satirisch Offensichtlichen. An einem Donnerstagabend schickte ich es Peter. Samstagnachmittag meldete er sich per Textbotschaft: «Genozid ohne Antifa-Politzinnober. Liebe es!!!»

Ich schrieb zurück: «Ist es irgendwie emanzipatorisch?»

«Emanzipatorisch = Show, um die Aliens zu überzeugen, dass Menschheit rettenswert», textete er. «Wir eignen uns ihre Künste an, lernen Mitose, bilden Pseudopods etc. S. a. Forster, Suche nach Indien.»

Nachdem ich hier und da noch ein wenig nachgeschliffen und den Dialog poliert hatte, schickte ich das Drehbuch Jay. Fünf Tage später antwortete er.

«OMG, OMG», schrieb er. «Das wird so was von EINSCHLAGEN. Es wird OPTIONIERT werden.»

Ich wand mich vor Freude und badete im Glanz meiner Fabelhaftigkeit. In den Augen meiner Freunde war ich längst eines der Monster aus *Monster.*

Ich fing an, mir mein Skript laut vorzulesen, und schrieb es um und um, bis es keinen Konflikt mehr gab, den ich nicht pointiert, und kein Gefühl, das ich nicht herausgearbeitet hatte.

Gleichzeitig, um nicht den Verstand zu verlieren, begann ich ein Drehbuch, das auf Avalon spielte. Die gesamte Einwohnerschaft war königlichen Geblüts, wie auf dem Frontispiz von Hobbes *Leviathan,* Ritter und hochwohlgeborene Ladys, die ein zivilgesellschaftliches Leben in erlauchter Keuschheit führten, während ihre private Existenz ausgeblendet blieb, und das Drehbuch konzentrierte sich auf ein junges Ritterfräulein, das einen verwaisten Seeotter flaschenfüttern wollte. Um die

Milch musste sie an der Tafelrunde bitten, denn es gab sehr wenig im agrarisch-kommunalen Avalon – nur das, was die Fohlen und Hirschkälber übrig ließen (Ziegen und Schafe gab es zum Schutze der Vegetation nicht, und schon gar keine Kühe, damit die Wiesen hübsch blieben) –, und das wenige war längst vergeben. Ein ritterlicher Freund schenkte ihr seine Milchration und half ihr, den Otter bis zur Entwöhnung zu füttern. Dann brachten sie ihn zu seiner Kolonie zurück, wo er, behütet von vegetarischen Orcas, herumtollte und Meeresschnecken fraß.

Ich dachte: Wenn ich ein Alien wäre, würde mich das hier dazu bringen, die Menschheit zu retten? Und ich merkte, dass es das nicht tat, weil nur ein faschistischer Alien die Menschheit überhaupt erst vernichten wollen würde.

Ich verwandelte die Orcas zurück in fiese Spitzenprädatoren. Die Heldin riskierte den Tod, indem sie die Otter mit ihrem seegängigen Kajak und einem Speer verteidigte. Die Faschistin in mir liebte sie mehr denn je. Die Faschistin in mir wollte sie retten.

Während ich mich Vollzeit meinem Handwerk oder meiner düsteren Kunst widmete (*Dystopie* war mein Handwerk, *Rückkehr nach Avalon* meine Kunst), nahm ich auch noch einen weiteren Gärtnerjob bei einem älteren Freund von Mark an. Er hatte die Stadt gegen Schadenersatzklagen bei Personenschäden verteidigt, war jetzt in Rente und hoffte, seine Ausgaben zu reduzieren, indem er seinen Rasen durch einen Steingarten und trockenheitsresistente Bodendecker ersetzte. Er hatte Probleme mit den Beinen und konnte sich weder hinhocken noch hinknien.

Er unterhielt sich gern mit mir, während ich arbeitete. Er sagte, seine Prozessgegner hätten nach zwei Mottos gelebt: «Nenn mir einen Schaden, und ich besorg dir einen, der dafür haftet», und «Wem Schmerzen zugefügt wurden, der muss dafür entgolten werden». Seine lustigen Geschichten handelten von Menschen, denen weder Schaden noch Schmerzen zugefügt worden waren. Seine bitteren Geschichten handelten von Menschen, an deren Schäden und Verletzungen nicht die Stadt schuld war. Er erzählte mir gerade von einem unversicherten Taxifahrer, der in eine Menschengruppe auf einem Zebrastreifen gerast war, die daraufhin die Stadt verklagte, als ich Harleys nahen hörte.

«Ich brauch was aus der Garage», sagte ich und huschte ins Haus.

Hinter seinem Wagen hervor sah ich mindestens zehn Biker langsam vorbeifahren, die meisten ohne Helm, aber mit amerikanischen und konföderierten Flaggen. Ich erkannte Country, Loki und Typen namens Ramblin' Man und Damien. Der pensionierte Anwalt stand in Habachtstellung und salutierte.

Als ich wieder rauskam, fragte ich ihn, warum er salutiert hatte.

«Weil ich nicht so schnell auf den Beinen bin wie du.»

«Ich kenne diese Typen», sagte ich. «Sie waren gute Freunde von Larry Henderson, und sie hassen mich.»

«In dem Fall danke, dass du dich versteckt hast.»

Da ich ganze Tage draußen war und meinen Gärtnerjobs ungeachtet des Wetters nachging, konnten Susan und Mark nicht viel gegen mein Arbeitsethos einzuwenden haben. Ich hatte ihnen nie etwas von meinem Geschreibsel gezeigt und immer gesagt, es sei zu amateurhaft, als dass es von anderen als Studierenden gelesen werden könne – was bestimmt zutraf –, aber sie wussten, dass ich auch viel Zeit mit Tippen verbrachte.

Das wussten sie sogar genau, denn sie respektierten meine Privatsphäre nicht. Susan klopfte oft bei mir, während sie schon die Tür aufmachte, um mich zu fragen, ob ich etwas zu essen oder zu trinken wollte. Ich saß beim Arbeiten mit dem Rücken zu ihr an einem Tischchen, deshalb konnte sie sehen, dass ich ein Dokument ausfüllte.

Eines Abends beim Dinner fragte sie, ob vielleicht sie beide mein Skript in Form eines dramatischen Tischvortrags lesen sollten. Das könnte doch Spaß machen und mir vielleicht sogar helfen.

In einem Augenblick mentaler Schwäche erwiderte ich, dass es in Bälde sowieso an der UCLA Thema eines Workshops werden sollte.

«Das versteh ich nicht», sagte Mark.

«Ich schon», sagte Susan. «Sie macht Jays Hausaufgaben!»

«Bran, du solltest nicht –», fing er an, aber sie stoppte ihn.

«Leute machen schon ein Leben lang für Jay die Hausaufgaben, und ich kann nicht behaupten, dass es ihnen irgendwann geschadet hätte», sagte sie. «Für ihn war es sicher eine Hilfe!»

«Tja, wenn man es so betrachtet», sagte Mark. «Aber ist das fair?»

«Er wird mir nicht mein Drehbuch klauen», sagte ich. «Falls jemand es optionieren wollte, wäre ihm seine Seminarnote total egal. Er ist mein Freund.»

Emotional war ich ein auf die Hügel über Santa Cruz gerichteter Marschflugkörper, noch nicht abgefeuert, aber sich innerlich darauf vorbereitend. Das Warten auf Peter kam mir nicht mehr lang vor. Ich war ihm seit anderthalb Jahren, seit unserem Hotelwochenende mit dem Trip nach Joshua Tree, nicht mehr nahe gewesen. Da zählten ein oder zwei Monate nicht viel. Ich fühlte mich, als könnte ich die Luft anhalten oder ein Nickerchen machen, und schon ginge die Party in Santa Cruz los.

Mitte März schickte er mir die Infos für die Einladung. Die Party begann am Nachmittag des elften April um sechzehn Uhr dreißig. Das gab den Gästen Zeit, von Palo Alto aus dort hinzukommen und sich dann ein bisschen auszuruhen, und filterte den Teil der Leute aus, der es eilig hatte, nach der Konferenz noch irgendwo anders hinzufahren. Peter zufolge kam auch ein anderer subtiler Strukturzwang zur Anwendung. An Aprilsamstagen mussten viele, die um die dreißig waren, zu Hochzeiten fliegen, deshalb kamen zu der Party vorwiegend Leute aus anderen Altersgruppen, also Studenten und Über-Vierzigjährige.

Nun, da ich die Adresse besaß, fand ich heraus, dass meine vagen Vorstellungen mit verschwommenen Luftaufnahmen des Grundstücks unterfüttert werden konnten, die sich wiederum penibel mit Ausschnitten online erhältlicher topografischer Detailkarten zur Deckung bringen ließen. Ich studierte digitale Schnappschüsse, bis ich den Duft der nördlichen Küstenvegetation und der feuchten Waldnebel geradezu riechen konnte. Auf dem Grundstück gab es Nebengebäude, etwa eine Scheune, in der sich bestimmt ein Heulager finden würde, zu dem er und ich hinaufsteigen und die seltsame Geschichte, die zwischen uns lief, Revue passieren lassen konnten. Vielleicht würde das nur drei Minuten dauern, aber für diese drei Minuten lebte ich.

Manchmal gelang es mir, auf Retrospektive zu schalten und mich selbst zu veralbern, weil ich eine solche Vorfreude empfand, aber das hielt mich nie davon ab, sie weiter zu empfinden.

Während ich in solchen Gedanken schwelgte, säuberte ich Wegkanten, saugte Pools, redigierte fleißig *Dystopie* und löschte wieder und wieder *Die Rückkehr nach Avalon*, um sie dann neu abzuspeichern. Um den unabsichtlich sadistischen Aliens Gerechtigkeit widerfahren zu lassen, musste ich die Konsequenzen einer Neuerfindung der Natur durchdenken. Um den mutigen kommunistischen Adligen gerecht zu werden, musste ich die Gesellschaft als Gesetzgeberin neu imaginieren. Letzteres – der utopisch-politische Weltenbau – war ungleich schwieriger. Es war, als fantasierte man flussaufwärts, gegen die Strömung.

Im April erzählte ich Susan und Mark endlich von der Party. Sie rieten mir sehr hinzufahren. «Sei nicht schüchtern», sagte Mark. «Das ist ein Glücksfall. Ernsthaften Schriftstellern vorgestellt zu werden, könnte sich als Wendepunkt in deinem Leben erweisen.»

«Und Drew Miller!», sagte Susan. «Seine Storys sind brillant, und er ist so berühmt. Ich bin beeindruckt, dass dein Freund Peter es hingekriegt hat, dich da einladen zu lassen.»

Ich war versucht, mich in Schale zu werfen, aber sie versicherte mir, dass Partykleidung unnötig und nicht anzuraten sei. Wenn ich mich zu auffällig fühlte, würde ich mich vielleicht aus meinem Körper heraus- und in die kritischen Augen imaginärer Skeptiker hineinversetzen und dann so gelähmt dastehen wie ein Häschen. Sie half mir, einen dunkelgrünen Pullover auszusuchen, den ich zu hochsitzenden Jeans und Stiefeletten tragen konnte. «Entscheidend ist, dass sie sauber bleiben, bis du hinkommst», sagte sie. «Zieh nichts davon an, bis du das Haus sehen kannst.»

Am nächsten Tag ließ sie zusätzliche ernste Ratschläge folgen: «Wenn du dir Sorgen über dein Aussehen machst, verschwende keine Zeit damit, darüber nachzugrübeln. Such dir einen Spiegel! Genauso, wenn du dich einsam fühlst. Menschen brauchen Augenkontakt und ein Lächeln. Was sie vor der Erfindung des Spiegels gemacht haben, ist mir schleierhaft.»

Ich war versucht zu sagen: «Mir nicht.» Ich hatte Spiegel viel zu spät im Leben entdeckt.

Fifi, Henry oder Will erzählte ich nichts von meinen Plänen. Diesen extrem flatternden Ball wollte ich nicht in ihre Strikezone lobben. Sie hätten mich glatt aus dem Park geschlagen. Das überließ ich Jay.

Es kümmerte mich auch nicht mehr, was Fifi und Henry dachten. Ihr Umgang mit mir war distanziert geworden. Sie hatten aufgehört, sich mit mir zu identifizieren, falls sie je damit angefangen hatten. Sie hatten keine Subjektivität mehr zu verschwenden. Sie waren wieder zusammengekommen, und sie widmeten ihre Zeit der uralten Herausforderung, zwei Gemüter in zwei Köpfen in Einklang zu bringen; da waren kein Platz und kein Bedarf für irgendwelche Mitläufer. Ich hatte das Recht, nach den gleichen utopischen Konditionen zu streben wie sie. Ich würde alle Mittel einsetzen, die mir zur Verfügung standen, und die waren so dürftig, dass ich mir fast nackt vorkam. Ich würde alles riskieren, indem ich fast nichts einsetzte, denn im Gegensatz zu all den anderen, die ich kannte, wollte Peter nur, dass ich im Glanz meines Ruhms erstrahlte, und nichts sonst. Da war ich mir ziemlich sicher. Davon war ich fast überzeugt.

Der Trip wurde in zahllosen Stunden zerstreuter Vergegenwärtigung geplant. Ich packte mein ganzes Geld, einen brandneuen Schlafsack, ausgewählte Kleidung und Toilettenartikel, Handtücher, Papiertücher, Wasser, Brot, Erdnussbutter, eine Schachtel Grape-Nuts, eine Schale, einen Löffel, Kekse und eine Tüte Birnen ein. Für Milch und Mikrowellen-Burritos wollte ich auf Tankstellenmärkte setzen. Dank meiner spontanen Beherrschung solcher Reiselogistik kam ich mir meisterhaft vor, als wäre der Brand in mir eine kühle blaue Flamme. In der Tat hatte ich keine Chance, den Weg von Torrance nach Santa Cruz auf impulsive, unbedachte Weise zurückzulegen. Hinlaufen konnte ich ja schlecht. Vielleicht gab es Milliardäre, die in einer solchen Lage ihren Helikopterpiloten hätten anrufen können, aber meine beste Wahl war eben der Mazda.

Mark hatte mir das Versprechen abgenommen, dass ich die kalifornische State Route 1 nehmen würde, die zweispurige, an der Küste entlangführende Alternative zum PCH. «Da sollte jeder, der in Kalifornien lebt, mal langgefahren sein», sagte er. «Das ist unser angestammtes Kulturerbe.» Ich stimmte zu, zum Teil schon deshalb, weil der Mazda bei über neunzig Sachen (die er in L. A. selten erreichte) auf beunruhigende Weise zu vibrieren begann. Ich wollte eine Bummelstrecke. Zudem hatte ich gehört, dass viele Biker – nicht nur Memmen wie Mark – den Ruhm der Route 1 feierten. Da musste es diese Art von ungeschlachter Schönheit geben, die einem ins Gesicht springt.

Mein Plan für die Party kristallisierte zur taktischen Essenz. Wie eine Einbrecherin vom Lande in unauffälliges Blau und Grün gekleidet, würde ich mich von der Hauptstraße in die Büsche schlagen, mein Opfer auskundschaften und es von welcher Menschenschar auch immer, die es in seiner Funktion als Provokateur unterhielt, weglocken, und dann was? In aller Ehrlichkeit, was?

KAPITEL ZWÖLF

Ich ließ mir vier Tage Zeit für die Fahrt, brach also am Mittwoch davor auf. Bildbände in der öffentlichen Bibliothek hatten die Stationen der Reise so schön wirken lassen (nicht jede Straße hat ihre eigenen Coffee-Table-Bücher!), dass ich gern an jeder einzelnen anhalten können wollte. Und der Mazda hatte die Angewohnheit, das Kühlwasser bis kurz vor dem Siedepunkt aufzuheizen und dann in diesem Zustand zu verbleiben, da wollte ich nichts riskieren.

Ich eilte mit Weile – der Verkehr war so, dass kein Fahrzeug wirklich «eilen» konnte – an den Channel-Islands-Fährhäfen vorbei und kämpfte mich durch die ersten, vorstädtischen hundertfünfzig Kilometer, die mit kleinen Ortschaften und Seebädern zugebaut waren, aber als sich das Vorland weitete und der Ozean größer zu werden schien, schlich ich nur noch dahin. Ich reihte mich in einen endlosen Konvoi von Wohnmobilen ein, die allesamt gleichzeitig diese Vergnügungsfahrt unternahmen. Wenn Biker im Rückspiegel auftauchten, verlangsamte ich, um sie vorbeizulassen. Dabei zitterten mir dann die Hände am Lenkrad, aber bei den meisten handelte es sich um adrette Rentner auf Hondas.

Es war ermüdend, hinter ständig bremsenden Panzern herzufahren, deshalb hielt ich einmal die Stunde am Straßenrand oder in einer Parkbucht, stellte mich an die Leitplanke und schaute hinunter auf verrammelte Häuser und schmale, mit Muscheln und Seetang übersäte Strände.

Ich hatte längere Pausen machen wollen, aber der unbewusste Antrieb, größere Entfernung zwischen mich und Torrance zu bringen, war stärker. Am ersten Tag legte ich mehr als dreihundert Kilometer zurück.

Diese Nacht verbrachte ich an irgendeiner Seitenstraße, geparkt neben einer abgeweideten Wiese.

So viel ich über das Übernachten im Auto gesprochen hatte, ausprobiert hatte ich es bislang nur in der Wüste. Als ich jetzt gegen den Tau und die Insekten die Fenster schloss, waren die Scheiben binnen Minuten beschlagen. Es muss leicht zu sehen gewesen sein, dass sich dahinter jemand aufhielt. Bevor ich auf dem Rücksitz zusammengerollt einschlief, war mir furchtbar kalt. Doch obwohl in der Nähe Häuser standen und Autos vorbeifuhren, störte mich niemand, und am Morgen erinnerten mich die Vögel an die vier über die Bilder gelegten Tonspuren von Chorgesang in *Avalon*.

In Morro Bay, meinem ersten eingeplanten Ziel, traf ich bei Flut ein und spazierte auf dem Damm zu dem Monolithen hinaus, wobei mich ein Gefühl elementaren Einsseins beschlich. Der Morro Rock ist eine Kugel aus Tiefengestein von unvorstellbarem Gewicht. Ich hatte noch nie etwas so Großes gesehen und auch noch nichts, was so hartnäckig es selbst war. Es glich einer Kreuzung aus einer heiligen Stätte und einem zweifelhaften Rollenmodell.

In der Luft über der Lagune hing eine dicke Schicht von salziger Gischt und Nebel, die die herumspazierenden Vögel verschwommen und die fluoreszierenden Windsurfsegel pastellfarben erscheinen ließ. Ich ging, sowohl vom Strand als auch von einem Haufen am Rand des Damms geparkter Wohnmobile angezogen, im Zickzack. Einige der Wohnmobile hatten Markisen aufgestellt, die sie wie Verzehrstände aussehen ließen.

Dann fuhr ich weiter, hielt aber bald wieder, um einen Burrito zu essen. Dabei lehnte ich mich auf dem Parkplatz des Lebensmittelladens ans Heck meines Kombis.

Ein paar Kilometer weiter gab es eine Marsch voller Spießenten – hübsche Tiere mit langen, schlanken Hälsen, die in einem leichten Regenschauer leise quakend allesamt um die beste Position kämpften. Dieser Anblick war so schön, dass ich das Auto erneut parkte und mir schon Gedanken über einen weiteren Spaziergang machte. Aber dann überlegte ich es mir doch anders (kein Schirm) und fuhr weiter.

Ich war froh, gen Norden unterwegs zu sein. Die Straße war kurvenreich und bot zahlreiche Ablenkungen, und die zwei Spuren wurden durch Felseinschnitte und bröckelnde Bankette nur noch schmaler. Die windempfindlichen Wohnmobile schwankten bei jeder Bö: Die Fahrer fühlten sich wahrscheinlich gerade dramatisch lebendig. Sie bremsten jäh an Aussichtspunkten und wendeten abenteuerlich auf der Straße. Nach Norden unterwegs zu sein, hieß, dass ich auf der Bergseite fuhr. Falls jemand mich von der Straße drängte, würde sich mein Wagen an der Böschung ein paar Schrammen holen, aber ich würde nicht geräuschvoll in den Pazifik stürzen.

Ich fuhr am Hearst Castle vorbei, einem kryptofaschistischen Traumhaus, wo alle außer mir zu halten schienen, und parkte erst ein Stück weiter in der Nähe eines Strandes voller See-Elefanten. Die waren in der Mauser und streiften die Haut in Flicken und Fetzen ab. Wie der Morro Rock sind See-Elefanten sehr sie selbst und eins mit ihrer tiefsten Natur. Es wäre deprimierend, sie sich irgendwie anders vorzustellen. Sich vorzustellen, sie wollten nicht rohen Tintenfisch essen, bis sie eine Tonne wogen, wollten nicht in einem Harem leben und vergewaltigt werden, hätten aber keine Wahl, weil ihre Identität (einfacher See-Elefant) es eben so festlegte. Man muss annehmen, dass sie, wie Steine und Feuer, glückliche Wesen sind. Aber was, wenn sie es hassen? Wer hat behauptet, das Dasein sei ein Zuckerschlecken?

In den anderen Nächten schlief ich auf Campingplätzen in State Parks. Die kosteten zwar Geld, waren aber – wahrscheinlich – sicherer als der Straßenrand und hatten Duschen. Sie lagen verborgen in schattigen Senken, waren nach menschlichem Maß angelegt und boten Gelegenheit, mir den Staub abzuwaschen und mich über die Winzigkeit meiner frisch geschrubbten Ohren und Zehen zu wundern. Die Unermesslichkeit der Landschaft machte mich physisch klein. Aber ich kannte (oder kenne?) kein beruhigenderes Gefühl beim Alleinsein, so krank das klingen mag: eine Welt voller Erhabenheit, und ich selbst darin unbemerkt, ein fliegender Augapfel.

Weiter fuhr ich. Zu meiner Linken lagen nun ausgedehnte Weiden mit Vieh darauf, die sich zu entfernten Farmgebäuden hin erstreckten oder zu Leuchttürmen, hinter denen es schluchtig zum Ozean hinabging – namenlose Tableaus mit lediglich nummerierten Adressen, die sich nach jeder Kurve wiederholten, keine landschaftlichen Highlights oder gar öffentliche Parks. Zu meiner Rechten gruben sich verlockende, mit Bruchsteinen übersäte und tief eingefurchte Feldwege in die Hügel. Ich hätte am liebsten Monate damit verbracht, sie alle abzuwandern. Ich hielt an einem Aussichtspunkt und sah eine endlose Kolonne Pelikane gen Norden streben, nach Oregon, Alaska oder wo immer sonst Pelikane Arbeit suchen. Diese hier waren sichtlich unbemittelt, fliegendes Lumpenproletariat, aber so frei wie die Luft. Von einem Café an der Straße aus textete ich Peter: «Big Sur ist geschafft.»

Ein amerikanischer Mythos stylt Big Sur als einen Ort von besonderer Exquisitheit, er sei darin den künstlichen Schönheiten von Kioto, Amalfi, Cornwall usw. (der zugebauten Alten Welt und Eurasien) weit voraus, auf gleichem Niveau wie die Tetons und der Grand Canyon. Ich war nicht immun gegen amerikanische Mythen. Seitdem die ursprünglichen Kulturen dieses Kontinents mehr oder weniger dem Genozid anheimgefallen sind, besteht allgemeine Übereinkunft darüber, dass die Wildnis seine Schönheit ausmacht. Ich spazierte in die Redwoods hinein. Mit ihrer Höhe schienen sie prädestiniert für ein Leben in schwacher Schwerkraft, vielleicht auf Ganymed. Eine Erklärungstafel führte ihre flachen Wurzeln und ihre Neigung, beim ersten Windstoß umzukippen, als Grund dafür an, dass sie sich in Hainen organisierten. Hungrige, aber derart zurückgewiesene Stürme suchen sich dann andere Ziele. Als ich auf einer warmen, hellen, luftigen Wiese landete, auf der es von Schmetterlingen und Mohn wimmelte, textete ich ihm erneut, wie eine schlechte Dichterin: «Schwarzeichen Erdbeerbäume Kerbel Mammutbäume Mohn einfach alles!!!»

Als ich hinter beschlagenen Scheiben auf meinem Campingstellplatz einschlief, textete er zurück: «Lass die Orangen (des H. Bosch) nicht aus habs nie gelesen – kein Porno kenne nur den Porno. Liebe dich.»

Am Morgen der Party tourte ich durch Point Lobos, was vielleicht der faktisch hübscheste Ort des Universums ist. Also, sagen wir, es gäbe einen (theistischen) Gott: Wie würde der ihn noch verbessern? Was könnte irgendjemand tun, um ihn noch hübscher zu machen? Jeder Ast jedes windschiefen Baumes war so gravitätisch arrangiert, dass er aus allen Richtungen poetisch aussah. Jeder Stein mit unbekümmerter Anmut gefallen. Aber bewohnbar war dieser Ort nicht. Es wuchs dort nichts Essbares, Unbelebtes, das Erkennungsmerkmal jedes echten Paradieses. Keine Obstbäume, keine Wildbeeren, nicht einmal eine Frischwasserquelle gab es. Gallertige Meerestiere krauchten über den Rand eines chaotischen blauen Ozeans, wo kreischende Möwen Kreise über wellengeworfenen Ottern zogen. Wo immer ich ging, rannten Wachteln davon, und stumme Alarmglocken zitterten auf ihren Köpfen. Der Park bot Besuchern mit Gesichtssinn und passiver Lust auf Bewegung Perfektion – also Autofahrern wie mir, direkt vom Highway kommend, dazu vielleicht Futuristen und Leuten, die auf ihren Telefonen den ganzen Tag lang durch Videos scrollen. Die strömende, wogende Natur dieses Ortes und die Stichbewegungen der Äste im Wind laugten mich aus. Auf der Suche nach einer ruhigen Ecke fand ich eine unter einem niedrigen Überhang, windgeschützt an einem Strand, wo ein Haufen Felsen das Wasser genügend glättete, dass ich die Fische darin sehen konnte – zierliche graue Fische, glotzäugig und so teilnahmslos wie die Wächter von Avalon. Dieser Strand könnte eine Pforte sein, dachte ich. Jeden Moment mochte das Boot auftauchen, um mich hinzubringen.

Und plötzlich war wieder alles wundersam. Der Wind, der über mir in die Bäume peitschte, wurde zu einem entscheidenden Element der Komposition. Es konnte keine Sicherheit ohne Gefahr geben, keine Gefahr ohne den festlichen Schimmer der bunten Lichter der Erlösung, der einen wiederum tiefer in die Gefahr hineinzog und dabei beständig das Gefühl verstärkte, man genieße göttlichen Schutz, eine endlose Spirale …

Die oszillierende Erhabenheit von Point Lobos mit ihrem betörend faschistoiden Wesen, in Verbindung mit meiner naiven Sehnsucht nach dem Utopischen, ließ mich Peter einmal zu viel texten («Du musst hierherkommen», «Finde einen Weg, mach es am Montag, bring den Italiener mit», «Superschwer zu beschreiben»), ohne dass ich eine Antwort bekam. Ich blieb vier Stunden und schickte Jay ein Foto eines Hähers, der auf dem Parkplatz umherstreifte.

Nachdem ich Point Lobos hinter mir gelassen hatte, war ich im Land der Wohlhabenden, was mich ebenfalls an Jay erinnerte. Carmel-by-the-Sea war voller Cafés, wo er für sechsundzwanzig Dollar Pulled Pork hätte bestellen und sich dann beschweren können, dass man ihm zu viel Brot serviert hatte. Ich suchte mir eine Tankstelle und kaufte mir frische Milch für meine Grape-Nuts.

Monterey ließ ich aus – zu groß – und hielt erst in Moss Landing wieder. So ein stiller Ort! Wohnmobile fuhren langsam an der Lagune vorbei und parkten auf zuckrigem weißem Sand. Hinter Horden von Wasserläufern zogen Surfer Schaumschnörkel ins Meer. Ich hatte noch fast drei Stunden, bevor ich bei der Party auftauchen sollte, und die Duschen am öffentlichen Strand von Santa Cruz waren weniger als eine Stunde entfernt. Trotzdem fuhr ich weiter.

Die Stadt erwies sich von vorn bis hinten als Hells-Angels-Ort, als wäre ich in eine Gedächtnisfahrt geplatzt. Ungeachtet der fast sechshundert Kilometer zwischen mir und Torrance war ich erleichtert, das zu sehen. Ich fand eine Parkgelegenheit in Strandnähe. Die Duschen waren unverschlossen und sauber genug. Das Wasser war kalt, aber nicht eisig. Ich wusch mir die Haare und schrubbte mich mit Seife ab, und niemand klaute mein Geld. Ich hatte meine saubere Kleidung als Kopfkissen benutzt, aber wie durch Zauberei hatte sie keine Falten bekommen. Gute Vorzeichen, nichts als gute Vorzeichen. Ich lief auf den Pier hinaus, um mein Haar trocknen zu lassen, während ich auf die Zeit zum Aufbruch wartete. Kleine Boote und seewärts steuernde Enten tanzten auf dem Wasser. Hunde und Schlammtreter pirschten im Sand. Auf der Promenade machte eine Familie mit vielen kleinen Kindern Rabatz. Die Sonne stach wärmend durch einen dünnen Wolkenschleier. Ich textete Peter und bekam keine Antwort.

Die Straße zum Haus hinauf war steil und kurvenreich. Ungefähr zwei Kilometer vor Drew Millers Einfahrt begann der Mazda zu stottern, als ginge ihm der Sprit aus. Ich schaltete in den zweiten und dann in den ersten Gang. Die Temperaturwarnleuchte ging an, und unter der Motorhaube hervor drang ein Säulchen Dampf. Ich hielt, stellte den Motor ab, zog die Handbremse so fest, wie es ging, und war froh, den Berg schon so früh hinaufgefahren zu sein.

Fünfzig Meter zuvor hatte ich eine kleine Wegausbuchtung neben ein paar Briefkästen passiert; dahin ließ ich den Wagen jetzt zurückrollen und rangierte ihn dicht an den Rand neben einen Ginsterbusch. Ich langte nach dem Rucksack auf dem Beifahrersitz, um das letzte Stück zu laufen.

Millers Postkasten war deutlich beschriftet – keine Irrtumsgefahr –, und in seiner Zufahrt lag ein sauberer, schmaler Streifen Kies auf Lehm, an dessen Rand zu beiden Seiten einheimische Sträucher und Tannen wuchsen. Nach hundert Metern hörte ich links von mir einen Bach fließen. Dahinter sah ich eine Weide, die so groß war, dass ihr sanfter Bogen in den Himmel ragte wie ein Kap. Die hellgrüne Wiese gegen den blauen Himmel war auf eine Weise schön, wie ich sie am liebsten mochte, wie die Downs in Großbritannien – wie der Glastonbury Tor –, schwingende, schwellende Grashügel, deren Baumbestand vor langer Zeit die Römer oder sonst wer gefällt hatten.

Fotos der Küstenlandschaft nördlich von San Francisco stimmten mich traurig, weil ich mir dabei Holzfäller vorstellte, die sich mit ihrer Gier eine goldene Nase verdienten, aber dass Englands Baumgrenze auf Meereshöhe lag, konnte ich akzeptieren, als bewunderte ich insgeheim die Römer.

Vom freien Feld her hörte ich Lerchen. Der Fahrweg blieb im Schatten; er fiel ab und querte den Bach über einem Durchlass, bevor er in spitzem Winkel nach rechts in eine Senke voller Redwoods abbog. In diesem waldigen Tälchen stand unter einem roten und weißen Schild, das HIER PARKEN sagte, ein einzelnes Auto. Der Fahrweg setzte sich um eine Kurve herum fort.

Es war kein Geräusch zu vernehmen. Kein einziges.

Ich dachte: Gut, bleib ruhig, sollte das nicht eine Party werden, wo sind die anderen Leute?, und begann zu schwitzen, als Peter am oberen Ende einer wackligen Holztreppe erschien. Er sah so buntscheckig aus wie immer – schwarzes Haar, weiße Haut –, trug Chinos zu einem blassblauen Button-down-Hemd und dazu einen gelösten karmesinroten Harvardschlips mit winzigen karmesinroten Schilden darauf, deren jeder die Aufschrift eines unleserlich winzigen, seidenen VERITAS andeutete. Mit der Hand am Geländer kam er langsam zwischen den Stämmen die Treppe herab und starrte mich an.

«Peter!», sagte ich. «Wolltest du mich reinlegen? Findet gar keine Party statt?»

«Ja und nein», sagte er, während er auf festen Boden trat. «Die Party fängt erst um sieben an. Aber ich kann gar nicht fassen, wie toll du aussiehst. Ich hab dich kaum erkannt. Wo ist dein Wagen?»

«Der hat vor einer Viertelstunde den Geist aufgegeben, deshalb bin ich gelaufen.»

Wir umarmten uns, und dann küssten wir uns. Meinen Hintern in meinen neuen Jeans zu finden, war keine große Herausforderung für ihn. Der Rucksack machte es ihm schwer, irgendetwas anderes zu finden. Ich langte von hinten unter sein Hemd und spürte seinen feuchten, leicht behaarten Rücken.

«Yasira hat sich entschieden, nicht mitzufahren», sagte er netterweise, während er den Schlips abnahm. «Sie ist mit ihrer Mutter in San Francisco.»

«Ich dachte, hier findet man vielleicht irgendwo so was wie einen Heuschober», sagte ich, umstandslos zum Thema kommend wie eine geübte Erotomanin.

«Ich hatte noch keine Zeit, mich umzusehen.»

«Wir könnten uns einfach davonmachen. Zu meinem Auto gehen, dann in ein Motel und zur Party zurückkommen oder so.»

«Ich habe mein Telefon im Haus gelassen. Hast du Bargeld? Das wird mindestens hundert Dollar kosten, wenn wir an einem Samstag um diese Zeit überhaupt was finden. Kannst du über dein Telefon Zimmer reservieren?»

Etwas Einfaches war sperrig geworden, und ich sagte: «Weißt du was? Vergiss es. Ich habe keine Kreditkarte, und mein Bargeld brauche ich, um nach Hause zu kommen.» Das stimmte nicht ganz, aber wie konnte ich mit ihm schlafen und dann Geld von ihm nehmen, und wenn nur, um nach Hause zu kommen? Ausgeschlossen, vorher würde ich mich umbringen. Ich wusste, dass ich die Stimmung verdorben hatte. Ich wollte sie zurück. Deshalb fügte ich hinzu: «Tut mir leid, dass ich was gesagt habe.»

Er hatte den Schlips in der Hand wie eine rote Flagge. Er stopfte ihn in die Vordertasche seiner Hose. Wir standen da, unsicher, was wir machen sollten, und hörten ein Auto kommen.

Dort, wo der Fahrweg sich weiter zum Haus hinaufwand, zweigte ein schmalerer Pfad ab und folgte dem Bachlauf. Peter setzte der trivialen Peinlichkeit ein Ende – sie fühlte sich erdrückend ewig an, bis sie augenblicklich verflogen war –, indem er mich zu diesem Seitenpfad führte, den wir nun ganz uncharakteristisch entlanghetzten, um nicht entdeckt zu werden. Er wand sich ein paar Hundert Meter durch eine kleine Schlucht und endete am Geriesel eines halbkreisförmigen Wasserfalls in einen flachen Teich voller Wasserläufer. Hinter einer über einen Meter dicken Douglasie verbarg sich eine feuchte Nische, in der eine dicke Schicht immergrüner Nadeln lag, und dort knieten wir einander gegenüber, bald mit gerafften Hemden und heruntergelassenen Hosen.

Schließlich waren wir überwältigt genug, uns in ungefähre Position zu bringen und etwas zu tun, das dem Geschlechtsverkehr in jeder bedeutsamen Hinsicht nahekam, vor allem nachdem ich meine Reißverschlussstiefeletten abgeschüttelt und die Hose ganz ausgezogen hatte. Nach Jungfrauenstandards gemessen, vögelten wir wie die Champions, einfühlsam zunächst, aber dann immer mehr so, als wären unsere Körper Hindernisse, die wir durchdringen müssten, um die Flammen, die uns den Verstand auffraßen, zu vereinigen.

Diese Momente werde ich nie vergessen. Niemals. Als sie, für diesmal, unbestreitbar vorbei waren, lag ich im Taumel einer verwirrenden Mischung von Seligkeit, Glück, Vergnügen, Zufriedenheit, Befriedigung und Erfüllung. Er küsste mich wieder und wieder und sagte, diese Erfahrung sei zu schön gewesen, um wahr zu sein, und er müsse jetzt zurück und sein Gesicht zeigen, denn der Italiener wache bestimmt bald aus seinem Nickerchen auf. Es war schon kurz vor halb sieben. In den Fantasyromanen steht die Zeit immer still, wenn die Protagonisten sich in Paralleluniversen aufhalten, aber im echten Leben hatte sie sich mächtig beschleunigt.

Ich benetzte meinen Unterleib mit Wasser aus dem eiskalten Bach. Er entfernte knisterndes Laub und Flechten aus meinem Haar und sah zu, als ich es bürstete. Er fragte, ob ich nun schwanger sei, und ich sagte: «Wahrscheinlich nicht.»

Unsere Hände fanden sich, und wir sahen uns ein paar Sekunden lang tief in die Augen, dann zogen wir unsere Jeans und Schuhe wieder an und gingen zurück zu der Treppe.

Nach diesem Willkommen fühlte es sich ein bisschen kurios an, ihn zu einer Party mit lauter Fremden zu begleiten. Aber keiner von uns zog seine Verpflichtung in Zweifel, pünktlich da zu sein.

Inzwischen parkten acht weitere Fahrzeuge in schiefen Winkeln unter den Bäumen. Wir hörten Stimmen.

Als Peter direkt vor mir am oberen Treppenabsatz ankam, wurde er beinahe von einem Hund umgelaufen. Er glich einem Windhund mit extra viel Haar und noch energischerer Bewegungsfähigkeit – vielleicht war es ein Schottischer Hirschhund, ein superungepflegter Barsoi oder sonst irgendein hellfarbener Köter. Überrascht wich ich ein paar Stufen zurück, aber er wollte nur schnuppern und Peters klebrige Hände abschlecken. «Das ist ja wie bei Rabelais», sagte er und sah sich nach einer Wasserquelle um. An der Seite des Hauses fand sich ein Hahn, an dem wusch er sich, worauf der Hund das Interesse zu verlieren schien.

Die Treppe endete oben an der Wiese, die auf drei Seiten von Wald umgeben war. Fünf weitere Autos standen dort, wo die Einfahrt in den Garten überging. Im Westen konnte ich das Meer sehen.

Das Haus selbst sah wie ein Baukastenmodell aus, mit glatt gehobelten Dachbalken, Zedernschindeln, die noch arbeiteten, und einem Fundament aus Naturstein mit breiter Mörtelfugung. Jedes der Sprossenfenster bestand aus zwölf oder sechzehn kleinen Glaseinsätzen, einem Paar funktionaler grüner Fensterläden, und im Rahmen standen Blumenkästen mit gelben Begonien darin. Auf dem Hof lagen Fahrräder, aber kein Spielzeug, und nirgendwo war ein Mensch zu sehen.

Peter erklomm die kleine Außentreppe, öffnete den Seiteneingang und machte Platz, um mich vorzulassen. Die Tür ging direkt in einen Küchen-Ess-Bereich auf, der von einem Tisch für zwanzig Leute beherrscht wurde. Er bestand aus einzigen großen Mahagoniplatte, die eine halbe Tonne wiegen musste. An der Wand standen zwei Kühlschränke aus rostfreiem Stahl und ein emaillierter Gasherd unter einem kamingroßen Rauchabzug, und von der Decke über der u-förmigen Metzgerblock-Kücheninsel hingen Dutzende glänzender Kupfertöpfe und funkelnde silberfarbene Schöpflöffel. Auf den Regalen drängten sich Einmachgläser, Kochbücher und Kräuter in Töpfen. Es gab Frischblumen und Figürchen, Kleingerätschaften und Geschirrtücher in leuchtenden Farben. Es war eine vollgestopfte Küche, die für ein Restaurant getaugt hätte – überladen und desorientierend.

«Wo sind die alle?», sagte ich.

«Sie müssen irgendwo vorne sein», sagte Peter. «Oder draußen, oder oben. Der Blick von oben ist noch besser. Es gibt sogar einen Witwenbalkon um die Dachlaterne herum.»

Ich schlug vor, die Situation auszunutzen, indem wir aßen und tranken, ohne jemandem im Weg zu sein. Er stimmte zu. Er hängte seinen Streberschlips über einen Stuhl, wo wir ihn vergaßen und nie wiedersahen. Er füllte den elektrischen Teekessel, stellte ihn an, und wir entschieden uns für Pfefferminz. «Ich sehe Bagel Chips», sagte ich, ging zu einer Regalwand, die als Stauraum diente, und holte sie heraus. Ich setzte mich an den Tisch, riss die Tüte auf, hob die Augen und erblickte jemanden, den ich schon seit einer Weile nicht gesehen hatte: Gautama Buddha in voller Montur, der schläfrig aus einem Regal auf mich herabschaute. Er lag auf der rechten Seite, als bereite er sich aufs Sterben vor. Er war einen guten Meter lang. Ein schmales Sideboard darunter war mit rotem Filz bezogen und ließ Spuren frischer Opfer erkennen – Blumen, abgebrannte Räucherstäbchen, ein Tellerchen mit Cookies.

Meine Augen, die ihre Umgebung bislang nur sehr selektiv wahrgenommen hatten, registrierten plötzlich ein diffuses Muster von Objekten, die ihnen in der allgemeinen Unordnung bisher nicht unangenehm aufgefallen waren – eine Klangschale, eine Gebetsmühle, einen bronzenen Avalokiteshvara, einen Druck von Samvara, der es mit Vajravarahi trieb.

Ich legte die stibitzten Chips beiseite und sagte: «Das ist gruselig.»

«Was ist gruselig?»

Er musste damit gerechnet haben, dass ich etwas zu der Profi-Küchenausstattung sagen würde, denn er sah verdutzt aus, als ich ihn fragte, ob ihm das ganze buddhistische Zeug nicht aufgefallen sei.

«Was ist am Buddhismus auszusetzen?», fragte er.

«Also, jenseits dessen, was an jeder religiösen Ideologie auszusetzen ist.»

«Meine Mutter war eine tibetanische Buddhistin.»

«Du hattest eine Mutter? Ich dachte, du wärst Waise.»

Darauf fiel mir nichts ein. Der Teekessel kochte. Stumm machte Peter uns zwei Tassen Tee. Es fiel auf, dass wir ungeachtet all dessen, was wir schon miteinander geteilt hatten, keine intimen Freunde waren. Ich spürte das Dunkel nahen – den Nebel der Banalität, die hartnäckige Unzulänglichkeit des menschlichen Lebens. Die metaphysische Gravitas, die die Schönheit niederreißt, die Liebe Abhängigkeit nennt und Komplexität nicht ertragen kann.

Er legte mir die Hand auf die Schulter und sagte: «Scheiße noch mal, hör auf zu denken und sprich mit mir. Reden vereinfacht die Dinge zu sehr, aber Denken ist noch schlimmer.»

Ich sprach langsam und versuchte, nichts auszulassen. Er saß neben mir, sah mich durchdringend an, berührte mich abwechselnd an der Hand, an der Schulter, am Knie, im Gesicht. Ich erklärte ihm, wie mein Vater sich abgesetzt hatte und dass Mom keine Tibeterin war, sondern aus Pasadena. Ich beschrieb ihm ihr Unglück, ihre überstürzte Flucht aus Torrance, die Grundprinzipien ihrer Sekte, ihre Verbundenheit mit ihren Glaubensgenossinnen und -genossen, ihre Beziehung zum Erdkreis und dass sie arm gestorben war und seit meiner Geburt keinen Cent mehr verdient hatte. Ich kam auch darauf zu sprechen, dass sie mich von sich gestoßen hatte und ich sie dafür nicht tadeln konnte. Am Ende ließ ich die Bemerkung fallen, dass ich nicht überrascht wäre, wenn Drew Miller sie vom Sehen kannte. «Ihr Retreat war ein supertrendiger Meditationsort für Leute aus dem ganzen Land», sagte ich. «Ihr Rinpoche war ein Star.»

«Miller wird doch nicht in Retreats gehen müssen, wenn er hier lebt», sagte Peter und deutete mit einer ausladenden Geste seiner freien Hand auf unsere Umgebung. «Es sei denn, das ganze Zeug hier lenkt ihn ab. Vielleicht hat er ja irgendwo ein leeres Zimmer, wie so ein Verlies mit Teppichboden, und nichts drin als ein Bild des Dalai Lama.»

«Den hat Mom angebetet.»

«Das täte jeder. Er war ein Gottkönig. Die fleischgewordene Verkörperung des Staates, der Mussolini des Himalaya.»

«Lebt er nicht noch?»

«Ja, aber er hat sich nach dem Mauerfall auf die Seite der Demokratie geschlagen. Jetzt ist er ein spiritueller Führer. Hast du gehört, dass er gedroht hat, sich an den Chinesen zu rächen, indem er sich nicht reinkarnieren lässt? ‹Du kannst nicht gewinnen, Darth. Wenn du mich schlägst, werde ich mächtiger werden, als du es dir auch nur entfernt vorstellen kannst!›»

Wir hörten ein Räuspern – Drew Miller, der sich bemerkbar machte. Er stand im Licht des Fensters an der anderen Tischseite und trug eine braune Cordjacke, ein schmaler, exzentrischer Professor, der mit geröteten Wangen die Zähne zusammenbiss und uns scharf musterte.

«Hallo, Peter», sagte er. «Ich bin froh, dass Ihr Gast es heil hierhergeschafft hat.»

«Ja», sagte Peter. Er stand auf und ich auch.

Miller besah mich von oben bis unten und sagte: «Sie könnten uns mal vorstellen.»

«Das ist Bran», sagte Peter verlegen. Nach einer Pause fügte er hinzu: «Brandy Thomas, aufstrebende Drehbuchautorin. Das ist Drew Miller. Er schreibt Romane. Bran ist toll!»

Miller trat näher, und wir schüttelten uns die Hand. «Danke, dass Sie gekommen sind», sagte er. An Peter gewandt, fügte er hinzu: «Tut mir leid, wenn ich mich ein bisschen über das aufgeregt habe, was Sie beide so lachhaft fanden, als ich reinkam. Aber es war ein guter Test für mich. Ich kann manchmal schnell wütend werden. Ich war versucht, Sie rauszuwerfen.»

Peter machte einen unbeholfenen Schritt nach hinten, und ein Stuhlbein scharrte laut über den Terrakottaboden. Er verschränkte die Arme vor der Brust und sagte: «Werfen Sie mich raus, wenn Sie wollen. Aber mit Bran können Sie das nicht machen. Sie ist auf Ihre Einladung hin gerade aus L. A. hier hochgefahren.»

«Keine Sorge», beschwichtigte uns Miller. «Ich werfe niemanden raus! Bitte setzen Sie sich.» Er zog sich einen Stuhl heran und nahm Platz. «Holen Sie sich ein Bier», sagte er. «Und wenn Sie schon dabei sind» – er vermutete wohl, ich sei aufgestanden, um das Bier zu besorgen –, «könnten Sie mir auch eines mitbringen, Brandy? Das wäre nett. Sie sind im linken Kühlschrank. Ich hätte gern ein IPA, bitte.»

Ich entfernte mich weiter von ihm und schielte sehnsüchtig zur Tür nach draußen. Peter saß reglos da, den Blick auf Miller geheftet, der sich auf seinem Stuhl zurücklehnte und ihn mit dem sanften Lächeln eines Erleuchteten musterte, der im Begriff steht, eine spirituelle Lektion loszuwerden. Mich beschlich ein Gefühl dumpfer Leere.

«Ich habe also Jahre meines Lebens dem Studium des Buddhismus gewidmet», begann Miller, «und wenn ich dabei eines gelernt habe, dann, dass die Menschen, süß und armselig, wie sie sind, sich gern Illusionen hingeben, um ihr Leiden zu verbrämen. Ihre falschen Überzeugungen hinsichtlich des Buddhismus fallen wahrscheinlich in diese Kategorie.»

«Sie werfen mir Wahnvorstellungen vor, weil ich nicht an die Reinkarnation glaube?», sagte Peter.

«Haben Sie es mal versucht?»

«Nicht, dass ich wüsste.»

«Würden Sie dem Wissen eines anderen Glauben schenken?»

«Bitte hören Sie auf», sagte Peter und hob abwehrend die Hände. «Wir sind hier alle Menschen. Sie können mich bevormunden, wenn Sie möchten, aber nicht Bran. Sie hat vor langer Zeit genügend Bekanntschaft mit dem Buddhismus gemacht, und sie ist nicht ‹süß und armselig›. Sie ist fantastisch!»

«Ich finde es bewundernswert, wie Sie ihr beistehen.»

«Sie geben also zu, dass ‹süß und armselig› eine Beleidigung ist, vor allem für eine Frau.»

«Mensch, kommen Sie», sagte Miller. «Sie sind doch derjenige, der hier reingekommen ist und Tenzin Gyatso mit Mussolini verglichen hat.»

«Hätte ich ihn mit dem Ayatollah Khomeini vergleichen sollen? Er war ein Theokrat. Obwohl er sich gegenüber den Chinesen ‹süß und armselig› benommen hat, das gestehe ich Ihnen gerne zu.»

Miller verlagerte das Gewicht, sah erst mich an – ich hatte mich noch immer nicht gerührt, und er wollte sichtlich ein Bier – und dann wieder Peter. Sein Gesicht schien erhitzt. Peter sah gefasster aus, aber ich roch beißende Furcht, die ihm langsam aus den Achselhöhlen strömte.

«Gut», sagte Miller. «Fangen wir noch mal von vorne an. Ich bitte Sie einfach, da Sie sich in meinem Haus aufhalten, meine spirituellen Lehrer und meine Lebensgrundsätze mit etwas mehr Respekt zu behandeln.»

«Und ich bitte Sie, da Sie sich in *meinem Universum* aufhalten, zu ignorieren, was Sie aufgeschnappt haben, als Sie ein privates Gespräch belauschten», erwiderte Peter.

Miller senkte den Kopf und murmelte etwas Unverständliches, und Peter wandte sich mit Panik in den Augen mir zu. Er sah aus wie alle Figuren von Kafka zugleich – der Landvermesser K., der sich weigert, das Schloss zu verlassen, Josef K., der glaubt, sich im Prozess verteidigen zu müssen, der Mensch, dem seine Vergehen in den Rücken eingeschrieben werden, der Käfer, der töricht denkt, er müsse los zur Arbeit. Ich zupfte ihn am Ärmel, und er schwankte seitlich davon und folgte mir aus der Tür.

Ich hatte erwartet, wir würden dort draußen allein sein, aber zu meiner Überraschung sprangen wir das Treppchen hinunter und mitten hinein in eine Gruppe von Partygästen, unter denen auch Peters Italiener war. Er war mindestens fünfundsiebzig und hatte eine matt rosafarbene Haut, die aussah wie gepresster Puder in einer Schminkdose, trug einen schwarzen Nadelstreifenanzug und rote Pumas. «Peter, Peter!», rief er. «Wir gehen anschauen die Sonnenuntergang. Komm und bring deine schöne Freundin mit! Wie heißen Sie, schöne Fremde?»

«Bran?», sagte ich. In dem Moment war ich mir da nicht ganz sicher.

Der Italiener gab mir zwei Luftküsse und sagte:

«Hübsch, hübsch! Eine erinnernswerte Party! Woher kommen Sie, meine Liebe? Was machen? Sie müssen sein eine Schauspielerin?»

«Manchmal», sagte ich. Die Gruppe bewegte sich langsam ums Haus herum und lauschte beflissen, denn er war ja unser Stargast. Der Abendhimmel war atemberaubend – eine schiefergraue Masse, durch die sich orangefarbene Flammen zogen wie vergossene Farbe. Peter ging noch immer ein Stück hinter uns her und versuchte, daraus schlau zu werden, was er da gemacht hatte. «Hauptsächlich bin ich Drehbuchautorin», sagte ich. «Geschauspielt habe ich nur in ein paar Kurzfilmen.»

«Ich wusste Bescheid!», rief er. «Es isse perfekt, dass Sie tragen Grün. Die Jägerin Diana! *Sei stupenda, sei incantevole!* Ah, der Sonnenuntergang! Schauen Sie diese Wolken, diese kurzen Wolken? Das sind nicht Wolken. Das sind Vögel. Unendlich viele!» Ich wollte ihn schon nach der Gattung fragen, aber dann fand ich es höflicher, darauf zu verzichten, für den Fall, dass ihm nichts dazu einfiel. Stattdessen erkundigte ich mich, ob er in der Filmindustrie arbeitete. «Nein, nein», sagte er. «Ich schreibe Bucher. Wenn sie adaptieren, gut, aber nein. Mit diese Monster ich habe *niente* zu tun. Dafür ich habe Agenten.»

«Gute Idee.»

«Geb ich Ihnen gern die Nummer.»

Ich lächelte und sagte: «Danke.»

Von hinten näherte sich Peter und legte mir die Hand auf den Arm. Wir blieben bei der Gruppe, während sie den letzten roséfarbenen Wölkchen beim Verblassen zusah. Gemeinsam und in der Sicherheit der Menge schlenderten wir dann die halbkreisförmige Treppe vor dem Haupteingang des Gebäudes hinauf, durch die Doppeltür in einen zentral gelegenen Flur und weiter ins Wohnzimmer. Der Italiener wandte sein Augenmerk anderen zu. Miller war nirgendwo zu sehen.

Peter setzte sich neben mich auf ein Zweiersofa und sagte: «Danke, dass du mich gerettet hast. Aber da habe ich mich schön in die Scheiße geritten. Wenn sich das rumspricht, bin ich am Arsch.»

«Wird schon gut gehen», sagte ich. «Er hat sich auf Liebe und Güte eingeschworen.»

«Danke auch dafür, dass es dich überhaupt gibt», sagte er. «Wirklich. Aber du bringst mich in Schwierigkeiten. Nein, ich habe mich selbst in Schwierigkeiten gebracht. Ich habe seine Geschichten gelesen. Ich wusste, dass er ein Faschist ist. Warum habe ich dich überhaupt hierhergebracht? – Jetzt ist es mir wieder eingefallen. Tut mir leid! Für dich würde ich mit Freuden Scheiße bauen. Würde es wieder tun. Es hat sich gut angefühlt. Selbst Scheiße zu bauen, hat sich gut angefühlt. Was rede ich da?»

«Du willst sagen, dass du ritterlich bist», sagte ich. «Er ist ein Faschist aus Avalon, und du bist ein fahrender Ritter aus Dystopia, und du bist am Arsch, weil es kein richtiges Leben im falschen geben kann.»

Eine Weile saßen wir da und beobachteten die anderen, ohne einander zu berühren, als wären wir uns soeben zum ersten Mal begegnet. Ich war noch immer hungrig, deshalb erhob ich mich und ging zurück in die

Küche. Niemand hielt sich dort auf, es wurde auf die Lieferung des Caterers gewartet, aber jemand hatte eine Bäckereiladung Brot dort abgestellt. Ich klaute mir ein halbes Naan.

Bald folgte mir Peter. Wir setzten uns an dieselben Plätze wie zuvor, nebeneinander an den Tisch, und fingen dort wieder an, wo wir vor Millers Auftritt aufgehört hatten.

Diesmal hatte Peter ein Glas in der Hand. «Ich habe mir einen Whisky eingeschenkt», sagte er. «Der soll angeblich den Testosteronspiegel senken und Impotenz verursachen. Ich glaube nicht, dass ich diesen Abend ohne ein bisschen Impotenz durchstehen kann. Aber er schmeckt nach Pferdemist.»

Ich schnupperte daran und sagte: «Das ist Scotch. Der soll eben nach Torf schmecken.»

Er beugte sich vor, um daran zu riechen, und unsere Stirnen berührten sich über dem schmelzenden Eis. Er sagte: «Er sieht besser aus, als er schmeckt. Es ist eine magische Kristallkugel. Ich kann deine Zukunft darin sehen. Sehr genaue Informationen. HBO produziert *Dystopie* fürs Streaming, und du lebst, von patrouillierenden Hells-Angels-Geschwadern beschützt, in Monterey. Ich hoffe, du bist jetzt nicht enttäuscht. Vielleicht hast du auf etwas Vageres, Orakelhafteres gehofft.»

«Welche Biker-Gang kontrolliert Cambridge?»

«Die Pagans vielleicht?»

Mir fiel wieder ein, dass ich in Cambridge nicht willkommen war. Nach einer Weile sagte ich: «Erinnere mich noch mal dran, wenn du dieses Mädchen heiratest.»

«Weil ich dich nicht heiraten kann. Wir würden uns

wieder trennen, und dann wäre mein Leben die gleiche absurde posttherapeutische Ödnis wie bevor ich dir begegnet bin.»

Was er da sagte, hatte etwas fesselnd Grausames. Andererseits auch wieder nicht. Ich kam nicht umhin, seine Bereitschaft, sich auf die antibuddhistische Illusion der Selbstsucht einzulassen und sie auf niemand anderen als mich zu erweitern, für gut zu befinden.

Ich schlug vor rauszugehen. Wir ließen seinen Whisky auf dem Tisch stehen und machten uns auf die Suche nach Nebengebäuden.

Das große, das ich auf Luftaufnahmen gesehen hatte, erwies sich als alter Pferdestall. Nicht «alt» im Ostküstensinn – eher ein Fertigbau aus den Siebzigern mit brauner Aluverkleidung und großen Schiebetüren. Wir gingen einmal drum herum, suchten nach einer Tür, die wir öffnen konnten, ohne einen Krach wie Donnerhall zu machen, und fanden auch eine auf der vom Haus entfernt liegenden Seite. Wir schlüpften hinein, legten den Riegel vor und sahen uns in der fast vollständigen Dunkelheit um. Der Stall war seit so langer Zeit ungenutzt, dass sich der Pferdegeruch fast verzogen hatte. Nirgendwo lag Heu oder Stroh – im ganzen Gebäude nicht, außer ein paar Halmen in den Krippen und ein bisschen verstreutes Stroh auf dem Boden der beiden Boxen. Das einzige Licht kam von draußen; es leckte von Millers seitlicher Veranda durch winzige, fliegenschissbedeckte Plexiglasfenster herein.

Wir hörten ein Kratzen und Winseln an der kleinen Tür. Der mutmaßliche Schottische Hirschhund war uns

gefolgt. Wir ließen ihn herein, worauf er an Peter hoch-
sprang und sein Gesicht abzuschlecken versuchte. «Jemand muss diesen Rabelais'schen Hund aus meinem
Leben entfernen», sagte er.

Wir sperrten ihn in die Sattelkammer und machten
uns daran, im Stehen miteinander zu schlafen. Das
ist für jede und jeden eine Herausforderung, aber für
blutige Anfänger umso mehr. Als wir schließlich einen
Groove gefunden hatten, während ich meinen Hintern
auf einem Futterkorb abstützte, war das Winseln des
Hundes zu einem dünnen, kojotenähnlichen Geheul an-
geschwollen. Es war nicht allzu laut. Es war nicht laut
genug, um uns von unserem Tun abzuhalten. Aber wir
hätten nicht so überrascht sein dürfen, als Miller durch
eine der Schiebetüren geräuschvoll in den Stall stürmte.

Er lief direkt zur Sattelkammer, würdigte unser
Geducke und Davongestiebe keines Blickes. «Ihr habt
meinen Hund eingesperrt», sagte er laut. «Ich dachte, er
sei verletzt oder hier eingeschlossen, während der Stall
abbrennt.» Inzwischen hatten wir uns in einer der Boxen versteckt. Er verließ den Stall mit dem winselnden,
springenden Hund und ließ die Tür weit offen.

Peter schob den ratternden Faltvorhang wieder zurück und stellte fest, dass er jetzt geliefert sei. Sein gesellschaftlicher Absturz schien sein Gespür für sexuelle
Freiheit und Zielstrebigkeit dermaßen zu verstärken,
dass wir beide in Zungen redeten. Nachdem wir unser
Vorhaben schließlich zu Ende gebracht hatten, nannte
er mich ein *gran pezzo di figliola*. Wir küssten uns noch
ein bisschen zu lange, bis es uns schon beinahe lang-
weilte und wir uns wieder anzogen.

Während wir so beschäftigt gewesen waren, hatte die Uhr einen weiteren großen Sprung nach vorn gemacht. Ich sagte, es sei höchste Zeit, dass ich die verdammte und doch wundervolle Party verließ, deren Erinnerung ich mein Leben lang hegen und pflegen würde. Er fragte mich, wo mein Rucksack sei, und erklärte sich bereit, ihn aus der Küche zu holen.

«Nein, lass mich das machen», sagte ich. «Mich kennt hier keiner. Es sind aber deine künftigen Kollegen.»

«Ob ich mit denen arbeiten will, überleg ich mir noch mal», sagte er. «Ich frage mich, wie viele von ihnen die Geschichte jetzt noch nicht kennen. Es ist schon fast eine Stunde her.»

«Dann bleib hier und warte auf mich. Ich hole schnell mein Zeug und bin gleich wieder da.»

«Was, wenn du ihm begegnest und er dir eine Predigt hält?»

Wir einigten uns dann doch, gemeinsam ins Haus zurückzugehen – unser dritter Einfall in die Küche, wo uns sogleich die Wärme und Gastlichkeit der künftigen Kolleginnen und Kollegen umfing. Sie traktierten uns mit Appetithappen und Pani Puri. Auf zwei Warmhalteplatten standen allerlei Currys. Ich hatte einen Heißhunger. Ich fand einen Sitzplatz am Tisch, an dem ich auf ein Hauptgericht wartete. Ich unterhielt mich mit einem Englisch-Doktoranden aus Stanford und einer Creative-Writing-Professorin aus Boulder, während Peter mir gegenübersaß und kollegial mit den Wissenschaftlern zu seiner Linken und Rechten plauderte. Miller hockte finster am Kopfende des Tisches und kraulte dem Hund die Ohren. Einmal sah ich ihn an – was mir die Röte ins Gesicht trieb –, da stand er auf und verließ den Raum.

Der Rest des Abends verging wie eine Party, auf eine Weise, wie ich mir Partys immer vorgestellt hatte, als ich mir Partys zum ersten Mal vorgestellt hatte und noch nie auf einer gewesen war. Ich aß, sprach mit Fremden, flirtete mit höflichen Männern, lauschte Geständnissen charmanter Frauen, fühlte mich glücklich und hübsch und lebendig.

Der Abend ging in tiefe Nacht über, und die Party hörte nicht auf. Eine alte Frau spielte Elgar auf einem Cello. Der irre Italiener gab mir die Nummer seines Agenten. Ein junger Dichter rezitierte sein jüngstes Werk. Leute sammelten Tanzhits auf jemandes Smartphone. Gespräche wurden aus der Küche nach oben und vor die Tür verlegt. Eine Weile unterhielt ich mich bei einem Kaffee (er hatte uns einen gekocht) mit Peter, während wir von Zimmer zu Zimmer streiften. Er erklärte mir die Verbindungen zahlreicher Gäste in die akademische Welt. Ich erinnere mich nur daran, wie unterhaltsam alles war. Er verglich sich mit Dan Boleyn aus *Die Affen Gottes*. Dann senkte er die Stimme und sprach feierlich von mir. Wir tanzten in einer dunklen Ecke und berührten einander. Er sagte: «Ich bin so erschöpft, ich sollte mich hinlegen», und legte sich in aller Öffentlichkeit auf eine hell erleuchtete Couch. Sogleich setzte sich eine betrunkene Wissenschaftlerin neben ihn und lud ihn ein, seinen Kopf in ihren Schoß zu betten. Er sprang auf, um ihr noch einen Drink zu besorgen. Ich begann, mit dem Zimmermann zu reden, der das Haus gebaut hatte.

Gegen fünf Uhr morgens, als die Party längst vorbei war, schenkte Miller mir von einer Récamiere auf der anderen Seite eines Zimmers im Obergeschoss ein herausforderndes Lächeln, als wäre er jetzt versöhnlich gestimmt und bereit, ein vertrauliches Gespräch über meine Mutter zu führen, und ich beschloss, dass es wirklich Zeit war aufzubrechen.

Unter einer Bank in der Küche kramte ich meinen Rucksack hervor und sagte Avalokiteshvara Adieu. Ich schlängelte mich durch die verbliebenen beschwipsten Gesprächszirkel, stand dann vor den Panoramafenstern an der Frontseite des Hauses und wartete darauf, dass Peter merkte, dass ich im Aufbruch war.

Er erhob sich von dem Sofa, auf dem er halb schlafend gelegen hatte, stellte sich neben mich und beschattete seine Augen mit beiden Händen, um durch das spiegelnde Glas den Vollmond über dem Meer sehen zu können. Er war am Untergehen. Bald würde die Sonne über den Bergen aufsteigen.

«Jetzt gehst du also wirklich», sagte er.

Angesichts seiner gespielten Trauer begann mein Herz zu zerspringen, und ich sagte: «Verarsch mich nicht, Peter!»

Ich trat durch den Zierbogen in den Flur. Er folgte mir und sagte: «Hör zu, Bran. Genau damit möchte ich aufhören. Dich zu verarschen. Damit ist es vorbei. Von nun an werde ich immer ehrlich mit dir sein. Bitte geh nicht fort. Bleib bei mir. In Cambridge. Ich meine es ernst. Ich weiß nicht, was dann passieren wird, aber uns wird etwas einfallen. Es ist mir egal, was andere darüber denken.»

Ich schüttelte den Kopf und sagte: «Nein. Ich sollte wirklich los.»

«Mir ist das alles peinlich. Ich war so dumm. Du bist nicht Yasiras Gegenstück. Du bist mein Ein und Alles. Ich schulde ihr eine dicke Entschuldigung. Ich habe sie die ganze Zeit benutzt, weil ich Angst vor dir hatte.»

«Und ich breche jetzt sofort auf. Denn bevor du mir gesagt hast, ich solle bleiben, hast du gesagt, jetzt ginge ich also wirklich, und weißt du, woher du das wusstest?» Ich wandte mich ihm direkt zu. «Weil du die Zukunft sehen kannst! Heute Abend fliegst du mit ihr und ihrer Mutter nach Hause. Das ist dein Plan! Und deshalb weißt du, dass ich wirklich gehe. Weil du einen Plan hast! Du verarschst mich, weil du weißt, dass du noch Zeit hast, bevor du zum Flughafen fährst. Aber ich breche jetzt auf!»

«Ich werde meine Verlobung auflösen, Bran.»

Das hatte er noch nie gesagt, und ich glaubte ihm nicht. Ich sagte: «Nein, wirst du nicht. Das ist Quatsch!»

«Ich würde ihr sofort texten, wenn ich nicht so verdammt ritterlich wäre. Ich kann nicht mit meiner Verlobten Schluss machen, während sie schläft.»

«Dann ruf sie an.»

«Das ist auch Scheiße. Ich muss es ihr schon ins Gesicht sagen. Wenn ich ein Auto hätte, würde ich sofort nach San Francisco zurückfahren.»

«Mach mir einen Heiratsantrag, und ich fahr dich hin.»

«Das kann ich nicht. Ich bin noch verlobt. Und ist dein Wagen nicht defekt?»

«Dann ruf uns ein Taxi.»

«Mittags kommt ein Fahrdienst.»

«Und ich breche jetzt auf. Ich bin weg.»

«Also dann», sagte er. «Du hast gewonnen. Schauen wir mal, wie weit du kommst.» Er öffnete die Tür.

Weitere Titel

Avalon

Das Hohe Lied

Der Mauerläufer

Knochenbrecher

Nikotin

Virginia